BIBLIOTHÈQUE POUR TOUS
ILLUSTRÉE

SAFIA

OU

LA DÉCADENCE DE VENISE

PAR ROGER DE BEAUVOIR

Prix : 50 centimes
60 CENTIMES POUR LES DÉPARTEMENTS ET L'ÉTRANGER.

PARIS
IVAIN ET TOUBON, LIBRAIRES, RUE DU PONT-DE-LODI, 5
ET CHEZ TOUS LES LIBRAIRES DE PARIS, DES DÉPARTEMENTS ET DE L'ÉTRANGER.

Nº 129. — Publié par J. Lemer.

PA , LE RIVAIN ET TOUBON, RUE DU PONT-DE-LODI, 5

BIBLIOTHÈQUE POUR TOUS

SAFIA

Par ROGER DE BEAUVOIR.

CHAPITRE I

LA QUÊTEUSE.

Ce jour-là, 29 juin, c'était à Venise, comme dans toute a chrétienté, la fête du gardien des clefs du ciel, — la fête e saint Pierre, qui possède dans la ville des doges la preière paroisse du quartier del Castello, — sans compter aint-Pierre de Rome où il est logé plus en grand.

Sept heures du matin venaient de sonner à la tour de 'Horloge, bâtie sur les dessins de Charles Rinaldi de Reggio, l'un des angles de la Piazza qui regarde la mer; les rues e Venise se peuplaient, et les églises donnaient le branle leurs cloches.

Sur la place, les bateliers appelaient déjà les chalands vec leurs sifflets d'ivoire, pendant que leurs valets frapaient du tambour; les marchands de citrons et de rubans assaient et repassaient sur les ponts avec leurs corbeilles; es Arméniens et les Turcs vendaient des parfums, et les ondoliers, qui avaient revêtu leurs plus belles jaquettes, fumaient nonchalamment sur les grandes dalles de marbre, en attendant la venue de quelque étranger.

Les procuraties ouvraient leurs boutiques; les cafés, leurs salles; les rues, leurs maisons; les palais déroulaient déjà les tentes et les nattes bariolées de leurs fenêtres tendues contre la chaleur, tandis que les belles et jeunes filles du quartier de la Piazzetta venaient chercher de l'eau au puits de la cour ducale.

Au coup de sept heures, la porte d'un palais d'assez belle apparence, situé en face de celui de Trevisani, donna passage à une dame vêtue richement, et portant un masque blanc attaché à son tricorne; car les dames de Venise portaient alors le petit chapeau avec le *bahuta*, sorte de camail noir à dentelles tombant jusqu'aux hanches et laissant voir leurs bras depuis la saignée. Leur jupe était blanche ou jaune, étalée comme une vraie dalmatique, et découvrant à peine le bout de leur pied chaussé d'une petite mule. Elles tenaient en main un masque de velours noir ou blanc, pour préserver leur teint de l'ardeur du soleil, et portaient la poudre comme aux beaux jours de madame du Barry.

C'est dans ce costume tant de fois reproduit par le Tiepolo et Canaletti, et dont les gravures de Petrus Longhi nous ont conservé l'ensemble, que la signora dont nous parlons sortait ce matin-là même par la *porte d'eau* de son palais, au pied de laquelle était amarrée sa gondole.

Un nègre portait la queue de la dame, une duègne tenait son livre d'heures et sa bourse sur un coussin... La gondole prit le chemin de l'église patriarcale de Saint-Pierre.

La signora Grimani était la femme d'un des patriciens les plus nobles de Venise; elle avait quarante ans, mais elle était encore belle; en revanche, et si l'on eût procédé par voie de scrutin pour bien établir sa renommée de vertu, peut-être eût-elle rencontré (pour parler le langage du sénat lui-même) des boules rouges et noires au ballottage.

Cependant ce jour-là même elle devait aller à Saint-Pierre faire la quête.

La marquise, — car la signora portait ce titre, — avait cru devoir se parer de ses bracelets et de ses bijoux les plus précieux. Si le petit nègre qui venait d'ouvrir son parasol à franges d'or au-dessus de sa tête portait lui-même un collier d'or au chiffre de sa maîtresse, si sa duègne était couverte de jais, la marquise avait en revanche au cou des diamants de la plus belle eau, plusieurs bagues d'un prix inestimable à ses doigts, et des pendants d'oreilles à donner envie au juif le plus riche du Ghetto.

C'était ce qu'on appelle aujourd'hui une femme *bien conservée*, mot élastique, commode, qui correspond également à celui-ci : une femme *d'un certain âge*. Son air prude, sévère, son fard posé carrément, sa lèvre hautaine et ses grands yeux noirs, en faisaient peut-être, non moins que ses quarante ans, un objet de respect et d'épouvante pour les jeunes étourneaux de la Seigneurie; mais les adorateurs de cinquante ans, doués de plus d'expérience, trouvaient à la marquise Apollonia Grimani des vestiges de beauté incontestables; sa pruderie seule et la crainte de son mari les retenaient, au moment d'entreprendre un pareil siége.

La marquise était en effet devenue dévote, — c'était peut-être une façon de ne point aimer son mari, — mais ce mari de cinquante ans était un brutal, un débauché, un ambitieux; il trouvait moyen de loger dans son corps maigre et long tous les vices dont la végétation s'épanouissait à Venise.

Il habitait à peine son palais, et lui préférait sa maison en terre ferme à Padoue; il laissait la marquise à ses dévotions et se livrait, lui, à ses plaisirs; et cependant on osait dire dans Venise que le marquis Grimani était jaloux...

La gondole venait de s'arrêter sur la place de Saint-Pierre del Castello.

Cette église ancienne, qui, depuis les premiers siècles de la république, fut regardée constamment comme la cathédrale de Venise, semblait étaler avec orgueil, ce jour-là, sa belle façade dans le style de Palladio; des mendiants étaient assis sur ses marches, et le rideau de cuir du temple, relevé dès le seuil même, laissait apercevoir la molle vapeur de l'encens se répandant au milieu des colonnes corinthiennes, pour retomber de là sur la chaire du saint apôtre rapportée de la ville d'Antioche.

Quand la marquise Apollonia Grimani entra dans Saint-Pierre, le patriarche, escorté de ses vingt-cinq chanoines, sortait de la sacristie; les séminaristes, les prêtres et les clercs encombraient l'église. Trois massiers écartèrent la foule et conduisirent la quêteuse jusqu'à son banc, placé près de la grande chapelle.

La marquise replia son éventail, prit son livre d'heures, et baissa d'abord les yeux pour les reporter ensuite sur la foule qui l'entourait. Un murmure approbateur semblait s'être élevé autour d'elle, et lui rappelait sans doute alors ses jours de jeunesse; mais, toutes les peintures de cette église la ramenant insensiblement à Dieu, elle pria bientôt avec ferveur, jusqu'à l'instant marqué pour la quête. Italienne et crédule, elle avait mis depuis longtemps toute sa dévotion en saint Pierre, et cela par une conviction innée de sa puissance; jamais, en effet, la protection de ce grand saint ne lui avait fait défaut.

La marquise pensait d'ailleurs que, puisque saint Pierre tient les clefs du paradis, c'était à lui qu'elle devait s'adresser de préférence pour y entrer, elle dont la vie pieuse semblait accuser celle de son mari, et que l'on citait dans Venise comme une femme revenue des erreurs du monde. « Saint Pierre, se disait-elle, n'est-il donc pas l'intendant céleste du paradis, le soleil des papes, le roi des apôtres? N'est-il pas un plus grand saint que saint Marc? » Le père de la signora portait ce nom; c'était un motif de vénération qui venait doubler la sienne. Enfin, une magnifique copie du tableau de Paul Véronèse, figurant dans cette même église et représentant *saint Jean l'évangéliste avec saint Pierre et saint Paul*, était appendue dans la chambre de la marquise.

Quand elle quitta sa place, au tintement de la hallebarde du suisse, au son des musiques retentissantes dans l'orgue, toutes les dames, soit citadines, soit étrangères, prenant à Venise la qualité de *gentilsdonne*, se levèrent spontanément pour voir la quêteuse, toutes avec leurs beaux points, leurs jupes magnifiques, et les fleurs posées sur un côté de leur grande coiffure étalée; toutes se haussant sur leurs patins de prodigieuse hauteur, et dont la politique des maris avait pu seule introduire l'usage dans la cité de l'Adriatique. La camérière ou suivante de la marquise Grimani lui tendit sa bourse, et son petit nègre l'accompagna jusqu'au banc des sages-grands et des sénateurs, par lesquels elle débuta.

C'était vraiment merveille que la pluie de sequins tombant dans la bourse de la signora! Elle saluait chaque patricien et même chaque bourgeois avec des airs si charmants, qu'en honneur elle excitait presque l'envie. La quête achevée, elle s'en retourna à sa place; et pour cacher l'orgueil de son triomphe elle ouvrit son livre d'heures...

Tout en l'ouvrant, elle songeait peut-être que le procurateur Grimani, son indigne époux, n'était pas dans cette enceinte, et elle allait demander sa conversion à saint Pierre, lorsqu'en parcourant ses Heures elle trouva tout à coup un petit billet, mais un billet charmant, écrit sur vélin et bordé d'un cordon de fleurs en miniature, comme il est d'usage d'encadrer les oraisons pieuses que l'on fait aux saints. Deux colombes, pareilles à celles que Saint-Marc nourrit de son pain dans la cour du palais ducal, et pour lesquelles Venise affiche un respect si particulier, si exclusif, se becquetaient au-dessus d'une croix et de deux cœurs embrasés du feu de la charité céleste; les caractères de ce billet étaient d'or, et voici ce qu'il contenait :

« Signora,

« Vos prières, autant que votre quête, devaient mériter les bonnes grâces de Dieu, qui voit avec plaisir que vous êtes revenue depuis trois ans de vos erreurs, et que vous différez de la plupart des femmes de Venise par la prudence et la sagesse de votre conduite. Pour vous donner une marque visible de sa bonté, il vous envoie (bonté ineffable et dont vous ne devez parler à aucun profane!) son premier apôtre et son plus cher, le saint patron de cette église elle-même, qui lui a demandé, pour une nuit seulement, de descendre sur terre et de venir souper ce soir avec vous. Il vous prie d'écarter le moindre témoin de cette sainte entrevue, et vous entendrez de sa bouche des choses qui n'ont été sues jusque-là d'aucun mortel.

« PIERRE,

Apôtre et patron de l'église de San Pietro di Castello.

« Au Paradis, ce 29 juin. »

La surprise de la signora faillit la trahir; elle promena un regard plein d'hésitation autour d'elle, et ne vit que de vieillles dévotes pieusement recueillies devant la solennité du sacrifice; le patriarche officiait, et il ne manquait à cette cérémonie que Sa Sérénité le doge de Venise.

Ivre de joie et d'orgueil, la marquise relut deux ou trois fois la sainte épître, et elle lui sembla exhaler un séraphique parfum. Elle pensait d'abord à mettre un digne chanoine dans sa confidence, mais la missive céleste lui recommandait si expressément le secret, qu'à la sortie du temple elle s'imposa la loi de n'ouvrir de ceci la bouche à qui que ce fût, elle affecta même de parler de choses banales à sa camérière et à son page noir.

Quand le col allongé de la barque eut touché les marbres du palais Grimani :

— Morenita, dit-elle à sa suivante, je souffre beaucoup de la chaleur, viens me délacer!

Morenita suivit sa maîtresse dans la chambre à coucher de la marquise; le lit à estrade était surmonté de deux beaux panaches, le portrait du noble marquis Grimani faiétait face dans cette pièce au tableau de sainteté dont il a été question.

— Qu'avez-vous donc, madame? demanda la suivante en voyant la marquise prête à verser des larmes de joie. Cette prière sur vélin que vous lisiez vous aurait-elle rappelé quelque péché mignon de votre jeunesse? Quand on a été aussi adorée que vous!... — Silence, Morenita! ne me rappelle pas les choses terrestres... Il s'agit bien de cela, vraiment! Je laisse à la comtesse Safia le puéril éclat des conquêtes et des plaisirs; j'ai fixé mes yeux sur le ciel, et tu vas en voir descendre ce soir un des plus illustres représentants...

Morenita leva les yeux machinalement au plafond: il représentait Vénus et Adonis; une guirlande d'amours, dans le style de ceux de l'Albane, l'encadrait délicieusement; ce plafond attestait assez l'ancien Olympe auquel avait sacrifié la signora, suivant la chronique scandaleuse de Venise.

— Je te mettrai seule dans ma confidence, Morenita. Tu sais lire, reprit la marquise Grimani; eh bien! ma chère, lis cette lettre! — Cette lettre, madame! mais c'est une prière écrite sans doute par quelque beau soupirant de votre seigneurie... un piége du signor Grimani, peut-être... Il se défie tant de vous et d'eux! — Lis, te dis-je!

Morenita lut le papier; ses genoux fléchirent, sa langue se colla à son palais, elle fit un signe de croix.

— Miséricorde! madame, un pareil convive! fit-elle, quand elle eut repris ses sens; quel traiteur assez renommé pourra préparer le souper de votre apôtre? Guaspolo, notre chef, est l'homme le plus bavard que Venise ait porté sur ses pilotis; c'est d'ailleurs la créature de M. le marquis, et il voudra savoir à toute force...—Tu as raison, il faudrait un homme discret... ou, mieux encore, un homme qui ne sût rien... — C'est cela, j'ai votre affaire... ce jeune Arménien qui sort de chez le révérend chanoine Pasquale, et qui lui faisait des crèmes célestes! Il est sans place depuis quelque huit jours, il ne connaît pas votre mari; nous lui dirons de tout préparer dans la salle basse, et nous le renverrons après cela en gondole par la porte d'eau... Quant à notre cuisinier habituel, Guaspolo, il y a aujourd'hui assez de marionnettes à la place Saint-Marc pour l'occuper; donnez-lui carte blanche, et vous voilà bien tranquille. Il rencontrera quelques barcaroli de sa connaissance et boira avec eux toute sa nuit... — Mais l'argenterie! la vaisselle! Tu sais, Morenita, que le marquis ne nous a laissé méchamment que trois couverts et quelques plats, ajoutant que pour des dévotes confites en Dieu c'était assez, et que la Cène de Paul Véronèse, où il y a tant et de si beaux plats d'argent, lui semblait sentir le pharisien à pleine bouche. Me vois-tu recevant saint Pierre avec une table ainsi servie! — Est-ce qu'il n'y a pas à Venise le quartier du Ghetto, où sont les juifs? Laissez-moi faire, madame, je connais en cet endroit un certain orfévre... — De l'argenterie juive, israélite, pour l'apôtre des nations! jamais! — Rassurez-vous, madame, c'est de l'argenterie ducale, sénatoriale et très-chrétienne! Venise, en ce temps-ci, brille par le luxe; mais ce luxe recouvre l'indigence; et le marquis lui-même...

— Cela serait charmant; nous aurions au moins une apparence convenable... Tiens, voilà un de mes écrins, tu diras à ton juif de me prêter là-dessus. — Mais le menu, madame, le menu, vous n'y songez pas? — Tu as raison; dis-moi, mais n'y a-t-il pas d'abord d'excellent vin à la cave? Dis au sommelier de venir... — Eh! bon Dieu; madame, Honorio a reçu l'ordre de M. le procurateur, votre cher mari, de l'aller rejoindre ce matin même à Padoue... Il navigue, à l'heure qu'il est, sur la Brenta. — J'entends souvent le signor Grimani dire qu'il y a à Venise du vin de Chypre excellent au café de *l'Aquila*. Il s'y délecte souvent dans la compagnie maudite des Trevisani, des Mocenigo et autres seigneurs libertins de sa connaissance. — Vous avez raison; nous demanderons six bouteilles de chypre, trois de montefiascone, du rosolio et quelques flacons de marasquin. — Bien, mais pour le souper? — Pour le souper, madame, nous dirons à l'Arménien de servir au roi des apôtres une soupe de bisques, une poule au riz, douze rouges-gorges, et une gelinotte arrosée de vin de Constance. — Penses-tu, Morenita, que cela puisse suffire? — A un appétit de saint... je ne sais trop. Ces personnes-là font si grande chère au paradis! Et puis, songez donc que de la porte que garde M. saint Pierre jusqu'à la nôtre il y a un chemin mille fois plus long que d'ici à Murano. — C'est ma foi vrai, Morenita. Tu te charges donc de l'orfévre et de l'Arménien? Tâche que ses sauces soient parfaites! — Ne vous ai-je pas dit qu'il sortait de chez un chanoine? Ce garçon-là, pour quelques ducats, vous fera des sauces divines! — Va donc, et garde-toi de perdre du temps. Ah!... qu'en penses-tu? si, pour que la chose fût plus secrète nous barricadions tout, à compter de ce moment? La lumière trahit en se reflétant sur le canal; tu diras au portier que je me sens fatiguée et que je me couche... Tu laisseras la porte de terre entr'ouverte, j'ai idée que le saint apôtre viendra par là... On dit cependant que les saints vous dévalent quelquefois par la cheminée ou le plafond.

— Êtes-vous bien sûre, madame, que personne ne lui en voudra? Les rues de Venise sont si peu sûres! — Je suis bien tranquille; saint Pierre n'a-t-il donc pas coupé l'oreille à Malchus? — Vous m'y faites songer, il y a en effet un grand tableau qui le représente ainsi près du Fondaco des Turcs. Qu'est-ce que je m'en vais lui demander à ce chéri de saint?...qu'est-ce que je m'en vais lui demander? continuait Morenita en remettant son voile et ses affiquets de cérémonie.

En ce moment, une voix légère essayant l'une des romances de gondolier si communes au peuple de Venise, se fit entendre à deux pas de la maison. Morenita mit le nez à la fenêtre, et reconnut le jeune Arménien.

— Voilà notre traiteur, madame! notre cuisinier que Dieu lui-même nous envoie! Je vais l'endoctriner, puis courir au plus vite chercher la plus belle vaisselle chez l'orfévre Isaac, au Ghetto.

Et Morenita partit, laissant la marquise arranger elle-même la table de l'apôtre, que, par une galanterie charmante, elle dressait dans sa grande chambre à coucher, la plus belle pièce de son palais.

CHAPITRE II

LE SOUPER.

A l'heure dite, et lorsque la marquise lisait, dans le but d'un raffinement de politesse pour son hôte apostolique, sa quinzième épître aux Corinthiens, il y eut un léger bruit à la porte de terre du palais, et Morenita survint toute pâle, précédant un grand personnage dont l'obscurité l'empêchait de voir les traits.

Selon la recommandation de la marquise, elle avait introduit ce respectable hôte à tâtons dans la première pièce, s'excusant sur le secret que son billet avait exigé de sa maîtresse; mais quand elle poussa la porte de la chambre à coucher où se tenait la femme du procurateur, elle n'eut que le temps de se prosterner aux genoux du saint apôtre, tant il lui sembla radieux à la clarté du lustre allumé par les mains de la signora Grimani.

Il était vêtu en effet de cette longue robe de Judée que les peintres donnent au prince des apôtres; une barbe touffue couvrait une partie de sa poitrine, et il portait les clefs du royaume céleste appendues à sa ceinture. Son air était grave, mais tempéré par une sorte de bénignité charmante; ses mains étaient belles, et il portait à son index un anneau pareil à celui de Sa Sainteté apostolique et romaine. Il déposa le long bâton qu'il tenait, et sourit affectueusement à son hôtesse.

La marquise avait imité bien vite l'exemple de sa suivante: elle s'était jetée aux pieds de saint Pierre, et baisait le bas de sa robe avec ferveur.

— Sommes-nous bien seuls, ma fille? demanda l'apôtre en interrogeant avec circonspection la pièce où il se trouvait.

Morenita donna elle-même un tour de clef à chacune des portes, avança à saint Pierre un fauteuil à franges d'or, et se retira sur un signe de la marquise, après l'avoir fait asseoir devant une table somptueusement servie.

C'était bien la plus riche vaisselle du plus riche orfévre du Ghetto, le plus succulent repas offert à l'appétit exercé d'un confesseur. Saint Pierre avoua que depuis la pêche miraculeuse dans laquelle ses filets s'étaient rompus, il n'avait rien vu de semblable.

— Vous êtes indulgent, grand saint, reprit la marquise; ce modeste souper est le fait d'un jeune Arménien, qui s'est signé trois fois fort dévotement avant que de l'entreprendre. C'est un garçon sûr, discret, que Morenita a choisi de préférence à un certain Guaspolo, qui n'eût pas manqué de redire la chose à mon mari! — Un mari indigne d'une personne aussi vertueuse que vous! je le sais, répondit l'apôtre en découpant une gelinotte. Votre charité est en si bonne odeur auprès du ciel, qu'elle y est passée en proverbe. Ce n'est pas vous, ma chère fille, qui laisseriez jamais l'autel sans flamme et le templo sans serviteurs. Ce matin encore, la quête que vous avez faite et que vous devez envoyer à la paroisse...

— Hélas! saint apôtre, répondit la marquise Apollonia Grimani avec un soupir, cette quête est bien légère pour les besoins de cette ancienne église patriarcale. J'avais l'intention d'y joindre moi-même quelques sequins afin de l'arrondir, car on doit venir demain chercher la bourse que voici: c'est le primicier Daniel qui est chargé de ce soin.

— Le primicier Daniel! reprit l'apôtre; mais êtes-vous certaine qu'il s'acquitte de sa charge comme il convient à un pieux ecclésiastique.—Rien ne peut me faire soupçonner le primicier, dit la marquise... Cependant au ciel on est plus clairvoyant que sur terre, et il se pourrait que le seigneur Daniel...

Saint Pierre tira de sa poche un petit carnet, et sembla parcourir attentivement quelques notes. — Le primicier Daniel, reprit-il en dégustant un verre assez honnêtement rempli de vin de Chypre, est aussi mal noté là-haut que le chanoine Zobeni... — Le chanoine Zobeni! s'écria la marquise, le chanoine Zobeni, mon confesseur! — J'en suis fâché pour vous, ma chère brebis, mais le chanoine Zobeni ne vous convient pas. Il m'envoie chaque jour, en paradis, des pénitentes que ma conscience me fait un devoir de laisser gratter et se morfondre à la porte... C'est à faire pitié que ce qu'elles appellent la liste de leurs bonnes actions! Il n'y en pas une qui donnerait seulement l'un de ses colliers pour faire rétablir le pouce et une partie du talon qui se trouvent brisés à ma statue! La charité, ma fille, la charité, voilà ce qui fait le baume des verrous du ciel: *ouvrez* et l'on *vous ouvrira;* vous m'avez ouvert: aussi j'en prends note!

Et saint Pierre reprit son carnet, il y écrivit quelques mots.

— Que faites-vous là? — Rien... vous le saurez tout à l'heure. — Mais encore? — Mais, chère fille, ne soyons pas curieuse comme Ève. Contentez-vous de savoir que je vous porterai aux pieds du trône des anges du jour où vous romprez avec ce chanoine Zobeni et le primicier Daniel... Ce sont ces gens-là qui nous perdent les âmes en perdant la leur, *descendunt in infernum viventes!*

L'apôtre en était à son quatrième rouge-gorge, et il entamait un flacon de marasquin.

— Hélas! reprit-il, vous le dirai-je, chère fille? j'ai trouvé ce matin ma chapelle bien pauvre... tandis que celle de saint Justinien, où repose son corps, était bien plus belle... Pourquoi cela? je l'ignore, car il est loin de valoir saint Jean, ou même saint André, mon frère. Et cependant il ne faudrait que quelques sacs de ducats... — Vous avez raison, s'écria la marquise, illuminée tout d'un coup; mais maintenant, grand saint, puisque j'ai l'insigne honneur de vous posséder, nous n'avons plus besoin d'intermédiaire pour vous faire passer ces aumônes. Voulez-vous bien vous charger vous-même de la bourse de la quêteuse? J'y joindrai quelques-uns de mes bracelets, et vous remettrez le tout, pour les frais du culte, au patriarche lui-même... — A la condition, ma fille, que je vous donnerai un reçu; il faut faire les choses en règle...

La marquise ouvrit avec empressement un magnifique cabinet d'Allemagne incrusté de nacre et de marqueterie; elle y prit un parchemin et le tendit à l'apôtre.

— Voilà un reçu en bonne forme, dit saint Pierre après l'avoir signé; je n'ai pas voulu me servir du papier de mon carnet, pour qu'il soit bien prouvé que je suis descendu sur terre... Avant que de remonter au ciel, je passerai en effet chez le patriarche, avec qui je m'expliquerai... Pour le moment, j'ai un petit service à vous demander, madame. — Lequel, mon digne hôte? répondit-elle en s'inclinant. — Un de mes fidèles, un homme de haute dévotion, en butte aux persécutions acharnées du conseil secret de Venise, vient de rentrer dans cette ville, où l'appelle un héritage. Vous êtes la femme du procurateur Grimani... et il est en chemin de devenir inquisiteur. Ne pourriez-vous pas obtenir de lui qu'il donnât à mon protégé un permis de résidence en cette ville? Il en signe, dit-on, et cela pour quelques bourses, chose que je désapprouve infiniment, mais la justice de Venise est si corrompue! — Puisqu'il est impossible de rien vous céler, grand saint, reprit la marquise la main appuyée sur un tiroir, c'est vrai, je dois l'avouer, mon mari trafique indignement de ces sortes de permissions... J'ai surpris son secret et je sais où il les cache... D'un jour à l'autre, le sénat peut être averti par ses espions et lui faire un mauvais parti. — Et voilà ce que vous devez éviter, ma fille; croyez-moi, purgez votre maison de toute fraude, le marquis Grimani pourrait un jour payer cher de tels artifices... Ajoutez à cela qu'il place fort mal ces laissez-passer, et si l'avvocadore Cesare Morini, son ennemi mortel, ou Casanova de Seingalt, un mauvais sujet qu'il a fait bannir de Venise, savaient cela...

A ce nom de Casanova, la marquise avait pâli; elle se contenta cependant de répondre avec des lèvres tremblantes:

— Casanova n'est-il donc pas mort à Corfou?... — Rien n'est moins prouvé, reprit l'apôtre, observant le trouble de la signora; c'est un rusé coquin, qui envoie chaque jour à Satan les plus jolies âmes de l'Adriatique. D'ailleurs, il a encore des amis à Venise, des amis qui ne pardonneront jamais au conseil son juste bannissement... Le fidèle serviteur de mon aïeul, pour lequel je vous implore, est au contraire iniquement accusé: un permis le sauverait; il doit rester si peu de temps à Venise! Sans cela, madame, il y va pour lui de la mort.—De la mort! s'écria la marquise avec exaltation, de la mort! Ah! prenez, grand saint, prenez ces permis, vous pouvez les emporter tous; puissent-ils racheter toutes mes fautes! — Bien dit, ma fille, bien dit, continua l'apôtre en ramassant les papiers signés que lui tendit la marquise; mais voici qui sera non moins agréable au Seigneur, continua-t-il en serrant la bourse dans sa robe. Maintenant à mon tour, je veux récompenser votre zèle par un don qui vaut tous ceux de la terre: vous m'avez ouvert votre porte, je veux que la mienne ne vous reste pas fermée...

En même temps, l'apôtre arracha de son carnet la page sur laquelle il avait écrit quelques lignes, et, la présentant à la signora Grimani:

— Voilà, lui dit-il, un laissez-passer qui vous assure toutes les joies du ciel... Avec ce papier...

Saint Pierre n'acheva pas, car, à l'instant même, Morenita venait de se précipiter dans la chambre de sa maîtresse, et à peine y était-elle entrée en tirant le verrou que trois coups violents retentissaient à la porte...

— Qui peut venir à cette heure? s'écria la marquise pâle d'effroi. — Je ne sais, madame, répondit Morenita, c'est un grand homme chauve avec une robe pareille à celle de monsieur... Il dit... il prétend qu'il veut vous parler... — Son nom? demanda saint Pierre.

— Ma foi, monsieur le saint, il n'a pas jugé à propos de me le dire. Mais entendez-vous comme il frappe! il redouble, il va enfoncer la porte!

Saint-Pierre se drapa, et, allant lui-même à la porte, demanda d'une voix ferme:

—Qui frappe ici?—Saint Paul, répondit une voix; ouvrez! — Saint Paul! fit la marquise avec une expression de joie indicible. Quoi! saint Paul aussi! Vais-je donc avoir l'honneur de recevoir chez moi, cette nuit, le collège apostolique? — N'ouvrez pas, marquise, n'ouvrez pas, je vous en conjure! s'écria saint Pierre en voulant la retenir.

Mais en ce moment la porte fut poussée si vigoureusement, que Morenita, craignant les suites du vacarme, courut agilement à la porte, l'ouvrit, et saint Paul parut...

Saint Paul portait, lui, le costume israélite; il avait un livre à fermoirs d'argent sous le bras, ses pieds étaient chaussés de larges sandales, ses regards lançaient la flamme.

— Apôtre indigne de ce nom, s'écria-t-il, qui vous a permis de venir mêler ici des intérêts terrestres aux sublimes vérités que nous défendons? Envoyé par notre maître et prince à tous deux, je vous signifie le décret d'en haut: il faut me suivre! — Vous, murmura saint Pierre; vous! mon inférieur! Allons donc! — Je me doutais bien qu'après avoir renié le Christ par trois fois, vous me renieriez, apôtre coupable! Mais j'ai tout prévu, et ces cavaliers qui me suivent vaudront bien l'effet de la grâce victorieuse qui pourrait vous y contraindre!

Saint Paul fit un geste, et trois hommes masqués parurent sur le seuil. Saint Paul leur enjoignit de faire leur devoir, tout en respectant la majesté du saint qu'ils arrêtaient. Ils lui mirent un bâillon et lui lièrent les mains.

La marquise tomba évanouie sur un fauteuil, et Morenita s'empressa de la secourir. Pour la sainte escouade, elle descendit dans une large gondole avec son prisonnier, et le barcarol vira subitement de bord.

CHAPITRE III

LES DEUX APÔTRES.

La gondole avait à peine dépassé l'angle du palais Grimani, sous les clartés de la plus belle lune qu'on pût voir, lorsque le barcarol arrêta sa proue devant une demeure d'assez modeste apparence, enfouie à travers mille petites rues dans le quartier du canal Reggio, près de Saint-Job.

Les trois cavaliers donnèrent poliment la main à saint Pierre pour descendre, et l'introduisirent sous les grilles d'un vestibule assez mal éclairé, lequel avait plusieurs portes. Saint Paul ordonna à l'apôtre de le suivre dans sa chambre, et fit signe aux cavaliers de le laisser passer seul.

Arrivés tous deux dans une vaste pièce ornée pour tous meubles de mille instruments d'alchimie, de fourneaux et d'alambics, saint Paul arracha brusquement la barbe de son prisonnier, et, jetant au loin la sienne :

— Mille pardons, lui dit-il, seigneur Casanova !... — Cagliostro !... s'écria le faux saint Pierre en reculant de deux pas.

Tous deux se regardèrent, immobiles d'étonnement, jusqu'à ce que Casanova rompît le premier le silence.

— Quelle est cette méchante plaisanterie ? dit-il à saint Paul, et comment avez-vous su ?... Quoi qu'il en puisse être, vous me rendrez raison d'un tel procédé ; je ne suis pas homme à le souffrir !

Cagliostro le regarda avec des yeux remplis de malice, et, lui prenant la main comme à son élève :

— Seigneur Casanova, lui dit-il, vous alliez vous faire un mauvais parti, car le procurateur revient de Padoue cette nuit même ; il a été prévenu par son cuisinier Guaspolo... Sans le retour du marquis, je n'eusse point interrompu votre tête-à-tête. — Alors, mon cher maître, je vous dois réparation. Mais qui vous a dit que je dusse souper chez la signora ? — L'Arménien qui a fait le souper et qui vient ici préparer quelquefois d'autres fourneaux... Oui... ceux où je fais de la chimie, mon très-cher. Ne l'employiez-vous pas aussi pour certaines petites commissions, depuis son renvoi de chez le chanoine Pasquale ? Vous l'aviez chargé, n'est-ce pas, de rôder devant le palais Grimani, et de bien faire le guet ?... — C'est vrai, et je jure Dieu que je lui casserai les os s'il m'arrive de le rencontrer. — Pourquoi cela ? parce qu'il m'a prévenu d'une bonne fortune ? N'en est-ce donc pas une que de renouveler connaissance avec une personne de votre mérite ! N'étions-nous pas amis en Allemagne, et ne vous souvient-il plus qu'à Berlin j'eus l'honneur de vous gagner quelques petites sommes ? — Trois mille florins, je crois ? je vous les dois encore, je ne fais pas de difficulté de l'avouer... mais vous jouez si heureusement ! — C'est ce que je nie ! Tenez, je suis résolu à perdre ce soir, et cela contre vous !... Vous avez dans vos poches quelques bonnes pistoles, je les ai entendues sonner quand on vous mettait en barque... Vous jouerez à ma banque, car j'en tiens une chez moi, ici même. Oui, je suis à Venise sous le nom du comte Lippone, et ce n'est qu'en ayant l'air de perdre qu'on s'attire la confiance... On vous plaint, on vous admire !... Battez-moi donc bien fort ; ces trois cavaliers que vous avez vus et qui vous ont arrêtés si poliment au souper céleste de la signora vont nous recruter des dupes pour cette nuit : je me charge de réparer ensuite les brèches faites à ma bourse.

— Vous voilà donc à Venise, comte de Cagliostro... pardon, comte de Lippone ? — Depuis huit jours seulement ; et vous ? — Moi, depuis avant-hier, et je vous avoue que je n'y ai posé le pied qu'avec crainte. J'habite une mauvaise chambre voisine du Ponte del Paradiso. Un décret d'exil fut arraché contre moi au dernier doge... Voilà trois ans que je cours, et sans l'héritage que j'attends de ma vieille tante la comtesse d'Agnati... J'en ai bien besoin, car, en Allemagne, il n'y a plus, cher comte, le plus petit baron à plumer ! — C'est une indignité que nous nous retrouvions tous deux aussi peu favorisés de la fortune ! Vous êtes banni de Venise, dites-vous ; donnez-moi la main : moi, mon cher, on vient de me bannir de France ! — En vérité ? — Oui, pour des misères qui seraient trop longues à vous conter. J'avais toujours mal préjugé de ce pays-là ! Un monde de philosophes qui menace de devenir aussi habile que les autres, des seigneurs dont l'avarice et l'ingratitude découragent le vrai génie ! Et puis, vous le dirai-je, à vous, mon élève en bien des choses ? depuis certaine femme qui m'a fait manquer en France ma fortune, il y a de cela quinze ans, en vérité, je ne me crois plus bon à rien. — Vous raillez... Et votre tour de tout à l'heure ? — C'est vrai, c'était le seul moyen de renouer connaissance avec vous ! A corsaire, corsaire et demi... Et si nous nous entendions... ? — C'est bien mon projet. Vous m'avez donné autrefois quelques leçons, si je pouvais vous en rendre quelques-unes... — Vous avez de l'esprit, seigneur Casanova. — Mieux que cela, j'ai de quoi nous sauver des griffes de la police vénitienne... — Que voulez-vous dire ? — Que nous cherchons fortune à Venise contre vent et marée, vous toujours curieux d'expériences de magie, de tout ce qui peut abuser les esprits forts ou faibles ; moi, toujours courant après l'argent et les femmes, deux nuages qui passent vite... Je ne représente pas mal le plaisir, et vous l'intrigue... — Raison de plus pour nous associer, cher Casanova ! Que viens-je faire à Venise ? je ne sais pas trop encore ; en attendant, je cherche à corriger la fortune... et ne fais que suivre en cela l'exemple des premiers noms de la république... Il faudra que je vous présente ce soir même une bonne dupe que j'ai découverte... oui, un marquis français que j'ai reçu jadis à Paris, et qui, n'ayant pas les mêmes raisons que moi pour changer de nom, a gardé le sien, ce qui me l'a fait reconnaître l'autre jour au Casino... C'est un extravagant qui est venu à Venise comme on va aux Porcherons ou à Saint-Cloud ; peu instruit, mais au courant de toutes les nouvelles du monde ; amoureux, hardi, entreprenant, et avec cela d'une confiance ! Je l'ai plumé à Paris, il faut que je l'embroche à Venise ! Il fait sonner bien haut la maison du comte Lippone ; il soupe chaque nuit et roule sous les tables du café de l'Aquila. Mais rassurez-vous : c'est un petit marquis de France qui tient le vin comme un ange, et joue comme on ne joue qu'à Paris...

— Je serais enchanté de le connaître. Il se nomme ? — Le marquis Eusèbe de Saluces... C'est un homme bien né, un garçon du meilleur monde... Vous ne devineriez jamais de qui cet honnête joueur est neveu. — De quelque seigneur de Versailles dont il guette la succession ? — Pas le moins du monde... Il a pour oncle M. de Sartines. — M. de Sartines... la puissance la plus terrible, la plus haute ?... — Hélas ! oui, mon cher, ce même M. de Sartines qui a pris en mal ma magie blanche, mes petits secrets de pharaon, et surtout l'hôtel mystérieux que je tenais à Paris ouvert nuit et jour dans la rue Verte, au Marais. Quand le roi de France, Louis XV, ce roi qui a fait quelques bonnes œuvres, quoi qu'on ait dit, donnait au comte de Saint-Germain un appartement à Chambord, avec cent mille livres, pour qu'il pût travailler librement aux teintures qui devaient assurer la supériorité aux draps de France, un ministre m'enjoignait, à moi, de quitter la France ; il avait peur de mon eau, de mes cosmétiques et de ma magie ! Lui que j'aurais pu tuer avec un simple verre d'*aqua tofana*, ou rajeunir à mon gré ! — C'est vrai ! j'oubliais, comte, votre immense réputation de *rajeunisseur !* Vous devriez bien l'employer près de la marquise Grimani, qui m'a paru vieillir singulièrement. A propos, j'oubliais, il faut que je vous fasse un cadeau... J'ai sur moi certains permis de séjour qui, en cas de malheur, peuvent vous être utiles. Partageons en bons frères, et maintenant quittons-nous. J'ai fait depuis hier la découverte de certain objet dans le quartier du Ghetto... — Quel objet ? demanda Cagliostro avec empressement, et en se dépouillant de sa longue robe d'apôtre, sous laquelle il portait un frac élégant et semé des plus fines broderies ; est-ce un vieux traitant de juif capable de nous soutenir ici quelque temps sur un certain pied ? ou bien un trésor enfoui dans les caves de ces enfants d'Israël qui tiennent leurs maisons barricadées comme leur bourse ? — Vous dites vrai, comte, c'est un trésor. Un trésor mille fois plus précieux pour moi que ne le serait celui de Saint-Marc lui-même : c'est une jeune fille, qui demeure près de l'église de Saint-Jérémie... — Elle s'appelle ? — Vraiment, c'est ce que je ne sais pas encore. Le jour tombait quand je l'ai aperçue aux grilles de sa fenêtre ; j'ai cru voir cet ange que Raphaël nous peint illuminant de ses rayons le noir cachot du saint dont j'avais pris la barbe tout à l'heure... Nous irons, si vous le voulez, rôder en ce lieu demain matin, et comme vous n'êtes plus aussi inflammable que moi, je compte sur vous pour m'aider dans ce *grand œuvre*... Mais n'avez-vous pas vous-même à Venise quelque belle dame en tête ? — Peut-être... balbutia Cagliostro en se versant un flacon d'essence sur les mains, et en sonnant un de ses valets.

Un heyduque apparut, et annonça au comte de Lippone que les gens de son cercle arrivaient.

— Vous allez voir de près cette auguste assemblée, dit le comte à Casanova. Sous quel nom vais-je vous présenter à mes joueurs ? — Mais parbleu, marquis, sous le mien, pour peu que cela vous gêne ! N'ai-je pas comme vous un talisman de sûreté ? — Oui, mais, croyez-moi, n'en usez qu'à la dernière extrémité. Le doge Alessandro ne ressemble pas à tous les doges, et quoiqu'il n'ait guère que trente-cinq ans... — Le doge Alessandro ! trente-cinq ans ! Parbleu ! je suis sûr qu'il voudra faire connaissance avec le mauvais sujet le moins contesté de Venise ! Au diable la prudence ! Si je le rencontrais demain, je lui dirais hardiment le nom que je porte. — Pour vous faire encore mettre sous les plombs ou exiler en Bohême ? Et votre juive, votre idole, qui m'a l'air de valoir pour vous cette Thérèse Irmer, la fille d'un comédien dont vous étiez fou, vous la perdriez ainsi de gaieté de cœur ? — Appelez-moi le docteur Celse ou Paracelse, comme il vous plaira. Seulement, donnez-moi un habit, car je n'ai sur moi que la tunique de saint Pierre.

Cagliostro poussa le ressort d'une tapisserie ; la porte se referma sur son ami, qui reparut un quart d'heure après, habillé fort richement. Casanova avait sur lui l'argent de la quête ; il le fourra dans les poches de sa nouvelle veste, se promettant de le faire rapporter à la banque fondée entre lui et Cagliostro.

Le jeu du comte de Lippone se tenait dans une salle voisine ; Casanova et Cagliostro y descendirent peu d'instants après, et trouvèrent dans cette pièce une société nombreuse... Les parties de pharaon se lièrent, plusieurs femmes se mirent en devoir d'y ponter au ducat. Il se perdit en ce lieu d'assez fortes sommes ; mais le comte de Lippone y parut entre autres si maltraité de la fortune, que ce fut à qui lui offrirait sa bourse en sortant.

Lorsque Cagliostro et son ami furent seuls :

— Voilà qui va bien, dit Casanova, vous me convenez, et maintenant je puis vous livrer un secret. Vous ne le méritez guère, cependant, vous qui êtes venu me déranger si cruellement de mon souper apostolique... J'étais sur la piste d'une découverte importante, chez la signora Grimani... — Parlez, parlez vite, reprit Cagliostro essayant sur le Vénitien l'empire de son regard fascinateur. — Voici la chose. Je suis venu ici pour un trésor. — Vous me l'avez déjà dit, n'est-ce pas la fille d'un juif qui demeure près de l'église de Saint-Jérémie ? — Ceci est une occupation du cœur, un caprice, une vraie fusée d'amour !... Il faut avant tout que je m'occupe du solide... — Bien dit. — Vous saurez donc qu'il existe à Venise... je ne sais où... par malheur... un trésor capable de nous enrichir tous les deux, et de nous mettre sur le pied des premiers joueurs du Ridotto... — Je le sais. — Qui vous l'a dit ? — Le vieux procurateur Morosini... il y a six ans... à Paris... sous le sceau du plus grand secret. Mais je sais en même temps la nature et l'origine de ce trésor... — Je les sais aussi. Il a coûté cher au doge... Vous savez le nom de ce doge ? — Oui, reprit Cagliostro.

Et il jeta alors à l'oreille de Casanova un nom que celui-ci connaissait. — Mais comment savoir où la république de Venise a fait enterrer cet or ? — Oui... par quel moyen ? poursuivit Cagliostro, qui semblait rêver. — Voilà précisément ce que j'espérais découvrir, reprit Casanova ; la bibliothèque particulière du seigneur Grimani est citée dans Venise. On dit qu'elle renferme une infinité de pièces secrètes, volées par lui aux archives vénitiennes sous le dernier dogat... il faut que l'un de nous deux... — Soyez tranquille... ce soin me regarde... répondit Cagliostro. Seulement, après l'algarade de ce soir dans le quartier de la signora Grimani, il serait prudent d'attendre quelques jours... n'est-ce pas ? — Le manuscrit doit être en langue arabe, poursuivit Casanova ; et je ne connais pas cette langue. Le procurateur Morosini, exilé de Venise, a dû vous dire en France... — Il m'a dit que l'inquisition vénitienne employait alors pour secrétaire un homme qui la connaissait. De cette façon, et en supposant que ce livre pût tomber aux mains d'un profane ou être détourné des archives, il devenait pour lui un trésor inutile... Le seigneur Grimani connaissait-il cette langue ? — Pas plus que moi, reprit Casanova en riant ; nous pourrions donc tous deux, en nous abstenant d'aller quelques jours chez la signora...

Ils causaient encore, quand les lueurs de l'aube frappèrent les vitres de l'appartement... Cagliostro et Casanova se séparèrent, après s'être promis une amitié qui existait moins dans leurs cœurs que sur leurs lèvres.

CHAPITRE IV

UN INQUISITEUR.

Dans cette même matinée, et quand toutes les grilles du Ghetto grinçaient lentement sur leurs gonds, trois jeunes patriciens, suivis d'un laquais portant plusieurs sacs d'argent, sortirent d'une maison formant l'angle de la petite place où s'élève l'église de Saint-Jérémie.

Devant cette église, qui sépare le quartier des juifs de la ville chrétienne, passaient et repassaient quelques maigres figures d'israélites coiffés du chapeau rouge remplaçant le morceau de toile jaune, signe distinctif que leurs ancêtres portaient sur la poitrine, des enfants se rendant aux synagogues, et des porteurs d'eau avec leur crécelle enrouée. La maison d'où sortaient les jeunes seigneurs appartenait au juif Ottale, l'un des plus riches prêteurs de la république. Elle donnait sur un petit canal dont l'onde verte n'était sillonnée alors par aucune barque ; les abords de ce lieu étaient sévères, méfiants. Un pont de quelques marches descendait près de la maison, dont chaque fenêtre était soigneusement fermée avec d'énormes cadenas.

— Battista, dit l'un des jeunes gens à son laquais, porte ceci au palais Trevisani. Nous avons besoin d'une collation qui répare pour nous les fatigues de cette nuit. Dis au maître du café de l'Aquila de la tenir prête, nous te suivons.

— Deux mille ducats perdus contre ce marquis français qu'on m'a présenté chez le comte de Lippone cette nuit ! Savez-vous que c'est quelque chose, messieurs ? murmura le plus élégant des jeunes patriciens, qui portait le nom de Mocenigo, en s'asseyant sur le banc de pierre placé au-dessous de la maison d'où ils sortaient.

— C'est, ma foi, vrai, reprit Trevisani, observant du coin de l'œil son laquais qui venait de prendre le chemin de son palais : mais je perds trois mille ducats contre cette espèce d'Allemand nommé le docteur Paracelse ! Le diable m'emporte si je n'ai pas vu quelque part cette figure-là ! Un drôle qui ne parle que par *meinherr*, et qui n'a pas l'air de savoir un mot d'italien ! Mais toi, Ranuzzi, toi qui n'assistais pas à notre pharaon de cette nuit, comment se fait-il que tu viennes emprunter à nos juifs de Venise ? — Je vous dirai cela en déjeunant, reprit Ranuzzi ; il me faut des provisions pour un voyage... oui, cette nuit même je quitte Venise. — Est-ce pour retourner à Padoue, monsieur le noble de terre ferme, à Padoue dont le séjour a tant de charme pour vous, et où l'on prétend que vous renfermez dans un sérail plusieurs belles esclaves ramenées de l'Inde ? Il y a bien parmi elles une sultane favorite ? avoue-nous cela, mauvais sujet. — Allons, dit Ranuzzi affectant un air de gaieté, vous êtes de mauvais plaisants. Je pars, que cela vous suffise. Croyez bien que je ne quitte pas Venise sans une larme ! — Halte là ! nous ne te lâchons pas ! Que diable ! Ranuzzi, tu aimes le plaisir... Oublies-tu donc que tu dois venir cette nuit au bal de la belle comtesse d'Azola ? Demain, au lever du soleil, tu partiras pour Constantinople ou pour les Indes ; mais, pour cette nuit, tu nous appartiens !... — Je gage que Ranuzzi trouve l'air de Venise mauvais pour lui à cette heure, dit Trevisani en le regardant fixement ; en effet, avec les anciens statuts que l'inquisition d'État vient de remettre en vigueur !... Sais-tu bien, Ranuzzi, que, par le seul fait de tes femmes jaunes ramenées de l'Inde, tu exposes le patriciat de Venise à avoir un jour du sang mêlé dans ses veines, du sang d'esclave! L'inquisition ne badine pas là-dessus! — Bast! reprit Mocenigo en voyant Ranuzzi devenu tout pâle, l'inquisition! chaque jour son pouvoir se perd! Allons, en attendant qu'elle sévisse contre toi, décoiffer quelques bouteilles de vin de Chypre! Aussi bien, Battista serait capable de déjeuner avant nous, et je me sens la panse aussi creuse que ma bourse l'était ce matin...

Les trois patriciens s'acheminèrent vers le café de l'Aquila, sans trop prendre garde aux bruits divers qui se faisaient jour dans ce quartier. La maison du juif Ottale, auquel ils venaient d'emprunter, restait encore fermée, quand une gondole s'arrêta près du pont; une dame voilée en sortit bientôt avec un cavalier qui tenait son livre de messe; il le lui présenta galamment, lorsqu'elle sauta hors de sa gondole.

— Comtesse, lui dit-il, votre barque est, ma foi, légère comme le vent, moelleuse comme le cou d'un cygne! Voici l'église Saint-Jérémie, vous aurez le temps d'y prier pour vos péchés; car, voyez, il est huit heures à peine, et il se passera plus d'une heure encore avant que l'évêque ne vienne donner la bénédiction aux jeunes fiancés que vous protégez, le doge et vous, avec tant de sollicitude! A peine arrivé de Padoue, et même avant d'entrer dans ma maison, j'ai trouvé chez moi un ordre de Sa Sérénité le doge, qui m'enjoignait de vous offrir la main pour vous conduire à l'église en son absence; nul doute, comtesse, que les affaires de l'État... — Admirable excuse avec laquelle vous autres praticiens vous couvrez d'habitude le train de votre galanterie!... Convenez, Grimani, que les affaires de l'État vous servent merveilleusement!... Vous ne travaillez jamais plus que lorsqu'il s'agit de nous tromper. Par exemple, les séances extraordinaires du sénat ne pourraient-elles pas souvent se traduire par une croisière amoureuse sur la Canalazzo, et le plein-conseil par une partie de masque à Fusina? Je sais des femmes bien nées qui ont l'irrévérence de rire quand leurs nobles époux affectent de faire sonner haut devant elles les mots d'élection, de collége, de quarantie; chacune est assurée que le lendemain la robe sénatoriale de son mari sentira le vin de Chypre, que sa perruque sera de travers, et ses manchettes de point en un beau désordre, trop heureuse si le sévère magistrat ne rentre pas du palais ducal vêtu en Turc ou en Scaramouche! — C'est avoir, madame, bien mauvaise opinion du patriciat!... — Entre nous, Grimani, vous n'en avez pas meilleure idée. Planter le drapeau de Saint-Marc sur les murs de Constantinople comme le vieux Dandolo, battre les infidèles sur terre et sur mer comme Morosini, humilier Gênes, bâtir des basiliques, fondre des canons à l'Arsenal, mettre à flot des navires chargés de matelots armés, oh! cela était bon pour les temps héroïques! Aujourd'hui que faut-il pour continuer ces grands noms? Courir les mascarades et les cafés, tirer l'épée sous un réverbère pour une courtisane de bas lieu, jouer tout ce qu'on possède et bien souvent ce qu'on n'a pas, telle est la vie exemplaire des gentilshommes de Venise!

Le personnage auquel s'adressait cette critique amère de la comtesse jeta les yeux sur sa perruque, comme s'il se fût vu attaqué lui-même dans ses plus intimes retranchements, et, reportant ensuite sur la comtesse un regard scrutateur :

— Ainsi, répondit-il, madame, votre satire n'exempte personne, pas même le doge?... — Alessandro n'est-il pas de toutes vos parties, de toutes vos fêtes? — Cela est vrai, madame; mais il se montre aussi le premier au conseil et aux affaires. On le retrouve sous la double livrée du plaisir et du travail, toujours ardent, infatigable; à la fois le modèle des jeunes oisifs du Broglio et des vieux conseillers de la Seigneurie. Quand je lui donnai ma voix au ballottage du Grand-Conseil, je pensais, comme mes collègues, élire un doge ami seulement du luxe et de l'indolence, curieux tout au plus de faire porter devant lui les trompettes d'argent, la chaise d'or, les carreaux et les éperons, symbole de sa dignité, un doge enfin tel qu'il nous en fallait un dans Venise!... — Vous vous êtes bien trompés, n'est-ce pas? reprit la comtesse malicieusement. — Grâce à lui, madame, nos emplois deviennent des sinécures; Alessandro sait tout dans l'État; les hommes et les choses, les murs et les consciences sont de cristal pour son œil pénétrant. Il espionne les espions que nous mettons sur ses pas, et c'est souvent au milieu de quelque joyeux souper qu'il redresse en riant la faute que nous avons commise la veille, ou l'erreur qui nous doit échapper le lendemain! — C'est bien lui. — Ajoutez à cela que le peuple l'aime... Il s'est fait l'ami du peuple par l'intérêt qu'il lui porte; aujourd'hui le premier de Venise sous le dais à brocart d'or, demain simple ouvrier maniant la lime et le rabot aux chantiers de l'Arsenal... Oh! c'est un étrange doge! impénétrable à tous, même à un inquisiteur d'État! — On le dit. — Vous seule, madame, vous seule tenez la clef de ce cœur fermé à tous... Le doge vous aime! on ne parle dans Venise que de cet amour inspiré par la belle comtesse d'Azola au souverain de la république. Aussi les hommages de vos adorateurs glissent-ils sur vous comme l'eau de la mer sur les flancs de votre gondole... — Grimani, reprit la comtesse en regardant le procurateur de l'œil dont une Italienne interrogerait un devin, pensez-vous que le doge m'aime? — Qui en doute, madame? reprit Grimani avec chaleur. Que manque-t-il donc, à vous pour lui plaire, à lui pour combler tous vos souhaits? Vous lui êtes aussi soumise que l'Adriatique l'est à son époux; aussi dois-je vous dire ici toute ma pensée : on croit à Venise que vous serez un jour dogaresse... Le doge Alessandro vous donnera l'anneau qu'il donne à la mer! — Silence! Grimani, fit la comtesse avec une expression singulière de mélancolie et de terreur; ne croyez pas que j'aspire à un titre dont l'éclat seul fait le danger, à un titre qui, pour m'assurer la possession du cœur d'Alessandro, lui créerait peut-être une servitude. Grimani, je suis heureuse... très-heureuse!... Alessandro est jeune, il est beau, il est doge, je suis la seule femme dans Venise qu'il lui ait plu de distinguer; je ne lui demande que son amour. Il est vrai que je n'aime pas, Grimani, comme toutes ces Vénitiennes dégénérées qui m'entourent, continua la comtesse en relevant son front avec orgueil; j'aime Alessandro d'un amour jaloux, inquiet, défiant. Cet amour, je le sais, est la punition de ma faute et de ma faiblesse; aussi, je vais parfois demander à Dieu de me protéger contre ses propres transports, et de me rendre, hélas! cette paix que j'ai perdue!

En parlant ainsi, la comtesse avait déjà soulevé la portière qui conduisait à l'église; à la voir posée sur les degrés de marbre du temple, on eût pu croire à l'apparition divine de l'une de ces belles déesses sous les traits desquelles Véronèse personnifia tant de fois Venise, sa ville. Sa taille, emprisonnée dans un long étui de satin noir, laissait deviner cette molle ondulation de mouvements commune aux femmes de l'Asie, qui se tiennent couchées presque toujours; sa peau légèrement ambrée, l'éclat de ses grands yeux bleus fendus en amande, ses cheveux d'un noir de jais, et la netteté de son profil, donnaient à rêver doucement aux filles de Grèce; elle avait des mains aussi belles et aussi fines que celles de Léda, les ongles rosés et colorés de ce carmin que vendent à Venise les Arméniens du port; son pied était fin, et se jouait à l'aise dans ses petites mules, la mode des patins lui ayant semblé digne d'être abolie.

—Je vais attendre patiemment Son Altesse dans sa tribune, dit-elle à Grimani en le quittant, vous, mon cher procurateur, n'oubliez pas que vous avez accepté mon invitation pour mon souper de ce soir. — Et que l'on me permet de baiser la jolie main qui l'a écrite.

Grimani déposa un baiser respectueux sur la blanche main de la comtesse, et la suivit du regard jusqu'à la tribune du doge, où elle monta. La comtesse en tira précipitamment les grillages sur elle, ne voulant pas sans doute s'exposer à la curiosité indiscrète des habitants de ce quartier avant que le doge ne fût venu.

L'intention du procurateur Grimani n'était pas d'entrer à l'église de Saint-Jérémie avant l'heure des fiançailles, il se tint donc sur la place et, regardant du côté de la Giudecca, il vit arriver bientôt à lui un homme en habit de livrée, qui hâta le pas dès qu'il l'aperçut.

— Quelles nouvelles, Guaspolo? — Hélas! Excellence, de mauvaises nouvelles... J'étais parti cette nuit même pour vous aller trouver à Padoue et vous dire ce qui se passait. — Que se passe-t-il donc? — Votre maison ou plutôt votre palais, Excellence, a été cette nuit le théâtre de singulières choses. Mais ce n'est pas ici le lieu de vous raconter... Venez, venez avec moi, et vous verrez par vos yeux...

Le procurateur suivit Guaspolo en toute hâte; mais, en tournant le coin de cette Piazzetta, il fut rencontré par deux huissiers à robe rouge, du palais ducal, qui lui remirent un paquet cacheté... En le développant, la main de Grimani trembla, mais bientôt un rayon de satisfaction illumina son front jaune et semé de rides précoces; il tira même de sa veste quelques ducats qu'il crut devoir donner aux deux huissiers de la Seigneurie...

— Pressons le pas, Guaspolo, dit-il à son cuisinier, car la cérémonie du mariage va bientôt avoir lieu à l'église, et il faut, tu le sais, que je rejoigne la comtesse d'Azola à Saint-Jérémie.

Un quart d'heure venait à peine de se passer depuis que le procurateur avait pris l'une des rues qui devaient le conduire à son palais, lorsque les trois patriciens sortant du café de l'Aquila revinrent sur cette place.

Leur seule contenance témoignait assez du repas copieux qu'ils venaient de faire; leur visage empourpré, la gaieté de leurs propos, leurs rires et leurs moqueries donnaient assez à entendre qu'ils sortaient du café de l'Aquila, auquel ils eussent pu en ce moment-là servir d'enseigne aussi bien que le Bacchus qui l'ornait.

— Ah! ah! disait Trevisani, la bonne aventure! — L'excellent tour! reprenait Mocenigo. — Notre ami Grimani, le procurateur, en rira lui-même, c'est sûr. Quel honneur, messieurs! saint Pierre et saint Paul pour convives! — Silence, messieurs, voici la marquise au bras de son cher époux! Ils arrivent par le canal que voici. Grimani aura tenu à se montrer; il doit être rayonnant! — Par ma foi, Ranuzzi, tu devrais prendre ce petit Arménien à ton service! il a fait la cuisine d'un saint, que veux-tu de mieux? — Plus bas, Mocenigo, plus bas, voici le procurateur qui revient! — Ma foi, complimentons-le; je n'y puis tenir! — C'est cela, demandons-lui des nouvelles de saint Pierre!... — Et de saint Paul donc! Il n'est bruit que d'eux dans le quartier.... Morenita la duègne a jasé.

— Salut au noble marquis Grimani, poursuivirent-ils en affectant un sérieux si guindé que le procurateur s'en troubla. Comment se porte aujourd'hui Son Excellence? — Assez mal, j'ai passé la nuit en route... Oui, des lettres du doge qui me mandaient à Venise... — Et, en revenant de Padoue, vous ne vous attendiez pas à ce souper?... — Quel souper? demanda Grimani en affectant la surprise. — Parbleu! le souper qui... le souper que... Vous devez être sanctifié de la tête aux pieds, ce matin? Et la signora! En vérité, elle a raison d'aller dire ses *grâces* à l'église... — Une lettre pour le seigneur Grimani, dit en ce moment un sbire, vêtu de noir, qui apportait au procurateur un large portefeuille... — Bien, fit le procurateur en souriant. — Comment, Grimani, vous connaissez ces gens-là? demanda Mocenigo, quand le sbire se fut éloigné. Saint Pierre ne vous le pardonnera pas. — Ni saint Paul, non plus... car ce sont des corbeaux de la police! — Vous croyez? fit Grimani d'un air glacial, les notes qu'ils m'apportent peuvent cependant être utiles... Celle-ci, par exemple, lisez la suscription.

Mocenigo prit la lettre.

— *Au seigneur Grimani, inquisiteur*. Quoi! vous êtes inquisiteur? — Il paraît, reprit froidement Grimani : c'est ce qui me donne l'occasion d'apprendre que vous avez joué l'autre jour avec deux barons suédois au biribi, seigneur Mocenigo. — C'est vrai, j'ai même gagné. — Oui, mais vous avez employé dans votre jeu des cartes illégitimes... — Par exemple! — Vous avez eu le tort de les oublier chez la courtisane Lucrezia, voilà tout. — Qui ose m'accuser? — Voici la plainte, lisez vous-même... — Je rends grâce au sénat qui vous nomme inquisiteur, reprit Mocenigo avec une effusion hypocrite, vous serez donc là pour nous protéger! Vous savez, ajouta-t-il plus bas, que je vous ai promis une bonne part sur le testament du comte Orio, mon oncle.

— J'ai certaines futailles de Malvoisie et de vin d'Espagne enterrées en lieu sûr, et je veux que vous les goûtiez... ajouta Trevisani en embrassant le nouvel inquisiteur.

— Trevisani, le maître du café de l'Aquila veut absolument faire saisir votre palais sous prétexte que vous lui devez...

— L'ingrat! c'est lui qui me doit... sa réputation! Mais, dites un peu, mon cher Grimani, quels sont ces sbires en manteau que je vois rôder encore autour de l'église? — J'ai quelqu'un à arrêter cette journée même... Pour vous, Ranuzzi, continua Grimani en s'avançant vers l'un des trois jeunes gens qui l'entouraient, si j'ai un conseil à vous donner, c'est de ne pas rester ce soir au bal de la comtesse d'Azola... Vous devez prévoir vous-même le péril qui vous menace... — Laissez donc, Grimani, ne voulez-vous pas vous montrer sévère envers ce pauvre garçon? dit Mocenigo en lui montrant la pâleur que ces paroles avaient fait naître sur le front de Ranuzzi... Ne savez-vous pas bien qu'il a ici un amour en tête... une certaine dame qui loge, je crois, à l'angle du Rialto?... Et puis, est-ce sa faute, si ce souper céleste de saint Pierre et de saint Paul?...

Les lèvres de Grimani se plissèrent de rage, mais Mocenigo continua :

— Puisqu'il y a pour vous urgence d'arrêter quelqu'un, que n'arrêtez-vous de préférence un certain marquis français qui m'a fort bien gagné cette nuit trois mille ducats au pharaon?... Il jouait contre moi, chez le comte de Lippone, et cette nuit, je l'avoue, je n'avais pas pris, comme aujourd'hui, mes précautions.

Et Mocenigo tira de sa veste un paquet de cartes fausses.

— Voulez-vous bien cacher ce jeu-là, reprit Grimani, ou je vous fais arrêter. — Laissez donc! ne nous en sommes-nous pas servis tous deux bien des fois au jeu de la Lucrezia? A telles enseignes que j'ai une lettre de vous, où vous lui recommandez le secret! Elle me l'a donnée... Mais rassurez-vous, quoique vous soyez inquisiteur, je demeurerai votre ami... — Prouvez-le-moi donc, reprit Grimani, et veuillez m'aider à découvrir les auteurs du scandale arrivé cette nuit chez moi... — Vous appelez cela un scandale, une visite aussi honorable! — Oui, ils ont brisé ma porte, emprunté sous mon nom de l'argenterie et des comestibles; enfin, Mocenigo, vous le dirai-je, ils ont enlevé l'or de ma femme! ce matin, elle n'a pu me rendre ni sa quête, ni même sa bourse... — Ils étaient peut-être à court d'argent... comme moi... Écoutez donc, il n'y a pas de juifs au paradis!

En ce moment, un brouhaha, déchaîné chez les israélites de ce quartier par l'arrivée inattendue d'un personnage assez grotesque, interrompit la conversation de l'inquisiteur, et ses regards, ainsi que ceux des jeunes patriciens, se portèrent bientôt sur un étranger qui descendait le pont avec un livre à la main.

La physionomie de ce nouveau venu réclamait certainement l'attention, car il était vêtu tout autrement que les jeunes seigneurs de Venise; il portait un frac de marquis taillé selon la dernière mode de l'Œil-de-Bœuf; c'était un gentilhomme français dans toute l'acception italienne de ce nom, c'est-à-dire qu'il affichait ces airs étourdis et évaporés qui n'étaient guère de mise alors qu'à Versailles, et qui contrastaient avec la légèreté quelque peu allemande de la seigneurie de Venise. Son frac bleu était semé d'oiseaux-mouches et de perroquets, becquetant des cerises peintes jusque dans ses poches; ses doigts étaient surchargés de bagues en marcassite, et le nœud de sa cravate, d'une irréprochable blancheur, faisait honte au rabat du procurateur Grimani. Il pouvait avoir trente-huit ans.

— Voilà mon homme, dit Mocenigo à voix basse en s'adressant à l'inquisiteur; songez, mon cher, aux trois mille ducats que j'ai perdus chez le comte de Lippone... ne pourrait-il donc se faire que ce damné marquis se servît de cartes illégitimes? — C'est ce que nous verrons, répondit Grimani au jeune patricien. Laissez-moi seulement discourir avec lui quelques secondes en attendant que la comtesse d'Azola sorte de l'église. Il me faut une victime, et par saint Marc, celui-ci payera pour saint Pierre et pour saint Paul!

Mocenigo prit le bras de Ranuzzi, qui semblait rêveur, et regardant une dernière fois le marquis français :

— La drôle de figure, le plaisant masque! bien que le carnaval soit passé!

Trevisani, chancelant encore sur ses jambes, les accompagna, et tous trois assurèrent à l'inquisiteur qu'ils viendraient le reprendre à la sortie de l'église.

CHAPITRE V

LE CICERONE.

Une fois arrivé au bas du pont, le marquis français regarda autour de lui d'un air préoccupé, puis il reporta les yeux sur le livre qu'il tenait en main.

C'était un guide de voyage, celui peut-être que Jean Baptiste Albrizzi jugea convenable d'écrire en son temps, pour faciliter aux étrangers le moyen de trouver promptement les choses les plus rares et les plus curieuses de Venise; le marquis le feuilletait encore avec une attention toute particulière, quand il vit Grimani assis sur un banc au-dessous de la demeure du juif Ottale...

« Il existe à Venise d'honnêtes ciceroni dont le ministère officieux est de servir de guide aux étrangers dans la triple affaire des visites aux monuments, du jeu et de la galanterie. On ne les distingue guère qu'à leur isolement sur quelque place, où ils attendent, sur un banc, la venue d'un étranger raisonnablement pourvu de pistoles. »

— Bon ! voilà mon affaire, continua le marquis après avoir lu ce passage, un homme seul... sur ce banc... et qui a l'air d'attendre; c'est bien cela !

Remettant alors son livre dans sa poche, le marquis s'approcha courtoisement de Grimani.

— Voyons-le venir, se dit l'inquisiteur en toisant le nouveau venu.

— Hum ! hum ! hum ! commença le marquis en toussant, vous prenez le frais, monsieur... Qu'est-ce que je dis-là ? il fait trente degrés de chaleur. Je crois toujours être aux Tuileries ou au Cours-la-Reine. — Vous cherchez quelqu'un de vos gens, monsieur? — J'ai laissé mes deux laquais près du pont, vis-à-vis lequel je suis descendu de fiacre. Qu'est-ce que je dis là ? de gondole. C'est une voiture incomparable que la gondole, mon cher monsieur; les choses s'y passent doucement, et l'on devrait bien inonder la place Vendôme pour voir l'effet que nous y ferions, nous autres marquis.

— Vous trouvez ? — Je ne m'en dédis pas, j'étais gros de voir Venise ! C'est aussi brillant, ma foi, que le fort de la rue Saint-Honoré, surtout en ce qui regarde la place Saint-Marc. Oh ! je ne me suis pas épargné, ma gondole est sur les dents. Quant à ce faubourg-ci, je lui trouve l'air aussi renfrogné que la Bastille... Vous nommez cela? — Le Ghetto. — C'est ici qu'*elle* reste, dit le marquis, en prenant quelque notes sur une feuille blanche de son livre, plus de doute.

— Dites-moi, mon cher, continua-t-il en présentant une bourse à Grimani, qui la refusa, en se retirant de deux pas; n'avez-vous point vu débarquer ici, il n'y a qu'une demi-heure, une femme accompagnée d'un cavalier? — Les dames de Venise ont toutes un cavalier, reprit Grimani indifféremment. — Je sais; il y en a même qui en ont deux ! Le cavalier était à peu près vêtu comme vous l'êtes... Il portait le livre d'heures de la dame; celle-ci avait un voile noir.

— Serait-ce ma femme? pensa Grimani en regardant le marquis avec effroi... Alors, je vais bien voir... laissons-le s'enferrer...

— Donnez-moi du moins quelques détails, continua-t-il, et je me ferai un vrai plaisir...

— Voilà un galant homme, murmura le marquis de son côté. L'affaire est bien simple, poursuivit-il, je me promenais il n'y a pas longtemps sur le grand canal, lorsque m'étant avisé de mettre la tête hors de ma gondole, une autre heurta la mienne et faillit la renverser... — Il y a à Venise des gondoliers maladroits. — Cet accident de mon carrosse, qu'est-ce que je dis là? de ma gondole, fut cause que je regardai, une seconde après, les personnes qui avaient passé près de moi .. La dame, qui était assise sur le devant des coussins, parlait en ce moment au barcarol pour lui donner un ordre. Je crois l'avoir reconnue seulement à la voix; car, selon la mode de votre pays, un voile de dentelle cachait son visage. Comme je ne suis venu à Venise qu'en ma qualité d'homme bien fait et pour courir seulement les bonnes fortunes, je ne serais pas fâché de m'aboucher avec la dame... Allons, n'ayez crainte de m'exposer, car j'arrive de France, et suis un miroir de valeur de la tête aux pieds... — Mais si cette dame avait un mari? — Je m'en moque, des maris, je les regarde comme des créanciers importuns; cette dame m'a plu, mon cher, et je guette l'instant de faire mon carrousel devant ses yeux...

Le feu ridicule avec lequel le marquis s'exprimait, ses questions et son ignorance des mœurs de Venise eussent éteint tout soupçon dans l'esprit d'un homme moins jaloux que notre inquisiteur; mais il avait à cœur d'éclaircir ses doutes, et, comme nous l'avons dit, il cherchait d'ailleurs une occasion de se venger.

— Vous allez vite, monsieur, dit-il au marquis, mais votre résolution me plaît. Puisque vous y tenez absolument, je puis vous dire où vous rencontrerez cette dame... — Parlez, parlez, de grâce, reprit le marquis en lui offrant de nouveau sa bourse; j'ai gagné cette nuit, pour la première fois depuis huit jours, au jeu du comte de Lippone, et la moitié de cet or vous appartient. Où pourrai-je trouver l'objet de ma flamme? — Sur cette place. — Comment ! devant cette église? Et que dois-je faire quand elle s'y montrera? — Vous me le demandez? — Certainement. — Cela vous regarde; vous vous proclamez brave, et vous n'êtes pas marquis pour rien : approchez-vous d'elle et levez son voile... — Son voile ! quoi ? son voile ! Pour le coup, dit le marquis en regardant celui qu'il persistait à croire son guide et son cicerone, voilà qui est hardi, très-hardi, du dernier hardi !

Et le marquis pirouetta sur ses talons; puis se rapprochant de Grimani d'un air de doute :

— Croyez-vous qu'elle s'en fâche? — Un coup d'audace ne fâche jamais une femme; à Paris, cela vous compromettrait peut-être; à Venise, cela vous sert. — Vous parlez d'or; mais, de grâce, prenez ma bourse... — Je ne me fais payer qu'après le succès, comme les grands médecins ou les avocats en renom, dit Grimani. Je le tiens... continua-t-il en s'éloignant; maintenant courons prévenir les sbires ! Une arrestation en règle pour le premier jour où j'entre en charge, cela empêchera mes ennemis de Venise de gloser sur mon aventure !

— A vos ordres, Excellence, ajouta-t-il; je reviens dans la minute. Permettez-moi pour l'instant d'aller à la rencontre d'un jeune fiancé que je dois présenter à l'église... C'est un simple sculpteur qui épouse aujourd'hui la fille du juif Ottale...

Grimani sortit, laissant le marquis enchanté d'avoir rencontré un si honnête homme.

— Les livres de voyage sont tous des menteurs, reprit celui-ci en voyant sortir l'inquisiteur; ils disent que ces gens-là sont rapaces ! Par ma foi, voilà un cicerone qui leur fait honte ! C'est une charmante chose que cette vie de Venise; me voilà lancé, c'est clair.

Et le marquis songeait encore avec ravissement à la bonne fortune qui ne pouvait lui manquer, lorsqu'il entendit ouvrir une fenêtre sur le canal... Une belle jeune fille se pencha à son balcon sur la pointe du pied et laissa errer son regard sur l'eau.

— Un friand morceau, ma foi, pensa le marquis, la douce, l'innocente figure pour une juive !... Si toutes celles du Ghetto ressemblent à celle-ci...

La jeune fille semblait alors écouter avec inquiétude l'horloge de Saint-Jérémie qui sonnait huit heures...

— Évidemment la belle attend quelqu'un, se dit le marquis; elle a secoué la tête avec tristesse et vient de rentrer dans sa chambre. Bah ! cela est sage, timide, ce n'est pas la femme qui me convient.

En cet instant même une toux légère sortie du balcon attira l'attention du marquis.

La jeune fille, à moitié vêtue d'une robe de soie blanche, venait de se pencher de nouveau sur le canal...

— Dieu me pardonne ! je crois qu'elle m'appelle... non... je me trompe, continua-t-il, en avançant avec précaution sur le pont, c'est un autre... En voilà du joli ! Un cavalier masqué dont la gondole s'arrête à la porte d'eau de la maison... Que fait-il donc là? Dieu me pardonne ! il tire une clef de dessous son manteau, et semble hésiter au moment d'entrer... Ah bien oui ! c'est sa bague qu'il ôte de son doigt : une grosse bague, ma foi, et dont la forme n'est certainement pas commune... La porte se referme, le voilà entré... Et cette fenêtre... la jeune fille vient de la refermer aussi... Voilà un manége dont je ne suis pas fâché de me souvenir comme observation de mœurs.

La scène que venait d'observer le marquis venait de se passer, en effet, devant lui en un clin d'œil; quand il se retourna, il était vis-à-vis de Grimani.

Grimani précédait un jeune homme d'assez bonne mine portant à sa veste d'ouvrier un bouquet de noces. Il jeta un regard rapide autour de lui, et se dirigeant vers la porte de la maison :

— Si, comme vous le dites, monseigneur, fit-il en s'adressant à Grimani, Ziana ma fiancée n'est point encore descendue, je vais frapper ici, car huit heures sonnent...

— Bon ! le fiancé qui arrive après l'autre ! pensa le marquis ; il tombe bien ! Il faut décemment que ce cavalier masqué, qui m'a tout l'air d'un galant, ait le temps de s'évader ; le mari arrive trop tôt !

— Votre nom, mon cher ? dit le marquis au jeune homme qui frappait résolûment à la porte du juif. — Taddeo le sculpteur, monsieur ; je serai tout à vous demain, mais aujourd'hui, voyez-vous, je me marie... serviteur. Il faut que je prenne ma future pour la conduire à l'église... — Un mot seulement, jeune homme. J'ai une affaire d'honneur à vider ; voulez-vous me servir de témoin à l'instant même ? — Informez-vous, monsieur, de Taddeo dans le quartier de l'Arsenal, et l'on vous dira s'il a jamais laissé un homme dans l'embarras. — Prouvez-le-moi donc, reprit le marquis en tirant son épée et en feignant une exaltation furieuse. C'est ici que j'attends mon rival, et je vous jure que je dégaînerai dans cette ruelle... Venez, suivez-moi, ce sera l'affaire d'un instant ! — Vous êtes fou, répondit le jeune ouvrier en continuant à frapper à la porte du juif. — Ah ! vous m'insultez, vous me provoquez, vous voulez entrer ici à toute force, poursuivit le marquis en élevant la voix, de manière à ce que le cavalier masqué pût l'entendre de la maison ; vous voulez m'abandonner aux chances d'un duel sans second, parce que je suis un étranger ! Eh bien ! apprenez, malheureux jeune homme, continua le marquis en faisant monter sa voix au diapason le plus aigu, que c'est pour votre maîtresse que j'ai eu dispute, et que vous me devez d'avoir fait taire l'insolent qui osait prétendre qu'elle recevait un galant chez elle... — Merci, mon beau monsieur, reprit Taddeo, nous autres gens du peuple, nous faisons nos affaires nous-mêmes.

— Voilà qui va bien, se dit le marquis en regardant vers le canal ; maintenant l'autre est parti, la barque s'éloigne ; s'il a du cœur, il me rendra cela un jour !

Le marquis venait à peine de se donner le plaisir de cette scène, à la chaleur de laquelle ne contribuaient pas peu les fumées du vin de Chypre qu'il avait bu le matin, que Ziana parut au seuil de la maison du juif Ottale, conduite par son père, un vénérable vieillard renommé dans Venise par sa probité et sa conduite, et qui était encore à cette heure le gardien des monnaies à l'hôtel de la Zecca.

— Taddeo, dit-elle en s'avançant vers le jeune homme, pourquoi tout ce bruit ? — Ce n'est pas moi, répondit le jeune fiancé ; c'est cet étranger qui ne voulait pas me laisser entrer... — Cet étranger ? reprit Ziana en fixant les yeux sur le marquis, je ne puis comprendre...

Et, précédée par Grimani, elle prit le chemin de l'église... Au moment d'y entrer avec Taddeo, son fiancé, la belle jeune fille ramena son voile sur ses joues roses ; dans la foule de curieux qui se pressaient autour du portail, Ziana venait de rencontrer le regard insistant d'un homme qu'elle ne connaissait pas... Cet homme était Casanova, qui fixait sur elle des yeux pareils à ceux du serpent qui fascine l'oiseau.

— Voilà bien la perle du Ghetto, dit Casanova au personnage en manteau qui semblait attendre comme lui sur cette place... Regardez-la, comte ; ai-je tort ? — Et voici la reine de Venise, murmura Cagliostro en montrant à son élève la comtesse d'Azola, qui sortait alors précipitamment en tenant le bras de Grimani.

La comtesse d'Azola était pâle, émue ; elle avait hâte, sans doute, de sortir de cette foule ; car, s'adressant à l'inquisiteur :

— Grimani, lui dit-elle, on va donner en ce moment la bénédiction aux fiancés, et il n'a point paru... — De qui parlez-vous, madame ? — De lui... du doge ; ne le voyez-vous point à mon trouble ? — Je ne puis savoir... — Grimani, que peut-il faire à cette heure ? où peut-il être ? parlez. Nous sommes dans un mois où l'on porte le masque, à Venise ; est-il sorti masqué ? Votre police doit le savoir ?

Les regards de la comtesse respiraient alors l'inquiétude, la crainte, la jalousie ; son sein était oppressé, elle était prête à pleurer, à s'évanouir ; elle souffrait.

— Ne vous avais-je pas dit que c'est aujourd'hui jour de dépêches au palais, madame ? Sa Sérénité a mille travaux ; les apprêts de la flotte... nos démêlés avec les puissances barbaresques... — Je veux le voir, Grimani ! je veux lui parler, je veux aller au palais ; mes gens ne sont-ils pas là ?... Ma gondole ?

Pendant que Grimani obéissait au désir impérieux de la comtesse et donnait des ordres, le marquis se frottait les mains.

— Bon, se disait-il, voilà mon affaire qui s'entame, ce galant homme m'a tenu parole.

Et profitant de l'instant où la comtesse abaissait son voile pour se dérober aux regards importuns de cette foule :

— Madame, s'écria-t-il emphatiquement, daignez soulever ce voile ! — Bien, dit Grimani avec un sourire hypocrite d'encouragement, à merveille, allez !

— Vous vous méprenez ! monsieur, objecta dédaigneusement la comtesse en faisant un pas. — Adorable reine ! Non, je ne me méprends pas. Encore un coup, levez ce voile !

Et, avant que la comtesse eût pu mettre le pied dans la gondole, le marquis leva hardiment la gaze qui couvrait son visage.

— Quelle insolence ! Monsieur l'inquisiteur, faites arrêter cet homme !

Cette injonction de la comtesse concordait trop avec le désir de Grimani pour qu'il ne s'empressât point de le satisfaire. S'adressant alors à l'un de ses sbires :

— Le coupable, dit-il, appartient à la justice. Avant de le conduire en prison, il est de toute nécessité de fouiller sa correspondance. Obéissez à l'inquisiteur ! — L'inquisiteur ! où diable me suis-je fourré ? répéta le malheureux marquis.

Pendant que les sbires du sénat mettaient les ordres de Grimani à exécution, la foule était sortie de l'église et l'on s'entretenait de la tentative audacieuse du marquis.

— C'est un étranger ! criaient les gens du port ; il osait porter la main sur la comtesse ! Au canal ! au canal !

Et la rumeur s'accroissait ; le marquis avait tiré l'épée, mais il s'était vu désarmé bientôt par les sbires de l'inquisiteur.

— Au canal ! au canal ! répétait le peuple.

Cependant on venait de fouiller le pauvre marquis, et le premier objet que l'on trouva sur lui fut une bourse remplie de ducats, qui ne ressemblait en rien aux bourses de poche : c'était une bourse de quêteuse ; l'inquisiteur Grimani n'eut pas de peine à reconnaître celle de sa femme.

— Je ne m'étais pas trompé, pensa Grimani, je le tiens enfin dans mes filets ; réservons-nous cependant le soin de l'interroger ailleurs que devant ce peuple.

— Ma bourse ! c'est ma bourse ! s'écria la marquise Grimani, qui sortait à l'instant de l'église. Monsieur l'inquisiteur, je vous recommande sévèrement l'auteur d'un pareil larcin. — Qui diable a pu mettre cela dans ma poche ? murmura le marquis. En vérité, à moins que ce ne soit cette nuit au jeu du comte de Lippone...

— Ce pauvre marquis ! dit Casanova à l'oreille de Cagliostro, il va payer pour nous, le voilà pris !

Et il échangeait un regard d'intelligence avec son digne acolyte.

— Continuez de fouiller monsieur, dit l'inquisiteur à ses gens. Voyons, qu'est-ce que cela ? Des lettres nouées d'un ruban rose... Que dit celle-ci ?

« Mon cher petit marquis,

« Prête-moi cent louis dont j'ai besoin, et après cela oublie-moi.

« Olympe,
« de la Comédie-Italienne. »

— Quelle odeur de jonquille ! s'écria Mocenigo survenant avec ses amis sur le théâtre de l'arrestation. Eh pardieu ! c'est notre original de ce matin, c'est notre marquis de cette nuit. Le pauvre homme ! il s'est fait là une bien fâcheuse affaire.

— Comtesse, dit alors Grimani d'un ton solennel, j'attends ici que vous décidiez vous-même du sort du coupable. La suscription de cette lettre, continua Grimani en s'adressant à son prisonnier, porte le nom du marquis Eusèbe de Saluces. — C'est moi, dit le marquis en prenant une pose théâtrale. — Le marquis de Saluces ! murmura la comtesse émue de surprise, lui à Venise, mon Dieu !... Et s'approchant du marquis, dont l'étonnement égalait au moins le sien : Ce soir, lui dit-elle, à neuf heures, au palais de la comtesse d'Azola, qui veut vous parler en secret... Silence !

La comtesse ajouta quelques paroles à l'oreille de Grimani, qui lui donna la main et la reconduisit à l'église, où les fiancés étaient restés. Il était facile de voir que l'inquisiteur obéissait à la comtesse d'Azola, mais non sans se promettre de ressaisir le marquis à la première occasion.

Sans attendre la fin de la cérémonie des fiançailles, le marquis, heureux d'en être quitte à si bon marché, repartit à tour de rames dans sa gondole.

CHAPITRE VI

L'ENTREVUE.

Le palais habité par la belle comtesse d'Azola formait l'angle des Procuraties elles-mêmes; c'était un des plus vastes palais de Venise, un des plus nobles, un des plus fastueux.

Accoudée à l'une de ses nombreuses fenêtres, la dame qui occupait cet édifice pouvait embrasser à la fois du regard la Piazzetta, l'église ducale et le magnifique aspect de la mer; elle avait à la fois le spectacle du Fresque (1) au canal de Murano, et les mille divertissements de la place Saint-Marc, dont les plus grandes dames de Venise allaient visiter le soir les loges.

Que le roi des bouchers, paré bizarrement de tout ce qu'il trouvait de plus superbe, abattît la tête du taureau avec un espadon à l'antique; qu'un agile Nicolotte se laissât glisser sur une corde tendue des hauteurs du Campanile jusqu'à la galère ducale, placée entre les deux colonnes, ou que le feu d'artifice se tirât en plein jour, au risque de brûler les ailes du Lion et la barbe de saint Théodore, on était sûr de voir le balcon principal de la comtesse d'Azola encombré alors autant qu'un échafaudage; tout ce que Venise possédait de belles femmes venues dans leurs gondoles ornées de roses, en habits blancs et en masques, applaudissait de ses mains charmantes à ses passe-temps accoutumés, si bien que le palais de la maîtresse du doge présentait alors l'aspect d'une immense guirlande de fleurs.

Sous le vestibule, d'un style sévère et quelque peu lourd, on remarquait des antiques du plus beau temps de la sculpture, des bas-reliefs d'animaux, des peintures du Salviati et de Baptiste Franco, entourées de grotesques et de feuillages, les tapis les plus somptueux aux degrés de marbre de l'escalier, les broderies dorées de la rampe et la profusion de ses énormes torchières.

A l'intérieur, c'était encore une plus grande magnificence; partout des velours à fond d'argent avec des crépines de mille couleurs, des tables, des miroirs, des meubles du plus grand prix. La chambre à coucher de la comtesse d'Azola passait à elle seule pour un véritable prodige; elle resplendissait des étoffes les plus rares de l'Orient. Sa corniche était enroulée de perles. Au plafond pendait un lustre de cristal colorié, sorti des ateliers de Murano. Ce lustre représentait Venise au milieu d'une longue flottille d'amours, de nymphes, de tritons, les uns avec leurs conques, les autres avec leurs corbeilles et leurs écharpes. La molle vapeur des parfums brûlait chaque jour dans ce voluptueux palais, digne de l'une des fées des contes arabes; tout y respirait cet enchantement journalier de la richesse, ces délicatesses exquises qui n'appartiennent qu'à une femme heureuse de vivre. Au sein de ce délicieux eldorado, où chaque pays se trouvait représenté par un de ses produits les plus rares, la comtesse ne rencontrait que des joies douces, pacifiques. Le palais ducal, s'étendant avec ses larges ailes à sa gauche, lui masquait le pont des Soupirs; et ses colonnettes l'empêchaient de voir l'escalier des Géants, où tomba Falieri.

Le marquis n'avait eu garde d'être en retard; il arriva au palais lorsque l'horloge de Saint-Marc sonnait neuf heures. Pour un marquis français, habitué au beau train de la galanterie, aux soupers de Versailles et aux fêtes du pavillon de Luciennes, celui-ci était alors en droit de se croire heureux: car la plus belle personne de Venise lui avait donné rendez-vous. Aussi ne manquait-il pas un bouton de rubis à sa toilette: le marquis de Saluces y avait mis deux grandes heures.

Introduit par la porte dérobée, où une esclave grecque

(1) Cours ou promenade sur l'eau, ainsi nommé à cause de la fraîcheur que les Vénitiens y cherchaient dans la belle saison.

de la comtesse l'attendait, il traversa d'abord plusieurs salons richement illuminés; arrivée au fond d'une galerie, celle qui le conduisait s'arrêta .. Elle souleva une magnifique portière, et le marquis se trouva dans l'appartement dont nous venons de parler : la chambre à coucher de la comtesse.

Cette pièce, fermée par de larges portes à battants, communiquait à un salon de réception assez vaste; aucun bruit ne s'y faisait alors entendre, excepté celui d'une pendule ornée d'un socle de Boule : le marquis se débarrassa, en y entrant, de son manteau couleur de muraille...

— Un charmant palais, ma foi, dit-il en jetant un regard rapide sur l'ameublement, deux siéges préparés! A merveille, je vais attendre.

Le marquis de Saluces n'eut pas même le temps de s'asseoir, car la comtesse survint bientôt, et se montra à lui dans tout le luxe d'une toilette de bal...

Malgré la pâleur répandue sur tous ses traits, la comtesse d'Azola était alors d'une beauté éblouissante... Un léger nuage de poudre adoucissait le noir de ses sourcils et de ses cheveux, elle avait la blancheur mate d'un camée...

— A quoi bon cette toilette, madame? demanda le marquis en feignant l'étonnement; pour un tête-à-tête en est-il besoin?

En tout autre instant, la fatuité du marquis se fût vue punie par un silence dédaigneux et froid; mais la comtesse avait sans doute résolu de le ménager, car se contentant de jeter alors à son tour un regard sur son interlocuteur :

— J'aime à voir, marquis, que vous n'avez pas fait moins de frais que moi... Au fait, après votre aventure de ce matin, ajouta-t-elle en riant, il était urgent pour vous que vous ne courussiez plus les rues de Venise habillé en *chenille*...

— Ne m'en parlez pas, je l'ai échappé belle! — Aussi, que ne vous êtes-vous nommé plus tôt? Mais lever mon voile, quelle folie! — Il est un autre voile que j'ai à cœur de soulever, madame, et je pense que notre entrevue ce soir... Vous aviez sans doute un motif en m'indiquant un pareil rendez-vous? — Oui, répondit-elle, en le fixant avec une singulière expression d'inquiétude; j'avais un motif, marquis, celui de m'assurer la possession d'un secret. — Et de quel secret puis-je être dépositaire? reprit le marquis d'un ton léger. D'un secret d'Etat? Je ne suis ni ne veux être diplomate. — Mais vous êtes généreux, marquis, oui... aussi généreux que brave. Ne m'en avez-vous pas donné la preuve? Ce n'est pas de la comtesse d'Azola qu'il doit s'agir en ce rendez-vous; je veux... je dois vous parler d'une certaine Safia... — Safia! madame?... Eh bien! soit, parlons-en si vous voulez, continua le marquis avec une assurance qui perça le cœur de la comtesse. — Vous vous en souvenez encore? lui demanda-t-elle avec angoisse. — Je le crois, parbleu! et j'ai d'excellentes raisons pour m'en souvenir!... Cette Safia, à qui son joli nom grec allait si bien, n'était pas alors, il est vrai, châtelaine d'un luxueux palais vis-à-vis du palais ducal... Et quand elle eut l'imprudence d'écrire ces dangereuses lettres, vrai modèle de passion, qu'il s'agissait d'arracher au diable en personne...

— Eh bien? — Eh bien! Safia, la jeune et belle Safia, m'eût fait courir au bout du monde! Elle m'a valu, vous le savez, quelque chose de mieux... M'obliger à croiser le fer avec un sorcier, un Cagliostro, moi, le marquis de Saluces! — Vous vous êtes battu pour moi... je le sais... reprit la comtesse avec émotion; le comte de Cagliostro, provoqué par vous, a rendu ces lettres fatales... — Oui; mais j'ai manqué, moi, de rendre l'âme! Vous ignorez, comtesse, que le Cagliostro tirait l'épée comme un mousquetaire... Il m'a blessé, et je suis resté deux mois au lit, le tout pour avoir l'insigne honneur de vous restituer des lettres d'amour écrites par vous... et à d'autres, encore! — Je dois l'avouer, cela est vrai. — Et si je vous avais encore rencontrée en Allemagne, comme votre épître m'en laissait l'espoir, après vous avoir envoyé ces lettres maudites! Ah bien oui! J'ai couru toutes les parties du monde sans vous trouver! en Angleterre, en Suède, partout où je comptais découvrir vos traces! Vous ne m'avez pas même écrit un mot de remercîment! Si c'est ainsi que vous traitez les gens qui se font blesser pour vous...

Le marquis se rejeta en arrière et promena sur la comtesse un regard empreint du contentement de lui-même... Il venait de lui adresser un reproche direct, et il attendait. La comtesse avait compris à son tour que c'était le moment de rassembler toutes ses forces; elle lui parla donc ainsi en baissant la voix, et comme s'il se fût agi pour elle d'une confession douloureuse :

— Vous avez raison, marquis; mais, je vous en prie, veuillez m'entendre. Si j'ai un tort, c'est de vous remercier seulement à Venise du service que vous m'avez rendu à Paris. Ecoutez-moi: vous ne savez encore qu'une partie de mon histoire, l'autre me servira peut-être à me justifier près de vous. — J'écoute, madame, j'écoute, répondit le marquis en prêtant l'oreille à la comtesse de l'air d'un homme ravi de se voir de moitié dans une pareille confidence.

La comtesse poursuivit :

— A ce nom de Cagliostro, que vous venez de prononcer, se rattache celui de Safia, le nom de celle qui vous parle... Il vous souvient, n'est-ce pas, de cette incroyable maison du comte? Tout n'y était qu'enchantement, ténèbres imprévues ou douces clartés, fioles de longue vie, apparitions, surprises. Là, sous le vague prétexte de la magie, se réunissaient, à une heure donnée, certains seigneurs, des étrangers, des oisifs, tout un monde avide de nuits préparées, de chimie coûteuse, de prodiges faciles. Je comptai bien vite moi-même dans l'escadron charmant que le comte appelait ses *colombes*. Je devins l'une des reines de ces mystérieux soupers servis, disait-on, à des esprits. Il y a de cela quinze ans; j'étais tout enfant, déjà belle... du moins on me l'a dit; j'arrivais d'Andrinople, où le comte de Tekeli m'avait achetée... A notre débarquement à Venise, une femme était venue me demander sur le navire où je me trouvais; elle avait à sa main une lettre qu'elle n'eut qu'à présenter au comte pour qu'il me cédât à celle qui me réclamait. J'ignorais son nom, mais elle me semblait aussi généreuse que belle : c'était, disait-on autour de nous, une marquise génoise.

— Nous partons demain pour la France, Safia, me dit-elle en m'embrassant; dans ce pays on est libre, refuserez-vous de m'y suivre?

— Mais ne vous appartiens-je pas, madame? répondis-je à ma libératrice en embrassant ses genoux; le comte de Tekeli ne vient-il pas de me dire qu'il avait perdu de ce jour tous ses droits sur son esclave?

— Confiez-vous à moi, reprit-elle, je me rends en France avec mon mari; demain nous serons à Fusine au point du jour...

J'embrassai ses mains, j'étais ivre de joie et de bonheur, je me voyais enfin rendue à la liberté! La comtesse de Tekeli, qui avait toujours été pour moi une maîtresse bonne, indulgente, ne me vit partir le lendemain qu'en pleurant; elle était, hélas! loin de partager ces rêves ardents enfantés par mon délire.

— Pauvre Safia, me dit-elle quand la marquise m'eut quittée, je ne connais pas cette femme, mais je sais que le comte mon mari a été bien souvent la dupe d'intrigants de bas étage, je sais que le jeu engloutirait ses domaines; je ne connais ni l'homme ni la femme avec qui vous allez partir, mais que Dieu vous garde, Safia! puissiez-vous ne pas vous repentir de la liberté!

Je n'attribuais ces paroles de ma maîtresse qu'à son regret naturel de me quitter; j'étais sous l'empire de sensations toutes nouvelles, il me semblait alors que je respirais pour la première fois et qu'un air plus pur frappait mon visage. Dans mon impatience, je devançai l'heure du départ; je passai, il m'en souvient, toute cette nuit d'attente sur le pont, elle me parut un siècle. Notre bâtiment venait de toucher à peine Venise, et déjà le ciel semblait m'avoir pris en pitié, déjà mes chaînes tombaient... Le comte de Tekeli ne m'avait donné aucun motif de cette cession rapide, de cet affranchissement qui me paraissait encore un songe. Notre navire était à l'ancre devant cet autre navire de pierre nommé Venise, dont la forme se dessinait devant moi au milieu des brises sonores de cet Océan où j'avais souvent laissé tomber bien des larmes. Venise! ce nom me faisait alors palpiter, moi, pauvre fille, qui n'avais jamais eu qu'une marâtre dans ma patrie, ma ville qui m'avait vendue! J'aurais bien voulu mettre le pied sur ses dalles, parcourir ses quais, ses fabriques, contempler de près le visage auguste et vénérable du vieillard qui en était alors le doge!... Ce bonheur, marquis, me fut refusé, je ne vis la cité de marbre que dans la brume de sa nuit; je fus obligée d'attendre à bord le retour de la marquise... Seulement, voyez-vous, il faut avoir été vendue en plein soleil, à la vue de tous, une chaîne au pied, dans un bazar d'Andrinople, pour savoir quelle joie gonflait ma poitrine à la vue de ce lion de Saint-Marc ouvrant ses ailes dans l'espace, comme un symbole céleste de délivrance et de liberté! La nuit que je passai sur le pont de cette frégate fut pour moi une nuit d'actions de grâces; je parlai à Dieu comme une fille heureuse parle à un père bien-aimé; je le remerciai et l'adorai dans les secrets trésors de sa providence. Je m'étais assise, et j'écoutais encore, il m'en souvient, les histoires merveilleuses que se racontaient entre eux nos pilotes sur ce démon familier des lagunes qu'on nomme l'*Orco*, quand, par une lune calme et sereine, une péotte à six rameurs fendit l'onde... A la proue se tenait un homme enveloppé d'un ample manteau brodé d'almarges en or; il contemplait aussi, comme moi, l'immensité de ce magnifique spectacle; mais, il m'en souvient aussi, un rire strident, satanique, s'échappait parfois de sa poitrine; un instant je crus que c'était le rire de l'Orco!... Quand il aborda notre bâtiment, je le vis se retourner et donner le bras à une femme que je reconnus pour la marquise. L'homme entra et dit quelques paroles aux valets du comte de Tekeli, qui avaient eux-mêmes reçu les ordres de leur maître avant que celui-ci ne prît terre... Le personnage au manteau s'approcha de moi, il m'adressa quelques paroles en italien; il parlait le dialecte de Sicile... celui de Palerme. Quelques instants me suffirent pour rassembler le peu d'effets que la générosité de la comtesse m'avait donnés; je dis adieu à ce navire où j'étais montée esclave, je partis avec eux sur cette barque, j'étais libre! Arrivée à Fusine, j'appris que la marquise se nommait Serafina.

— Serafina Feliciani? interrompit le marquis, devenu pâle en voyant lui-même quelle horrible pâleur ce nom avait amenée sur les lèvres de la comtesse.

— Serafina Feliciani, reprit-elle, encore tremblante : c'était le nom de la femme que Cagliostro avait ramassée dans je ne sais quel ridotto de Venise; un sujet précieux pour séduire et développer le vice en parlant de la vertu... Paris était le théâtre où ils comptaient débuter; ils étaient assez forts tous deux pour y faire figure... Telle était la fatalité de mon destin, que je devais les suivre, pleine de trouble, de bonheur et d'espérance...

Pendant tout le voyage, Serafina Feliciani ne cessa de me témoigner une amitié dont je ne pouvais alors soupçonner l'odieux calcul; elle et son mari me comblèrent de présents, de caresses. Représentez-vous une pauvre jeune fille sortant de l'ennui d'un long esclavage, habituée à se voir traitée comme une marchandise du port par le premier juif qui lui parlait, ayant courbé le front dès son plus jeune âge sous le fouet d'un corsaire, et soumise depuis à l'humeur altière, arrogante de ce terrible comte de Tekeli, que le grand-seigneur venait de rendre maître des principautés de Vidin, de Caransibes, de Lugos, pour le dédommager de la perte qu'il avait faite de ses États de Hongrie! La comtesse Tekeli, qui donna plus tard de si glorieuses marques de son courage à la défense de Mongatz, avait bien permis que je fusse souvent traitée plus doucement que mes compagnes de misère; mais elle tremblait elle-même devant le comte, et pouvait passer à bon droit pour son esclave! Celle qui se disait la marquise Feliciani me parut un ange de clémence et de bonté; elle me parlait de Paris comme d'une cité miraculeuse. Une fois en France, je devais voir un pays fabuleux et plein de charmes; là, disait-elle, on ne régnait que par la beauté, et elle me répétait bien souvent que j'étais belle. Ce voyage fut pour moi du vertige, de la magie; parfois je m'endormais à ses côtés et sur son épaule, rêvant de la cour, de la noblesse, des princes, et je sentais planer sur mon front une auréole de fierté! Quand je me réveillais, j'avais la fièvre, je venais de quitter un palais plus beau, plus radieux que celui des *Mille et une Nuits!*

Quelquefois je me perdais dans les joies naïves d'un autre bonheur : je me voyais, sous les yeux même du comte, admise à des mystères qu'il ne m'était pas donné de comprendre, au milieu d'un temple resplendissant de lumières, où l'encens et les parfums s'échappaient des cassolettes, et où celui qui m'entretenait de ces merveilles apparaissait lui-même sur un trône de rubis et de saphirs. Le comte de Cagliostro avait une figure expressive; tout électrisait chez cet homme, l'entendre, le fixer, ou laisser tomber son regard devant son souffle. Il me parlait de demeures nouvelles pour mes regards, de mystérieux palais habités, disait-il, par des intelligences célestes; le service en était confié à des jeunes filles dont la pureté, la virginité du cœur devaient être les premières vertus. Ces vertus, je les possédais, car nul amour n'était encore entré dans mon cœur, nul être humain n'avait triomphé de moi, si ce n'est ce maître dur que j'avais connu si jeune et qu'on appelle le malheur; celui-là, je l'avais subi de bonne heure, il avait fait naître seulement en moi une curiosité fébrile, invincible. J'apprenais du comte qu'il y avait enfin une terre libérale et généreuse, ses paroles me relevaient dans mon esprit. Dans chacun de ces entretiens, je lui dévoilais mon âme, je ne lui cachais aucune de mes sensations; il était le maître, j'étais l'élève, et devant ce maître, l'avouerai-je cependant, je pâlissais, je tremblais... Allait-il donc faire ma félicité ou mon malheur? quel était le prix de ses bienfaits, et m'était-il permis d'élever des doutes sur sa tutelle? En me voyant à Paris, je ne pouvais suffire aux sentiments qui m'oppressaient.

Dès notre arrivée à l'hôtel du comte, je me trouvai traitée comme la propre fille de la marquise Feliciani. Cet hôtel était perdu, abîmé dans les murs silencieux d'un lointain faubourg; il me parut d'abord aussi morne qu'une prison. Je pensai à la petite chambre du vaisseau que j'habitais : par ses panneaux entr'ouverts je pouvais du moins sourire à la vague brisant ses franges à mes pieds; il me vint au cœur une tristesse si soudaine que je pleurai, et la marquise vit ces larmes.

— Enfant! me dit-elle, rassurez-vous; dans quelques jours ce silencieux hôtel aura ses fêtes, ces lambris verront ruisseler l'éclat des dorures sous les flambeaux. Ne pleurez pas et songez à être belle... Il nous vient demain quelques amis du comte, des gens titrés, des gens de la cour... Peut-être serez-vous d'abord étonnée de leurs façons; mais je veille sur vous, vous êtes ma fille, Safia; demain, oui, demain il faut que vous revêtiez ce costume des îles Ioniennes que vous a donné la comtesse Tekeli!...

Les premiers mots de la marquise avaient fait passer dans mes veines un frisson de crainte dont je ne pouvais me rendre compte, elle me parlait presque en effet avec un air d'autorité qu'elle n'avait pas durant le voyage; mais, à l'idée de revêtir la robe de mon ancienne bienfaitrice, je tressaillis de joie comme un enfant.

Cette toilette achevée, je parus le lendemain, introduite dans le salon de la marquise par le comte de Cagliostro lui-même, qui ne pouvait détacher de moi son regard embarrassant. Chacun m'entoura, me flatta; je n'entendais rien de ces adorations, de ces hommages adressés à une pauvre fille dans une langue étrangère, mais je comprenais que j'étais belle, j'écoutais, et j'étais déjà perdue!

Que vous dirai-je, marquis? ignorante de tout, même du danger, je ne suivis que trop bien les conseils de Serafina Feliciani, et devins, sans le savoir, sa complice...

— Sa complice!

— Oui; Cagliostro (c'était sa coutume) ne laissait guère passer de semaine sans nous dicter lui-même quelques-unes de ces lettres qu'il nous faisait signer de notre nom à chacune de nous; il les pliait et il avait bien soin d'en laisser l'adresse en blanc. Cette adresse, il la remplissait à son gré, tantôt par un nom de marquis ou d'intendant, d'autres fois par un nom de prince étranger, qu'il attirait ainsi le soir dans sa splendide caverne. Ces lettres, vous le voyez, servaient à cet homme pour mettre à prix notre déshonneur... Nous endormant à sa table même par l'étrange vapeur des vins, s'assurant de notre silence par des verrous, notre maître (cet homme était notre maître, mon Dieu!) n'avait pas de peine à trafiquer ainsi de malheureuses femmes auxquelles il laissait le choix d'une pauvreté difficile à supporter, ou d'une fortune trop aisée à faire... Je ne tardai pas à ouvrir les yeux sur mon sort... Dans la petite chambre, ou plutôt dans la prison que j'occupais, mes yeux rencontraient cette fois un nœud d'épée, cet autre jour une bague ou un manteau oublié, toutes choses qui ne m'avertissaient que trop de ma honte. Un soir, je compris!... et je me jetai à genoux, conjurant le ciel de me sauver... Ce même soir, à la table de Cagliostro, où j'allais me trouver, comme d'habitude, le point de mire de tous les convives, un seigneur vénitien vint se placer devant moi... Dès son premier regard, je ressentis un trouble étrange. Je tremblais sans savoir pourquoi; quand il s'approcha de moi, je chancelai... Il ne me parlait pas, lui, comme tous ces autres seigneurs dont les paroles effrontées m'avaient tant de fois fait rougir, mais il s'exprimait dans cette langue italienne qui semble emprunter son charme des mélodies admirables de sa nature. Il fut bon, généreux, avec une femme qu'il relevait dans sa propre estime... Que vous dirai-je, enfin? il m'apprit à me haïr, à l'aimer, à fuir avec lui cet horrible maître, Cagliostro. Il partait pour l'Italie, je l'accompagnai; ce voyage enchanté finit à Rome, où nous restâmes un an.

— Mais Cagliostro?

— Furieux de mon enlèvement, lui qui fondait sur moi, objet d'un indigne trafic, tout un avenir de richesse et de fortune, il vint me réclamer jusqu'à Rome... Il pria, il s'emporta; il ne put rien obtenir... Un jour, à la sortie de l'église Sainte-Marie Majeure, et lorsque Alessandro me donnait le bras, Cagliostro profita d'un flot de la foule pour jeter dans l'oreille de mon cavalier un mot qu'il appuya d'un regard moqueur lancé sur moi. Quel était ce mot? je l'ignore. Mais, chose étonnante, Alessandro ne porta pas la main à son épée; je le vis pâlir... De ce jour, nous ne revîmes plus Cagliostro.

— Ensuite?

— Ensuite, marquis, nous revînmes à Venise. Rappelé tout d'un coup dans cette ville, l'homme à qui j'avais donné ma vie venait d'être promu à une dignité nouvelle, éclatante... Il était doge!

— Le doge... murmura le marquis, dans le dernier étonnement, le doge!

— Pour effacer à tout jamais de ma vie ce nom de Safia, ce nom sous lequel nul, excepté vous, ne me connaît à Venise, le doge Alessandro, à notre voyage à Rome, m'avait fait nommer comtesse d'Azola par le pape. Je trouvai ici toutes les jouissances du luxe, un palais, des serviteurs, un peuple à mes pieds! Cependant, marquis, je devins triste : l'humeur d'Alessandro était changée... Souvent je le surprenais soucieux, d'autres fois colère; le nom de Cagliostro errait sur ses lèvres... Il savait que j'avais écrit à Paris ces lettres fatales, dont le comte gardait soigneusement la collection; vainement lui objectais-je que j'avais changé de nom, il me répondait par ce terrible mot : Votre écriture!... Le nom de Safia le faisait tressaillir comme le nom de Cagliostro. Ces reproches brisaient mes forces. Ne m'aimerait-il plus? me disais-je. En proie à mille doutes, à mille angoisses, je voulais me faire des ailes, retourner à Paris et me ressaisir de ces lettres. Mon passé détruit, je pouvais librement songer à l'avenir; au lien, toujours facile à briser, qui m'unissait à Alessandro, je pouvais faire succéder un lien plus sûr, plus durable. Mais partir, partir sans lui, le laisser à ses soupçons! Ce fut alors que je me souvins de vous... Avant de rencontrer Alessandro, bien des fois, dois-je vous le dire, marquis? j'avais songé à vous comme à un libérateur, à un homme qui pouvait comprendre à la fois mon abaissement et ma fierté. Vous aviez accès dans la maison de Cagliostro, je n'hésitai pas à m'adresser à votre courage... Marquis, vous savez le reste.

— Oui, comtesse, reprit lentement le marquis de Saluces en fixant sur Safia un regard plein d'ironie, je sais le reste et vous remercie de la franchise de vos aveux. Vous aimez un prince, rien de mieux; moi, je tiens pour la noblesse! Celui-ci vous a délivré des serres de Cagliostro; blanche colombe, il vous a faite la reine, la fée de Venise : voilà qui est noble et généreux! Mais enfin, parce que le métier de *bravo* existe chez vous, il ne faut pas qu'un cavalier de ma tournure l'exerce pour rien...

— Que voulez-vous dire? demanda la comtesse visiblement alarmée. — Que j'ai peut-être en ma possession, reprit le marquis en jouant l'indifférence, la seconde partie d'un livre amoureux dont vous n'avez reçu que la première... Ces lettres, ajouta-t-il en portant la main à un portefeuille... — Eh bien? — Sont celles que j'avais mises en réserve pour mon agrément particulier et pour ne pas rester ruiné en cas de faillite de votre part. Ah! l'on prend ses précautions. — Comptez-vous en abuser? — Convenez que d'autres s'en croiraient le droit, peut-être. — Vous ne le ferez pas, reprit la comtesse en se levant. — Ecoutez donc... vous avez à me récompenser de deux choses : de mon coup d'épée et de ma discrétion! Allons, un peu de reconnaissance, belle Safia! — Ces lettres, marquis, ces lettres! — Demain, madame, elles vous seront rendues; mais je vous en préviens, à une condition, c'est que vous viendrez avec moi en partie de masque à Fusina. — Une si longue promenade!... fit la comtesse en s'approchant avec agilité du marquis, y songez-vous? Allons, cher marquis, ce portefeuille-ci n'est plus de mode, celui-ci vous convient mieux!

Et dans un geste rapide, la comtesse échangea ses tablettes contre celles du marquis, saisit vivement le paquet de lettres et le brûla d'une main aux bougies d'un candélabre, pendant que de l'autre elle tirait le cordon d'une sonnette.

CHAPITRE VII

UN DOGE.

A ce bruit, une jeune fille parut dans l'appartement.

— Est-ce moi que vous appelez, madame la comtesse? dit-elle avec un accent d'ingénuité toute charmante; je m'ennuyais d'attendre et je suis venue avec mon père... Taddeo doit nous rejoindre.

Celle qui parlait ainsi portait un habit complet de *novizza*; elle avait le bouquet à fleurs d'argent, coquettement posé à sa ceinture de même couleur, un de ces bouquets délicieux de travail et de fraîcheur, que les dames sacristines de la Célestia font à Venise pour les fiancées. De longues boucles d'oreilles à croissants de perles descendaient sur ses épaules, et elle portait au bras droit un bracelet de corail fermé par une large pierre verte, sur laquelle une phrase du Coran était gravée en lettres triangulaires.

— Au diable cette petite! grommela le marquis encore stupéfait du brusque triomphe de la comtesse. Eh mais! continua-t-il à part, je ne me trompe pas, c'est ma fiancée de ce matin, celle que j'ai vue au Ghetto! — Voyez donc, monsieur, le joli cadeau, le beau bracelet que je viens de recevoir! c'est à madame la comtesse que je le dois... Je voulais le réserver pour le jour de mes noces; mais je n'aurais jamais eu la patience d'attendre jusque-là! En venant au palais, je l'ai regardé au moins vingt fois...

Et Ziana montrait au marquis le bracelet que la comtesse lui avait donné : elle riait, sautait comme une jeune biche devant elle...

— Où donc est Taddeo? demanda la comtesse. — Ne m'en parlez pas; depuis ce matin, il est d'une humeur inexplicable... Lui si bon, si doux avec moi, il me cherche querelle à tout propos; et tout à l'heure encore... — Tout à l'heure? Eh bien? fit le marquis en songeant sans doute à sa singulière vision du canal. — Eh bien, tout à l'heure, il m'avait quittée disant qu'il se passait à Venise des choses, oh! mais des choses, au sujet desquelles sa présence était nécessaire; qu'il était du peuple, et que le peuple était menacé. Et, là-dessus, il m'a quittée pour aller, avec un tas de Nicolottes et de Castellans, du côté de l'arsenal; moi, je pense que c'était un prétexte, et qu'il n'était pas fâché de voir leur jeu de la *moresca*.—Que veut dire ce bruit? interrompit le marquis en se penchant alors vers le balcon; un homme en turban, escorté de plusieurs Algériens, qui cherche à fuir... la populace semble ameutée contre lui... On le poursuit, on l'entoure... on va l'atteindre! Impossible de distinguer ses traits... Miséricorde! il vient de ce côté; le voilà qui frappe au palais!

La comtesse et Ziana pouvaient déjà s'assurer par leurs yeux de la fidélité des paroles qu'avait prononcées le marquis, la rumeur devenait en effet plus rapide et plus intense, l'un des échafauds illuminés à la porte du palais venait d'être renversé.

En ce moment aussi, plusieurs patriciens entraient dans le plus grand désordre au sein des appartements préparés pour la fête de la comtesse.

— Que veut dire ceci? demanda-t-elle à l'inquisiteur Grimani, qui venait d'en franchir le seuil l'un des premiers; Sa Sérénité courrait-elle quelque péril? — Aucun, grâce au ciel, comtesse, car à cette heure j'ai pris sur moi de faire fermer les portes de votre palais; le doge vient d'y entrer, il suit mes pas, je l'attends. — Je vole vers lui, s'écria la comtesse; Grimani, conduisez-moi vers Alessandro, je n'ai pas peur! Ma place est auprès du doge, et si l'on osait!...

Elle avait saisi, par un mouvement rapide, un stylet à manche de jaspe placé au-dessous d'un riche miroir de Venise, et elle le cachait dans sa poitrine...

— Encore un coup, madame, reprit Grimani, Sa Sérénité ne court aucun risque; seulement, pour quelques heures, je vous préviens que ce palais, paré pour une fête, va devenir, par la force des choses, une salle du conseil... Le quartier de l'Arsenal est soulevé; l'homme que l'on poursuivait, et qui se cachait ici incognito, est l'envoyé des puissances barbaresques; celui qui vient de le sauver d'une mort certaine, c'est le doge!

Plusieurs voix couvrirent en ce moment celle de Grimani; c'était la foule des seigneurs et des nobles de Venise, accourus vers le palais de toutes parts au milieu de ce tumulte. Les uns arrivaient en chaise, d'autres en gondole; ceux-ci à pied, ceux-là avec le masque, quelques-uns d'eux à visage découvert.

La comtesse s'était élancée vers l'immense galerie, dont elle avait fait ouvrir les battants par les valets; elle était déjà remplie. Au milieu de tous ces seigneurs empressés, un vieillard, courbé par l'âge, avait hâté le pas vers Ziana; c'était le juif Ottale, son père, qui depuis longtemps exerçait la charge de gardien des monnaies de la république. Il embrassa sa fille, en lui montrant Taddeo qui cherchait à se faire jour au milieu de ceux qui affluaient sous le vestibule.

Dans ce moment, l'une des portes de la galerie s'ouvrit et donna passage à plusieurs nobles de Venise entourant le doge Alessandro, que suivait un personnage portant le costume de Tunis sous une simarre poudreuse. Un poignard persan brillait à sa ceinture; son turban avait perdu la régularité de ses plis, l'argent de ses babouches était terni en plusieurs endroits. Qui l'eût vu ainsi, pâle et tremblant, au milieu des cris incessants qui bruissaient au dehors, le visage baigné d'une sueur froide, et les mains agitées d'un tremblement convulsif, eût pensé que cet homme était plutôt un espion pris en fraude que l'envoyé des deys occupant les trois régences.

L'émeute extérieure grondait toujours, mais, comme l'orage, avec ses intervalles de furie et de silence.

— Monsieur l'ambassadeur de Tunis, vous êtes sous ma protection, lui dit le doge; mais vous êtes aussi devant la noblesse de Venise qui vous écoute. Parlez!

Celui auquel s'adressaient ces paroles, prononcées avec la fermeté d'un homme qui n'avait pas besoin d'occuper le trône ducal pour se faire écouter et obéir, saisit de ses deux mains la robe du prince, et, le suppliant de l'excuser :

— Vous m'avez sauvé la vie, lui dit-il; maintenant ce serait me faire mourir que de me donner un pareil ordre! Si je me cachais à Venise lorsque des gens du peuple m'y ont surpris, si j'y avais débarqué le soir clandestinement, c'est que les propositions dont la triple régence m'avait chargé près de Son Altesse et du sénat me faisaient comprendre à moi-même les exigences d'une mission toute secrète; j'ignore qui a pu trahir mon incognito, puisque je portais le costume commun à quelques habitants de Venise; mais ce n'est pas au milieu d'une fête... — C'est au milieu d'une émeute, monsieur; parlez! parlez! reprit le doge; j'attends, et ce peuple attend aussi!

Il s'était fait dans cette assemblée un silence égal, au moins comme contraste, au tumulte d'auparavant. L'envoyé de Tunis parut en ce moment se recueillir et rassembler tout ce qu'il avait de courage; présentant alors au doge la missive qu'il avait sur lui :

— Lisez, Altesse, lisez, je craindrais que ma voix...

Le doge saisit le papier; il était scellé du triple sceau de Tripoli, de Tunis et d'Alger; c'était une lettre écrite par les deys des trois régences, qui faisaient au sénat des propositions d'arrangement et de traité. Les hostilités contre les puissances barbaresques de la côte d'Afrique leur semblaient devoir être mises à fin; mais, dans les conditions offertes, les puissances se montraient plus souveraines que sujettes. Elles demandaient le désarmement de la flotte formée déjà par le doge, et qui devait partir des eaux de l'Adriatique pour châtier les entreprises des pirates. Elles ne niaient pas qu'ils avaient surpris, contre tous droits, plusieurs îles et châteaux appartenant à la république; mais, dans la pénurie d'argent où Venise devait se trouver, la paix devait être pour elle préférable à un armement dispendieux.

Après que le doge eut lu tout haut devant la seigneurie ce que contenait cette missive :

— Vous avez raison de porter de pareilles dépêches avec un poignard à la ceinture, reprit-il en jetant un regard dédaigneux sur l'envoyé. Il vous servirait à vous défendre, monsieur, contre le peuple de Venise, si vous lui lisiez de pareilles propositions. L'accueil que vous en avez reçu a dû vous prouver de quel œil il voyait une tentative d'accommodement avec des rebelles et des pirates ! Vous pouvez vous épargner l'ennui de poursuivre... Vous nous proposez la paix, nous vous répondons par ce cri : la guerre ! — Oui, la guerre ! la guerre ! répétèrent quelques-uns des patriciens.— Y songez-vous ? murmuraient plusieurs autres, l'argent manque au trésor ; demandez aux juifs du Ghetto, eux-mêmes n'en ont plus.—La guerre ! la guerre ! hurlait au dehors la voix du peuple envahissant la Piazzetta.—Vous les entendez ! reprit le doge fascinant de la seule puissance de son regard l'assemblée irrésolue, depuis que les enfants de Venise ont vu son pavillon trop longtemps oisif hissé au front d'une flotte, ils se sont rappelé ses victoires et sa puissance. L'argent lui manque, dites-vous, mais vous êtes, vous-mêmes, des débiteurs qui implorez sa merci ! Grâce à Dieu, l'Adriatique a encore assez de perles à sa robe pour en semer sur tous les océans de l'univers ! Il s'agit de s'armer, Venise s'armera ; il s'agit de punir, Venise punira, je vous le jure !

Et, se penchant au balcon du palais, le doge, suivi par tous les procurateurs, les sages-grands, les conseillers et les nobles de la république, jeta le premier au peuple de Venise ce cri de guerre qu'il semblait attendre avec angoisse. La flotte devait partir avant trois jours, et cingler vers les côtes d'Afrique.

En quelques instants, et sur l'ordre émané de la bouche de l'un des Dix, la foule s'était dispersée, on n'entendait plus que quelques cris lointains se perdant peu à peu vers le quartier de l'Arsenal.

Séparé du doge par la foule des patriciens qui l'entouraient, Ottale avait écouté cette scène avec une anxiété visible; il cherchait vainement à parler à Son Altesse ; Taddeo, non moins impatient que le vieillard, arrêtait alors aussi son regard sur Alessandro.

Ceux qui ont pu voir à Rome le magnifique portrait de César Borgia dans le palais de ce nom auraient seuls apprécié la ressemblance qui existait entre cette figure et celle d'Alessandro, le doge de Venise; chaque ligne de sa belle physionomie accusait la noblesse et le courage. Cet homme était un de ces hommes rares qui portent sur leur front la nationalité de leur patrie l'amour de sa gloire et le ressentiment profond de ses blessures. Celui-là n'était pas un patricien curieux d'admirer un bateleur ou un musicien par les rues; le sang de ses veines était pur, il était encore plein de foi en son pays, il aimait Venise comme le pilote aime son navire. Lamentable amour que cet amour du doge pour une ville usée, pourrie, décrépite ! En effet, minée alors par le vice et la débauche, ruinée par l'indolence et la faiblesse de ses patriciens, la cité des doges était déjà frappée au cœur; l'ange du vertige avait arraché la lance à saint Théodore pour en frapper le lion dormant à côté de lui sur sa base. A l'ombre de ces murs qui avaient tant de fois retenti devant les canons victorieux de Macalo et de Lépante, vivait un peuple asservi par l'insouciance et par la honte, une noblesse dépravée riant d'elle-même et de Dieu. Tout se vendait à l'encan, depuis les emplois du sénat jusqu'à la jeunesse des filles; la corruption avait détrôné la gloire. Le fils insultait à plaisir les cheveux blancs de son père, le noble tendait la main à un juif dont il épousait la fille. Accroupis jour et nuit sur les tapis verts du Casino, les jeunes patriciens jetaient ce qu'il leur restait d'or à ce gouffre, étalant aux tables de jeu une vieillesse précoce, et détournant la tête avec dégoût devant les fresques ducales qui reproduisaient les victoires de leurs ancêtres. Il ne fallait plus qu'une vague pour emporter Venise, son vaisseau désemparé faisait eau de toutes parts.

Cependant l'envoyé de Tunis venait de se voir reconduit avec une escorte imposante jusqu'au Collége; le doge avait assuré sa sortie, et la fête de la comtesse, troublée, comme on peut le croire, par un tel événement, voyait renaître insensiblement une partie de son éclat. Les conversations les plus animées partageaient l'assemblée en plusieurs fractions distinctes ; dans ce groupe, composé de jeunes seigneurs en habit de parade et en épée, le marquis eut bien vite reconnu Mocenigo, l'un des plus beaux noms de la république vénitienne, porté par un fils de famille endetté, joueur et libertin; plus loin il rencontrait sur le front de Trevisani l'empreinte de la paresse, de l'effronterie et du désordre ; ailleurs, l'égoïsme et la peur sur le visage d'un Dandolo, parlant de guerre et faisant le césar.

— Le doge est-il fou ? disait l'un ; la guerre contre les trois régences ! la guerre, lorsque nous n'avons pas même, nous, les premiers de la république, de quoi payer nos différences de jeu au ridotto, ou que nos créanciers refusent de nous faire crédit... — La république de Venise aurait-elle hérité du Grand Mogol ? ajoutait un autre. — A moins que Sa Sérénité n'ait le secret de faire de l'or ! — Ou que sa cassette particulière puisse fournir aux frais de l'armement. —Après tout, ma foi, ce n'est pas nous qui partons, messieurs, fit Mocenigo en se mirant à l'une des glaces de la comtesse, cela regarde les gens du port et la canaille de Venise ! C'est égal, il n'y aura pas de mal à nous faire voir en robes violettes et en gondoles sans cerceaux dorés, pour ce jour-là. Ma parole d'honneur, je veux me commander un habit, oh ! mais un habit... — Et nous donc ! reprirent Trevisani et Ranuzzi, nous y enverrons toute notre maison drapée de neuf; je veux que ma livrée me fasse honneur, et mon cuisinier prendra le turban pour ce jour-là !

Au milieu de ces fils dégénérés de Venise, Alessandro brillait de tout le feu de sa noblesse et de sa fierté ; plus que tout autre il savait qu'il ne devait pas compter sur eux. Brusquement tirés de leur léthargie, ces hommes l'accusaient presque au fond de leur cœur d'avoir disposé ainsi de sa puissance, ils évitaient son regard. Le jeu du ridotto qui devait avoir lieu sous quelques jours, avant l'arrivée de ce malencontreux ambassadeur, serait-il ajourné ? Venise n'aurait-elle plus de fêtes à offrir désormais à ses patriciens avides de plaisirs ? Voilà la question qui préoccupait les esprits de ces seigneurs sybarites, qu'eût blessés le pli d'une rose. Pour eux, la cité de l'Adriatique se composait de la place Saint-Marc et des ridotti ouverts le soir à ceux du sénat qui pouvaient encore emprunter.

L'étonnement de certains esprits sérieux, qui se piquaient de connaître à fond les ressources de Venise, n'était pas moins grand que celui de ces jeunes étourdis.

Les ambassadeurs des diverses puissances qui avaient entendu le discours du doge demeuraient frappés de stupeur : ils avaient bien vu les apprêts de cette flotte, les chantiers de l'Arsenal regorgeant de travailleurs, les provisions et les marchandises, mais ils jugeaient tous que ce déploiement de forces devait aboutir à un vain spectacle ; ils savaient que l'or manquait, et qu'à cette heure le lion de Saint-Marc était de cuivre.

Et cependant le doge venait de donner à sa ville la garantie de sa parole royale ; il paraissait calme, assuré...

Un jeune homme s'approcha d'Alessandro et lui demanda la faveur de quelques paroles d'entretien.

C'était un simple enfant de Venise, un enfant du peuple, un ouvrier, Taddeo, le sculpteur de l'arsenal, Taddeo, le fiancé de Ziana.

CHAPITRE VIII.

LE BRACELET.

Taddeo était pâle, ému ; il venait de se voir séparé du vieillard et de sa fille par la multitude ; il se précipita aux genoux du doge qui le releva.

— Que veux-tu de moi, Taddeo ? parle, aurais-tu une grâce à me demander ? je te l'accorde. — Oui, prince, répondit le jeune homme d'une voix sourde, je demande à partir avec la flotte... — Y penses-tu, Taddeo ? dans un pareil jour ! Toi qui n'es fiancé que de ce matin ! — N'importe Altesse, ma fiancée m'attendra...

En prononçant ces mots, les lèvres du sculpteur étaient devenues tremblantes, il paraissait en proie à la plus violente agitation ; un combat intérieur brisait son âme.

— Mais c'est folie à toi, poursuivit Alessandro, toi mon protégé, mon ouvrier de prédilection ! Encore hier, j'ai admiré des ciselures de ta façon au *Bucentaure*... Crois-moi, le métier des armes n'est pas le tien ! — Altesse, encore une fois, ne vous opposez pas à la résolution d'un pauvre jeune homme qui vous honore et vous aime! L'air de cette ville me pèse, mes pieds brûlent sur son pavé. Ne me fermez pas, de grâce, le chemin que vous venez d'ouvrir vous-même... — Mais ta fiancée, ta femme?... — Altesse, reprit Taddeo, le ciel qui a béni ce matin notre union est témoin de la pureté de mon amour. Oui, je chéris Ziana, mais c'est parce que je la chéris que je veux me rendre digne d'elle. Elle aura peut-être plus de tendresse et de bonheur à offrir au soldat qui s'est battu pour son prince, qu'au simple ouvrier de l'arsenal, dont le ciseau ne saurait valoir une épée... D'ailleurs, la bohémienne que je viens de consulter au Largo-del-Castello m'a dit qu'il me fallait autre chose que des galères à dorer; il me faut l'ennemi à combattre, un drapeau d'Afrique à rapporter : laissez-moi quitter Venise, moi qui ai toujours moins cru à l'amour qu'à la gloire!

La tristesse inexprimable de Taddeo, le trouble fiévreux qui accompagnait ses paroles, avaient fait passer un nuage sur le front du doge; la présence du juif et de la jeune fiancée le dissipa. Alessandro venait de voir la comtesse s'approcher de Ziana et la baiser au front avec un sourire.

— Vois donc, Taddeo vois comme elle est belle! — Belle comme l'Esther de Paul Véronèse, Votre Altesse a raison, répondit le jeune homme avec un soupir.

— Ne tremblez pas ainsi, Ziana, dit le doge en approchant de la jeune fiancée, ce qui vient de se passer ici ne m'a point fait perdre de vue les anciennes coutumes de notre république. Il est d'usage, vous le savez, que le doge fasse un cadeau à la *novizza*... On vous a surnommée la Rose du Ghetto, celle-ci vous rappellera votre surnom.

Et le doge, avec une affabilité toute charmante, présenta une rose en diamants à la jolie fille... Ziana rougit : la rose du doge faisait certainement pâlir le bracelet de la comtesse.

Alessandro la contempla quelques secondes en silence, comme si l'aspect de la jeune fille eût endormi dans son cœur toute autre idée; il semblait prendre un singulier plaisir à reposer sa vue sur cet ange rayonnant de tout le charme ingénu de sa beauté, au milieu des vices dont le réseau l'entourait.

Ainsi le marin arrête son regard sur l'étoile suspendue comme une perle aux flancs de la nue, ainsi le chasseur admire les blanches ailes de la colombe. Ziana était belle, mais le doge était beau encore, et cette seule beauté du visage, indice chez lui de celle de l'âme, suffisait pour lui faire, dans la seigneurie, autant d'envieux que de rivaux.

— Ne vous semble-t-il pas, Grimani, que notre doge regarde amoureusement la fiancée? dit Mocenigo en touchant le bras de l'inquisiteur. — Et que ce marquis français que nous avons manqué de noyer ce matin ne perd pas son temps près de la comtesse? — C'est vrai, Grimani; mais quel est donc ce valet importun qui semble épier votre regard? — Ce valet, reprit l'inquisiteur avec anxiété en tournant les yeux du côté indiqué par Mocenigo, c'est... Tenez Mocenigo, laissez-moi seul, je vais vous rejoindre.

Le valet portait un plateau de *granite* ou sorbets, il s'approcha de Grimani et lui parla à l'oreille... Le doge frappant lui-même alors, à deux pas de Grimani, sur l'épaule d'un jeune seigneur :

— Un avis salutaire, seigneur Ranuzzi. Vous avez des ennemis, il serait prudent à vous de profiter de la foule et de vous retirer, croyez-moi.— Grand merci, Altesse, répondit le jeune patricien, j'ai promis à la signora Sabine de lui faire danser un pas de France, et je vais, si vous le permettez...

Pendant que Ranuzzi allait offrir la main à sa danseuse, Grimani lisait une lettre que venait de lui glisser le valet.

— Bien, tu es des nôtres, dit-il à cet homme... Beppo, un fidèle des Dix, il suffit. Diable! voilà qui est sérieux, une arrestation au milieu d'un bal! — Il le faut, monseigneur, reprit l'homme mystérieux, le condamné veut quitter Venise au point du jour...

Grimani et l'homme au plateau échangèrent quelques paroles; la danse avait envahi la galerie de la comtesse, les vins glacés circulaient; le marquis de Saluces remarqua avec surprise que Grimani écrivait un papier sur son genou. Il le replia et le remit au valet.

— Quelque billet doux, sans doute, siffla entre ses dents le marquis en saluant l'inquisiteur. Nous avons fait connaissance, monsieur, d'une singulière façon, ce matin?

Grimani salua à son tour le marquis avec froideur.

— Je vous vois venir, ajouta le marquis, vous allez me reprocher cette bourse trouvée dans l'une de mes basques; mais le diable m'emporte si cette nuit, chez le comte de Lippone, on ne me l'a pas échangée contre la mienne... — Silence, marquis, fit un masque coiffé du tricorne et portant un assez beau *bahuta* rose, ne parlez pas ici des personnes qui étaient chez le comte de Lippone, autrement...

Et le masque au bahuta rose se perdit dans la foule incontinent, non sans avoir montré au marquis la lame d'un stylet.

— Vous connaissez le comte de Lippone? poursuivit l'inquisiteur. — Oui et non, balbutia le marquis, c'est... on prétend... on dit... — Qu'est-ce? que prétend-on? Je tiens à savoir... Où l'avez-vous connu, ce comte? — Je m'en vais vous dire. Depuis mes malheurs au jeu dans Paris, et lorsque je risquais d'assez belles sommes à la banque d'un certain Cagliostro... — Cagliostro?... nous avons reçu des notes sur ce nom-là. — C'est possible; en ce cas, vous seriez bien poli de me les communiquer. J'ai perdu chez ce Cagliostro, à Paris, plus de 37,000 livres dans une nuit; on jouait chez lui un jeu d'enfer! C'était bien le moins qu'hier je cherchasse à me rattraper chez le comte de Lippone... — Je vous engage à n'y plus compter, reprit l'inquisiteur, car cette nuit même on fera fermer son jeu. — C'est bon à savoir, murmura un masque en perroquet qui s'éventait alors derrière eux avec un large éventail. Ce masque s'en alla ensuite s'accouder négligemment à un dressoir garni de viandes et de fruits, où plusieurs invités de la comtesse se pressaient. — Croyez-moi ou ne me croyez pas, messieurs, disait un cavalier, mais ce pauvre Casanova n'aura jamais la succession de sa tante.—Pourquoi? reprenait un autre. — Parce qu'à cette heure il est en Hollande. — Vous le connaissez? demanda le masque en perroquet. — Je m'en flatte. — N'êtes-vous pas le chevalier de Talvis? — Moi-même. — Celui-là qui était en Hongrie l'année dernière et qui enleva la banque au prince-évêque de Presbourg?—Monsieur!...—J'ai un bon conseil à vous donner; le voici : il pourrait se faire que Casanova revînt de Hollande pour vous rompre les os; veuillez vous occuper un peu moins de ses affaires. Casanova ne vous a donné qu'un coup d'épée, prenez garde à un second!

Et, profitant d'un groupe qui passait, le masque en perroquet se glissa rapidement au milieu des promeneurs... Il rejoignit bientôt le bahuta rose, qui l'attendait morne et silencieux sous un des tableaux de la galerie.

— Cher comte, lui dit-il, je vous reconnais bien là! Pendant que je papillonne au milieu de tous ces convives, vous observez : pendant que je me replonge follement dans cette vie de Venise dont j'ai déjà repris le masque, vous songez peut-être, vous, à cette république de treize siècles qui aurait besoin de vos élixirs et de vos secrets pour rajeunir son visage. Vos magots chinois qui remuent la tête, vos automates qui parlent, sont plus habiles que ces sénateurs auxquels on a décerné le titre de *sages-grands*, à la condition d'être insensés toute leur vie. Mais vous êtes distrait, je crois... vous ne me répondez pas?

Cagliostro examinait alors en effet la comtesse d'Azola.

Comme l'alligator, ce serpent monstrueux interroge chaque mouvement de la victime dont il a soif, le comte avait suivi dans cette fête chaque geste et chaque signe de la belle Safia. Non qu'il l'eût alors reconnue pour l'ancienne esclave de son harem infernal, non que le marquis de Saluces eût parlé, non qu'après quinze ans de recherches Cagliostro eût pu se douter qu'il tenait là, dans ce bal de Venise, sous ses yeux et dans sa main, ce diamant qu'il avait toujours regardé comme son étoile! Non, il ne voyait dans la comtesse d'Azola qu'une magnifique Vénitienne, une femme marchant dans sa beauté et dans sa grâce; l'éclat de ses yeux, la blancheur de cette peau, les parfums lascifs exhalés de cette toilette, l'enivraient. Le comte pensait alors à cet essaim voluptueux de jeunes filles dont Safia avait été la plus belle et la plus jeune *colombe*... Où pouvait-elle être maintenant, cette colombe fugitive nommée Safia?

Pendant que Casanova essayait de mille intrigues sous le masque pour se consoler de l'absence momentanée de Ziana, qui venait d'entrer dans l'une des pièces contiguës à la galerie avec son père, Cagliostro regardait encore la comtesse. Tout à coup un bruit sourd se répandit dans le bal ; on parlait d'une arrestation qui venait d'y avoir lieu par ordre des Dix.

— Ce pauvre Ranuzzi, disait Mocenigo à un sénateur, disparu, mon cher ; hein ! qu'est-ce que je vous disais ? Et cela au moment où il allait donner la main à sa danseuse... — Comment cela ? — Un domino est venu le demander à la porte. On l'a entraîné dans une barque, la barque a pris le chemin des prisons près du palais, voilà tout. — Et peut-on savoir, messieurs, pour quel délit on vient d'escamoter ce gentilhomme ? demanda le marquis en s'avançant sur la pointe du pied. — Vous le voyez, monsieur le marquis, répondit Mocenigo, partout dans cette fête des visages joyeux, du luxe, du bruit ; c'est là une des faces de la vie de Venise ! Retournez la médaille... la police la mieux entendue de l'univers. Votre M. de Sartines ne ferait pas mieux... — Il est vrai que mon oncle serait jaloux de ce coup de filet, pensa le marquis. Ce cher oncle! s'il savait ce que je sais sur l'une des principales femmes de Venise, sur la comtesse ! Mais soyons discret, mon bonheur est à ce prix... D'ailleurs Safia trouvera peut-être moyen de me rendre muet, après ce que je viens de voir tout à l'heure... Tout bien pesé, taisons-nous, car Safia, c'est presque une dogaresse ! — Monsieur le marquis, nous voilà en guerre contre les puissances de Barbarie, mais non contre la France, dit Mocenigo, en pressant affectueusement la main de Saluces ; le ridotto qui s'ouvre dans trois jours vous prouvera si nous sommes riches ; vous y jouerez, n'est-ce pas ? Pour peu que le bonheur vous y suive comme au jeu du comte de Lippone... — Contre lequel la police se propose de sévir, m'a dit tout à l'heure l'inquisiteur Grimani. — Peste ! je n'en serai pas fâché, pour mon compte, reprit Mocenigo, car après tout on ne sait d'où vient ce comte-là ! Il pleut à Venise des marquis et des comtes du saint-empire !... Dans tous les cas, en fait de prisons, le comte de Lippone, comme ce pauvre Ranuzzi qu'on vient d'emmener, aura de quoi choisir. Oh ! nous sommes vraiment prodigues ! — Bah ! — Oui. D'abord nous avons les Plombs, dit Mocenigo en comptant sur ses doigts ; vous savez, Trevisani, ces Plombs où l'on a enfermé Casanova, qui a trouvé moyen de s'en échapper ! Sous les Plombs, le condamné cuit ; sous les Puits, il gèle... C'est l'antidote. — Diable ! mais c'est du luxe ! En France, nous, nous n'avons que la Bastille. — Pour le canal Orfano, c'est autre chose, et cela mérite attention, reprit Mocenigo en dégustant un sorbet. On envoie un homme comme vous ou ou moi, par exemple... un homme bien né, se promener dans une barque sous le prétexte de prendre le frais... La barque est charmante, mais elle s'ouvre, et...—L'on prend un bain, je comprends... Très-ingénieux, ma foi ! — Il y a bien encore d'autres manières... les oranges, les confitures, les sorbets empoisonnés... Souvent un gentilhomme disparaît de Venise ; on l'enlève dans son alcôve, à table, au sénat, dans une fête ; un quart d'heure après sa famille prend le deuil... Voilà !

— Merci ! pensa le marquis, je me garderai bien de parler à qui que ce soit de ce que je sais ! Les femmes, après tout, peuvent se venger comme les doges !

La comtesse rentrait dans le bal en ce moment, après une légère absence pour donner des ordres, elle était plus belle, plus éblouissante que jamais. Ziana, sur le bras de laquelle elle s'appuyait, se dirigeait avec Taddeo et son père vers la salle du banquet, dont le doge avait fait ouvrir les portes.

Au milieu d'une table resplendissante de pièces d'argenterie et de cristaux s'élevait un vase magnifiquement sculpté : les ciselures en étaient dues à Taddeo... Le doge le faisait admirer aux patriciens qui l'entouraient, quand le masque au bahuta rose, s'approchant de Ziana, lui demanda en langue juive à examiner de près le bracelet qu'elle portait au bras... Cet examen fut rapide ; le masque tressaillit et pria la jeune fille de lui dire à qui elle devait ce bracelet.

— Mais à la comtesse, à ma protectrice, monsieur, fit Ziana en rejoignant son père avec un vague pressentiment de frayeur, car elle ne connaissait pas ce masque.

Le mouvement de celui-ci avait échappé aux groupes qui l'entouraient ; il se rapprocha de la comtesse d'Azola, et pendant que la foule encombrait la salle de collation :

— Une seule question, comtesse ; êtes-vous bien sûre de n'avoir jamais habité la France ? — La France ?... murmura la comtesse singulièrement troublée ; mais qui êtes-vous, monsieur ? — Peu importe, je suis ce que je veux être.

Le son de cette voix la fit chanceler ; mais croyant se débattre elle-même sous le poids d'un rêve, elle reprit avec assurance :

— Non, monsieur, non je n'ai jamais habité la France !

— Safia, poursuivit le masque en s'éloignant, vous devriez mieux garder les présents du comte de Cagliostro... ce bracelet est du nombre !

Il s'était enfui, sans que la stupeur permît à la comtesse de l'arrêter, sans que ses lèvres tremblantes pussent proférer un cri...

— Qu'avez-vous donc, comtesse ? dit le marquis en la voyant pâle et accourant vers elle. — Rien, marquis de Saluces, la chaleur sans doute... L'air de cette fenêtre me remettra.

Le marquis la soutint, tous deux s'approchèrent du balcon.

CHAPITRE IX

ZIANA.

— Où donc est le doge ? demanda la comtesse au marquis en cherchant bientôt avec inquiétude autour d'elle. — J'ai cru voir Son Altesse se rendre, avec le juif Ottale, du côté de la Zecca. — L'hôtel des monnaies de Venise ? reprit la comtesse en fixant sur le canal un œil morne.

Safia demeurait sous le poids des terribles mots de l'inconnu ; elle n'osait parler au marquis de cette rencontre. Le bal durait encore, bien que peu à peu les rangs se fussent éclaircis ; tout ce que Venise possédait d'insouciants et de gens amis du plaisir avait cru sans doute de son honneur de rester chez la belle comtesse d'Azola...

Après tout, que faisait dans Venise l'annonce d'une guerre, d'un armement, d'une flotte, à ces hommes qui ne songeaient pas à son honneur ! Les musiciens cachés sous de longs rideaux de soie venaient d'achever une symphonie, lorsque la comtesse se dirigea, appuyée au bras du marquis, vers la table du *medianoche*.

A cette table, mais un peu loin, il est vrai, de tous les seigneurs, Taddeo venait de s'asseoir avec Ziana ; le jeune homme avait passé son bras timidement autour du bras de la jeune fille, et lui aussi contemplait à distance cette noblesse de Venise qu'il avait haïe depuis son enfance...

Oui, il la haïssait de toute l'aversion de l'esclave contre le maître ; il avait pour elle ce mépris qui ne pardonne pas. Né dans les rangs du peuple, Taddeo conservait l'amour de sa caste à un si haut point, qu'à part le doge, il n'eût jamais voulu saluer un patricien dans la rue. Il avait ouï raconter tant et de si tragiques histoires de la seigneurie vénitienne, sur ses exécutions secrètes, ses piéges, ses perfidies, que cédant à un vague instinct de crainte superstitieuse, il mettait tous ses soins à se préserver du contact des grands ; sa profession favorisait ce goût, car il habitait le quartier de l'Arsenal, un des lieux les plus reculés de Venise. Son atelier de sculpteur était situé dans cette véritable forteresse navale, qui, on le sait, a trois milles de circuit ; c'était au milieu de ce peuple à part, courbé chaque jour sur le fer et sur le cuivre, entre des fondeurs, des voiliers, des charrons et des matelots, qu'il vivait. Un orgueil réel de Taddeo était de voir que nul étranger ne pouvait entrer en ce lieu l'épée au côté, à moins qu'il ne fût prince ou reçu noble par le doge ; l'arsenal était pour Taddeo le boulevard altier de Venise. Bien des fois, en franchissant le pont de marbre qui mène à la fameuse porte de terre bâtie en 1475, sous le doge Pascal Malipiero, par Jérôme Campagna, son cœur se dilatait comme s'il laissait derrière lui les vapeurs empestées de la ville ; il préférait alors les chants des ouvriers employés à filer le chanvre à la Tana, aux miraculeux divertissements de la place Saint-Marc. Sur le frontispice de la porte de terre de l'arsenal, son œil rencontrait le lion ailé, symbole de la valeur de Venise, dans les galeries, une infinité de trophées arrachés aux Turcs, et dans les chantiers, des vaisseaux et des galères n'attendant qu'un cri de guerre pour ne plus rester immobiles. Dans ce coin retiré de Venise, tout lui parlait enfin de victoire et de grandeur, tout, depuis ce *Bucentaure* aux étages rompus et délabrés, dont plus d'une fois le doge lui avait commandé, ainsi qu'à plusieurs autres ouvriers de l'arsenal, de réparer les sculptures, jusqu'à cette cloche annonçant l'entrée ou la sortie des ouvriers.

Assis bien souvent comme un pêcheur des lagunes sur l'un des bastions qui regardent la mer, Taddeo avait confié à cet espace infini des pensées qu'il osait seulement dire aux nuages et aux vagues, des pensées dont Ziana, qui croyait lire dans l'avenir du jeune homme, ne pouvait sonder la profondeur. Taddeo comprenait que Venise, au milieu de ses voluptés et de son délire, mourait de langueur et de débauche; que ce siècle lui serait funeste, et que la jeune génération dont il faisait partie n'était peut-être appelée qu'à en recueillir le dernier souffle.

— Et pourtant, se disait-il, Venise possède encore des fils amoureux de sa gloire! Les patriciens ont vécu, c'est à nous maintenant qu'il reste à vivre. Non, nous ne devons pas souffrir que notre ville perde jamais le titre de nation; ne sommes-nous donc pas ses sentinelles les plus sûres? Laissons aux nobles ces tables chargées d'or, où la loi veut que par pudeur chacun des joueurs soit masqué; laissons aux étrangers le triste privilége de se ruiner à des pharaons de sénateurs; cette vie nocturne convient à ces hommes qui baisseraient la vue devant l'éclat du soleil; laissons-les à leur fièvre, à leurs orgies, à leurs crimes! Le peuple doit lever le front quand les nobles l'inclinent dans la honte et le scandale; il doit ramasser l'étendard de Foscarini, quand ils le traînent dans la boue! Oui, ces mains si blanches ne doivent pas rouler sur le pont d'un navire les canons faits pour mitrailler les pirates; qu'elles tiennent la banque et les cartes du Ridotto; que tous ces oisifs s'endorment dans ce sommeil qui précède la mort! Nobles de Venise, à vous l'immobilité; à nous la vie, la flamme, tout ce qui anime et transporte un peuple; à nous les cadavres au turban rouge de sang poussés par les vainqueurs avec le pied sur les écoutilles du vaisseau; à nous le lion dardant sa langue sifflante à travers les cordages de nos galères! Un jour viendra, nobles maîtres, où du peuple de Venise il ne restera que le peuple; une heure sonnera où les batteries vénitiennes n'ayant plus de voix, la république plus d'honneur, Venise plus de chefs, on nous trouvera, nous les enfants de cette triste et vieille cité, commandant les régiments esclavons et albanais au service de Saint-Marc, et dictant à notre tour des lois au sénat! Dormez, oh! dormez, descendants de Marino Falier et d'Alvise Mocenigo; jetez chaque jour ce qui reste de votre vie comme autant de brins de paille jetés au feu, nous sommes au gouvernail, mes nobles seigneurs, nous tenterons ici pour vous de tous les moyens désespérés! Ce conseil des Dix, si puissant, si morne, si terrible, fera peut-être place quelque jour à une municipalité démocratique; le lion de Saint-Marc, les chevaux de Corinthe, le livre d'or lui-même tout prêt à se voir jeté dans la fonte du vainqueur, qui vous déclarerait indignes de la liberté, nous le sauverons, nous le garderons, pour ceux-là mêmes qui nous oppriment! Ecrasante vengeance qui vous confondra peut-être; châtiment généreux infligé à votre mollesse et qu'on nous reprochera! Mais l'amour de la patrie est ainsi fait qu'il jette un voile sur l'offense; rassurez-vous, sénateurs et patriciens qui tremblez, nous n'aurons pour vous que de l'oubli!

En s'égarant ainsi dans les profondeurs de ce rêve, Taddeo sentait son cœur prêt à s'élancer de sa poitrine; l'étoile qui jette chaque soir ses filets d'argent aux lagunes, le cristal ciselé sous des mains agiles, les diamans les plus purs de Saint-Marc lui-même avaient moins de charme et de simplicité que son grand œil bleu promenant sur toute cette foule agitée un regard mélancolique. Ziana était auprès de lui; mais en vérité Taddeo l'oubliait presque, elle le sang de ses jours et de ses nuits, pour cet autre songe ardent, inquiet, lui ouvrant les portes d'un monde.

Le refus du doge le désespérait, il ne pouvait guère l'attribuer qu'à un intérêt marqué pour lui; dans plus d'une occasion, en effet, Alessandro avait témoigné au jeune sculpteur une bienveillance toute paternelle. Bien des fois, au chantier de l'arsenal, et quand Taddeo réparait les ciselures de l'immense navire appelé *le Bucentaure*, il s'était entendu louer, et en se retournant, il avait reconnu le doge. L'amitié du prince de la république pour Ottale était également publique. Le juif était le gardien des monnaies de l'Etat; Venise entière l'estimait pour son intégrité et sa sagesse. Les jeunes étourdis lui reprochaient bien de tenir sa fille, la belle et jeune Ziana, enfermée chez lui comme une perle dans son écrin, mais ce qu'ils ne pouvaient lui pardonner surtout, c'était d'avoir fait Ziana catholique. Ils ne voyaient là qu'une façon de faciliter à sa lignée l'entrée du patriciat; car, à cette époque, ainsi que nous l'avons déjà dit, tout se vendait à Venise.

— Les juifs dans le conseil! qu'en pensez-vous, mon cher? disait Mocenigo à Trevisani. — Je pense, Mocenigo, que cela les rendra peut-être plus accessibles à l'emprunt. Mais quel est donc ce masque en perroquet qui tient ici ses regards fixés sur la fille du juif? — En vérité, je l'ignore. L'usage du masque est commun ici, vous le savez; mais le mystérieux personnage qui se cache sous ce domino n'en a pas moins la main fort blanche, et à cette main un diamant de la plus belle eau!

Le masque silencieux qui regardait alors Ziana paraissait plongé dans une sorte d'extase. Placé à côté de la marquise Grimani, qui ne ressemblait pas mal par la profusion de ses pierreries à la châsse de saint Pierre lui-même, il semblait établir d'un air si railleur des comparaisons défavorables entre la beauté fanée de la femme de l'inquisiteur et le frais visage de Ziana, sur lequel il avait braqué son lorgnon, que Taddeo, cédant à un mouvement de jalousie, voulut entraîner la belle juive d'un autre côté. Mais le domino se levant alors, son verre à la main :

— Un instant, dit-il en la retenant au passage, un instant, la belle enfant, nous ne t'avons encore rien dit! Un jour de fiançailles porte, dit-on, bonheur; or, dans trois jours, Ziana, c'est le départ de la flotte; voici mon verre: allons; bois au salut de la république! — Et nous t'embrasserons tous après, reprit Trevisani échauffé de l'ivresse du festin.

Le masque tenait son verre; il s'était levé, et son exemple venait d'être suivi par plusieurs convives de la comtesse...

— Il me deviendra si précieux ce cristal, que je le ferai incruster de pierreries! — Y pensez-vous, Excellence?... dit Ziana en reculant pâle de frayeur, quoi! dans votre verre! — Ziana, reprit le masque négligemment, le verre d'un patricien est un honneur pour les lèvres d'une juive. Il s'agit d'un présage, sois la prêtresse; il faut annoncer une victoire; bois à la défaite de nos ennemis! — Misérable! s'écria Taddeo, les dents serrées par la colère.

Mais, avant que le jeune homme eût pu prendre le verre des mains de Ziana, un bras plus robuste que le sien brisa le cristal sur le parquet.

— Malheur à celui qui oserait ternir les lèvres de cette enfant! dit une voix; vous avez assez de maîtresses dans Venise sans venir ici en chercher, messieurs! Eh quoi! déjà l'ivresse et l'insolence dans ce même salon où tout à l'heure encore un ambassadeur nous humiliait!

— Le doge! s'écrièrent à la fois Taddeo et Ziana, en jetant les yeux sur l'homme qui venait d'entrer.

— Et quel est cet homme, Taddeo, poursuivit le doge, qui a prétendu faire de Ziana, votre fiancée, une courtisane, et de la fille du juif Ottale une maîtresse qui se plie à ses caprices? Monsieur l'inquisiteur, j'aime à savoir les noms des nobles qui se déshonorent. Levez le masque de monsieur!

Grimani allait obéir, mais le domino se démasqua lui-même, et les spectateurs de cette scène purent voir un homme d'une quarantaine d'années, encore jeune, et beau de cette beauté caractéristique qui fait le charme des figures italiennes, et dont le regard aussi froid que celui d'un basilic se promenait audacieusement sur l'assemblée.

— Casanova! murmurèrent alors autour de lui plusieurs voix de jeunes débauchés de Venise, qui reconnaissaient en lui un ami et un compagnon de leurs plaisirs.

C'était bien, en effet, Casanova, le Casanova des amours faciles, l'homme des verrous qui cèdent, des jeunes filles qui rêvent, des oncles et des tuteurs qu'on bafoue, Casanova le matamore, ou le langoureux guitariste, suivant l'occasion, à qui un coup d'épée ne coûtait pas plus qu'un bon mot, et, s'il faut le dire, une infamie qu'une évasion de cachot. Oui, c'était lui, lui qui rentrait dans sa ville après une absence assez longue pour que cette même ville eût pu oublier tout autre; mais comment eût-elle oublié Casanova?

Casanova, en effet, n'était-ce pas le fils de prédilection de cette Venise perdue? Il n'était plus jeune et il avait comme elle du fard sur les joues, des paroles lascives aux lèvres; il suait la corruption et le cynisme. En rentrant ainsi dans son Adriatique chérie, il croyait y régner en souverain, en maître, en modèle; il s'attendait à professer, devant ceux qu'il appelait ses élèves, et qui composaient la partie la plus vicieuse de la noblesse, les courses galantes au Lido, les promenades noctures sur les eaux de la Brenta, les concerts chez les courtisanes, les banques frauduleuses dans des palais suspects, les femmes achetées au poids de l'or, les amours bruyantes, les trahisons éclatantes, Casanova tenait tout ce cortége de vices enfermé dans l'un des plis de sa robe vénitienne, et il lui tardait de signaler son retour dans sa chère Venise par une aventure qui l'y remît en honneur.

C'était sur la fille du juif qu'il avait jeté son dévolu; la céleste beauté de Ziana avait produit sur lui un effet subit, l'effet d'une jeune et charmante fleur sur un botaniste blasé.

Il était parti sous le prédécesseur d'Alessandro, et il trouvait dans le nouveau doge un doge sévère, implacable pour lui... Après tout, qu'avait-il fait? Une forfanterie de table, une proposition de patricien descendant, selon lui, jusqu'au rang infime d'une juive du Ghetto? Le courroux du doge renversait toutes ses idées.

Il venait d'ôter son masque avant que Grimani eût trouvé le temps d'y porter la main, et, comme nous l'avons dit, c'était à qui l'entourerait en ce moment solennel, autant par curiosité que par frayeur. Mocenigo et Trevisani le saluaient du regard, et la signora Grimani avait mis son éventail devant ses yeux, quand le maudit masque de Casanova était tombé.

— Nous ne vous savions pas à Venise, monsieur, dit le doge d'un ton sévère. Monsieur l'inquisiteur se réserve sans doute de vous demander avec quelle permission?..

— Bon Dieu! Altesse, fit Casanova négligemment, mais c'est avec celle-ci... Et il présenta à Grimani le laissez-passer signé de sa main, que l'officieuse épouse de l'inquisiteur lui avait donné la veille àS aint-Pierre.

— Je pense, ajouta-t-il à l'oreille de Grimani, dont la stupéfaction égalait alors la rage, que vous n'arrêterez pas celui auquel, cette nuit, la signora a bien voulu s'intéresser... J'ai assez d'esprit, vous devez le supposer, pour divulguer cette histoire; ayez-en assez pour la taire... A cette condition seule...

Grimani croyait rêver; il retrouvait en effet l'un de ses convives nocturnes, mais il lui fallait l'autre. Il reprit:

— A merveille, seigneur Casanova; je vois que vous n'avez rien perdu dans vos voyages. Vous nous revenez plus jeune et plus alerte que jamais; je vous accorde votre liberté sous caution; veuillez me dire seulement le nom de votre complice?...

Cette demande à brûle-pourpoint amena quelque hésitation sur la figure du coupable apôtre; il jeta un coup d'œil rapide sur les groupes qui l'entouraient, et s'étant assuré que le *bahuta* rose n'était plus dans cette salle:

— Par ma foi, reprit-il, monsieur l'inquisiteur, voilà qui est chose difficile... Cependant, tenez, je veux bien vous le dire, c'était ce mauvais sujet de Ranuzzi... Je ne le vois plus, sans cela il pourrait lui-même...

Grimani fronça le sourcil comme un homme qui se voit la dupe d'une mauvaise ruse; mieux que tout autre il savait pour quelle sorte de délit le patricien Ranuzzi, l'un des jeunes hommes les plus nobles de Venise, avait vu changer en prison la salle de bal où il se trouvait. Le doge venait de sortir avec quelques sénateurs, après avoir donné l'ordre qu'on fît avancer l'une des gondoles du palais pour reconduire les deux jeunes fiancés. Un sourire inexprimable de tristesse avait accompagné son dernier adieu à Ziana; en quittant la *Rose du Ghetto*, on eût vraiment dit qu'il abandonnait sa joie la meilleure et la plus pure, l'objet de ses rêves et de ses craintes. Encore chancelante sous le poids des diverses impressions de cette soirée, la comtesse ressemblait à une femme que la foudre aurait frappée; elle semblait attendre avec une anxiété croissante le retour d'un de ses familiers ordinaires, d'un esclave auquel elle avait donné un ordre dans sa langue, lorsque le masque en bahuta rose avait fui...

Après que la gondole eût emmené Taddeo et Ziana, le doge s'approcha de la comtesse et lui parla bas quelques minutes. Les lumières du bal s'étaient éteintes graduellement autour d'eux, les convives de Safia étaient dispersés, minuit sonnait à l'horloge du palais ducal. Le marquis, penché sur le quai, pouvait compter une à une les étoiles de chaque gondole sur les eaux noirâtres, leurs fallots illuminaient seuls le canal reflétant déjà de gros nuages et envahi çà et là par les bandes rougeâtres de l'éclair. L'air était pesant, la nuit profonde, quelques vagues clapotaient aux degrés de marbre du palais.

— Je vous laisse, Safia, murmurait le doge, cette nuit ne m'appartient pas, on m'attend au conseil; mais qu'à mon retour je sache de vos femmes que vous reposez.. c'est tout ce que je vous demande. Votre main est brûlante, la fatigue du bal sans doute. Et puis nous avons vu se succéder tant de choses en si peu d'heures!... — Vous étiez bien ému, Alessandro, quand vous avez brisé ce verre!...

Le doge ne répondit pas, mais il déposa sur le front de sa belle maîtresse un baiser si doux et si pur que Safia eût honte de douter... Elle-même était trop émue en ce moment pour entendre alors une autre voix que cette voix sinistre et sourde qui lui avait jeté à l'oreille, dans ce bal même, des parole plus aiguës que la pointe d'une épée.

S'appuyant sur l'épaule d'Alessandro, elle le conduisit alors jusqu'à la porte de la galerie, et le suivit des yeux sous les arches noires des Procuraties, où plusieurs nobles l'attendaient... Revenant ensuite avec promptitude sur ses pas, elle trouva le marquis enveloppé de son manteau couleur de muraille et se disposant à prendre congé d'elle

— Marquis, lui dit-elle, j'ai besoin de vous, restez!

CHAPITRE X

LA CA' MALDETTA.

En écoutant ces paroles, le marquis pensa d'abord qu'il était le jouet d'un rêve.

— Restez, reprit Safia d'un ton d'autorité; il le faut. Refuserez-vous de m'accompagner?

Et en même temps, la comtesse courut à un petit meuble de laque, d'où elle tira un poignard qu'elle mit à sa ceinture.

— Vous accompagner, madame! où donc et pourquoi? dit le marquis en la voyant pâle. — Où, marquis? je l'ignore... mais le messager que j'attends va me le dire, sans doute... pourquoi? je vais vous l'apprendre. Un domino m'a parlé à ce bal; ce domino, marquis, c'est un homme qui m'est inconnu, mais qui en revanche me connaît, moi; il m'a appelée comme vous d'un nom que nul ne sait dans Venise, si ce n'est le doge Alessandro; ce domino, enfin, c'est le démon! — Vous l'avez fait suivre? — Oui, par Ismaël, mon esclave maure; il avait de l'avance sur Ismaël, et cependant, marquis, que mon messager ait trouvé sa trace ou qu'il l'ait perdue, il faut que je lui parle, que je lui parle cette nuit. — Y pensez-vous, comtesse, sortir de votre palais à cette heure! Et le doge?... — L'une de mes femmes va déposer ce billet, que j'écris, sur la table d'Alessandro. Le doge ne rentre du palais qu'à deux heures de nuit; ce billet lui apprendra que je me suis mise au lit moins agitée, moins tremblante. Alessandro a trop à penser; il ne soupçonnera rien.

La comtesse plia le billet qu'elle venait d'écrire, sonna une de ses femmes et le lui donna.

— Ismaël est-il de retour? — Le voici, madame la comtesse; je le vois qui monte les degrés.

Ismaël rentra, la sueur baignait son front; il n'avait pu saisir que de vagues renseignements sur l'homme au bahuta rose. Après l'avoir rejoint près du Rialto, il l'avait vu disparaître dans une ruelle où des gens du peuple avaient dispute; l'essaim tumultueux des combattants avait barré le passage à Ismaël, et caché la fuite de l'inconnu.

— Ainsi nul espoir! murmura la comtesse; nul être dans Venise qui puisse nous dire!...—Attendez...interrompit le marquis, comme frappé d'une idée subite, peut-être existe-t-il, au contraire, un homme à Venise qui nous indiquera la trace du personnage... Ne dites-vous pas, Ismaël, que le masque en question a pris le pont du Rialto? — Oui, Excellence, répondit Ismaël, il marchait d'un pas si précipité, que j'avais peine à le suivre... — Ismaël, le chemin du Rialto ne conduit-il pas à la Ca'Maldetta? — Oui et non, Excellence; c'est-à-dire que c'est le chemin de terre. Il est vrai que l'orage menace, et que l'inconnu aura peut-être préféré ses jambes à une gondole.

— Ismaël, tu connais la Ca'Maldetta? — Excellence, qui ne la connaît dans Venise? Il y a sur ce palais des histoires à faire dresser les cheveux... — Et tu n'as jamais vu le comte de Lippone, qui s'en est fait le locataire? — Non, Excellence. — Eh bien! moi, je le connais, reprit le marquis en s'adressant à la comtesse, qui se suspendait toute tremblante à chacune de ses questions et de ses paroles; Ismaël, tu vas me suivre, reprit le marquis en s'adressant à l'esclave. — Grand merci, Excellence, j'aimerais mieux, voyez-vous, me placer entre les colonnes de Saint-Théodore et du lion, et recevoir toute cette nuit sur mon cafetan la pluie peu aimable qui va tomber... — Poltron! je ne te demande en ce cas que de me trouver une gondole... Le comte de Lippone est mon ami; il m'a reçu plusieurs fois, j'ai joué chez lui l'autre nuit, et c'est de lui que j'attends les renseignements sur notre homme, madame la comtesse. — Le comte de Lippone, reprit la comtesse, ce nom m'est inconnu... Quelque étranger, n'est-ce pas? — En vérité, comtesse, je ne sais pas plus que vous ce qu'est le comte de Lippone. Vieux et laid, cassé, voûté, baragouinant un allemand qui fait peur, il tient une banque de pharaon chez lui : voilà tout ce que j'ai vu. Ce que je sais encore, c'est qu'il n'y a pas un Italien ou un étranger restant à Venise dont il ne m'ait parlé avec des détails assez abondants; entre nous, tenez, je le crois de la police... Palsambleu! si j'avais ici les estafiers de mon oncle, M. de Sartines, la chose ne serait pas longue. Enfin, quoi qu'il arrive, voilà le moment de son pharaon, et je vais m'adresser à lui. — Mais si quelque péril... Je vous connais brave, marquis; cependant à Venise la bravoure ne sert pas de beaucoup contre un stylet. — J'ai pris mes précautions, reprit le marquis; oui... depuis mon arrestation de ce matin, et le rendez-vous quelque peu galant que vous me donniez ce soir, ajouta-t-il à voix basse.

En même temps, le marquis de Saluces fit voir à la comtesse deux charmants pistolets damasquinés, qu'il tira de chaque poche de sa veste.

— A Venise, dit-il, voilà qui doit remplacer la tabatière et la boîte à mouches...

Cependant la pluie tombait déjà, le vent promenait ses rafales plaintives sous chaque vestibule... Le marquis, ne songeant pas même que la comtesse pût suivre sa folle idée par un pareil temps, se disposait à prendre Ismaël avec lui, lorsque Safia saisit son voile et son masque, en lui imposant silence par un geste de résolution.

Quelques secondes après, Ismaël détachait, près de la porte d'eau, la chaîne d'une gondole que l'orage secouait déjà sur le canal, comme l'un de ces *traghetti* communs à Venise.

— En vérité, murmurait le marquis, on a bien raison de dire que lorsque les femmes ont une idée... Quel adorable temps pour courir les canaux, et quelle romanesque promenade nous allons faire!

Un éclair éblouissant frappa les carreaux de la gondole où Safia venait de s'asseoir, les ténèbres les plus épaisses succédèrent à sa clarté. Le barcarol tourna le coin de la première *calle* qu'il trouva, l'agitation croissante des ondes du grand canal, l'effrayant sans doute; il laissa le pont du Rialto et le quartier Saint-Paul; puis, avec des précautions infinies, il atteignit enfin, non loin de l'église Saint-Job, un palais plus sombre et plus taciturne dans ses abords qu'aucun autre palais du canal Reggio.

Une seule fenêtre était alors échancrée par un filet de lumière dans cet édifice, aussi noir que l'encre, sillonné à de rares intervalles par l'éclair sur sa grande robe de marbre. Le marquis la montra du doigt à Safia, en la lui indiquant comme celle du comte de Lippone...

— Voilà une lumière qui nous prouve qu'il est chez lui, ce cher comte! Mais ce qui m'étonne, c'est de ne voir aucune gondole amarrée aux piliers de son palais. Les joueurs qui se rassemblent d'ordinaire seront venus en chaise, il faut le croire.

— La *Ca'Maldetta!* murmurait la comtesse, j'ai entendu dire bien des fois au sénateur André Galvagna qu'il avait été question de raser ce palais! Bien des gens, à Venise, persistent à croire qu'on y a fait de la sorcellerie au seizième siècle! Mais pensez-vous, marquis, que sur un aussi vague indice que celui d'un domino rose?... — Laissez-moi faire, je vais peut-être rencontrer votre homme parmi les joueurs habituels du comte... Seulement, permettez-moi de vous donner un conseil... Maintenant que vous m'avez conduit chez le comte de Lippone, regagnez votre palais, chère comtesse, car de l'humeur dont m'a paru votre doge... Je vous promets d'être chez vous dès le matin, ou de vous faire prévenir par un billet... Laissez-moi. — Marquis de Saluces, reprit la comtesse les dents serrées par l'angoisse, vous voyez si je vaux leurs Italiennes pour la décision et la fermeté. Cet homme qui est à Venise, cet homme que je ne connais pas, mais qui peut parler au doge de Venise, cet homme, marquis, il faut que demain même il n'existe plus, entendez-vous; autrement, moi, Safia, je serai la fable et la risée de toute la noblesse. — Et qui peut-il être, comtesse? un affidé de Cagliostro? mais Cagliostro est à Vienne; un seigneur de France? mais il s'en fût venu se jeter à mon cou et me baiser en pleine place de Saint-Marc! Dans tous les cas, belle comtesse, mon bras vous est acquis, je pense vous l'avoir prouvé. J'ai toujours sur le cœur ce coup d'épée de ce diable de Cagliostro, et ne serais pas fâché de le rendre, dans l'occasion, à l'un de ses bons amis! — Cette lumière se promène comme un feu follet à travers les appartements! Voyez donc, marquis, on dirait de l'âme en peine de quelque seigneur de ce palais. — Attendez-moi donc ici, comtesse, puisque vous le voulez absolument. Aussi bien, Ismaël est armé, je crois?

Ismaël laissa entrevoir au marquis un yatagan à sa ceinture.

— Bien, dit le marquis; maintenant, barcarol, amarre ta gondole à cet anneau, car la vague roule... c'est un vrai *temporale*.

L'orage en ce moment était en effet dans toute sa force. Les vitres de la gondole ruisselaient de pluie, le barcarol se signait. Deux heyduques à la livrée du comte de Lippone parurent sous le vestibule, dont ils garantissaient de leur mieux les grilles d'or vermoulu avec des planches.

Le comte de Lippone? demanda le marquis à l'un d'eux. — Son Excellence vient de rentrer, répondit l'un de ces hommes; qui êtes-vous? — Voilà mon nom, faquins, répliqua le marquis en leur jetant une bourse.

L'un des heyduques du comte prit la bourse; il la pesa et fit signe au marquis d'entrer.

— Notre maître va se coucher, dit le valet du comte au marquis, nous allons le prévenir... — Inutile, le comte a été prévenu par moi... — Cependant, Excellence... — Je sais parfaitement qu'il tient autant que moi à cette entrevue... Finissons-en.

Et le marquis, triomphant bientôt par sa seule assurance de l'irrésolution des deux heyduques, monta rapidement l'escalier à double rampe, traversa la galerie des joueurs, et, poussant du pied la porte d'une pièce encore éclairée, se trouva vis-à-vis d'un homme qui passait alors une longue robe de chambre devant une glace de Venise...

L'homme se détourna précipitamment, le bruit des pas du marquis ayant été amorti sans doute par les tapis qui couvraient les salles précédentes. Il faut croire que le personnage en question venait de se voir surpris à l'improviste et contre toute prévision, car il se hâta de recouvrir au masque déposé sur une chaise, près de son *bahuta* rose.

Mais ce mouvement ne fut pas si leste, si habile, que le marquis n'eût le temps de reconnaître sa figure...

— Cagliostro! s'écria-t-il en reculant de deux pas. — Oui, Cagliostro pour vous servir, marquis de Saluces, répondit le masque, en affectant un sang-froid glacé. Que voulez-vous? parlez. — Je veux me venger et prendre ma revanche de mon coup d'épée et de tes escroqueries! Voilà tout ce que j'avais à te dire, comte de Cagliostro!

En même temps, le marquis tira de dessous sa veste ses deux pistolets, qui étaient armés, et il visa le comte en pleine poitrine... Mais en ce moment aussi les balles encore tièdes glissèrent sur le parquet; le comte fit entendre un rire aigu, saccadé; puis, frappant du pied la planche sur laquelle était le marquis, il le vit s'abîmer sous le sol avec une effrayante rapidité...

CHAPITRE XI

LA COLOMBE.

Un quart d'heure venait de se passer, un quart d'heure d'attente qui valait pour la comtesse une éternité d'angoisses, quand elle crut s'entendre appeler elle-même par un des serviteurs de cette maison noire et morne comme une tombe.

Elle hésita d'abord, puis bientôt son courage prit le dessus; elle suivit le guide inconnu qu'on lui envoyait, et, serrant d'une main le poignard qu'elle portait à la ceinture, de l'autre, assurant les plis de son voile sur son masque mouillé de pluie, elle suivit le valet du comte à travers plusieurs pièces démeublées et froides comme après une longue absence.

— Où me conduisez-vous? demanda la comtesse au nègre en tunique bleue qui portait un falot de corne devant elle.
— Chez le comte de Lippone, répondit le nègre.

Ce mot rendit quelque assurance à la comtesse; elle rassembla ses forces et vit avec moins d'effroi une porte de la galerie s'ouvrir et un homme venir à elle... Tout d'un coup ses genoux fléchirent, car cet homme, elle venait de le reconnaître, cet homme était l'effroi de ses rêves, de sa pensée... le comte de Cagliostro!

Sur un signe du comte, le nègre ouvrit un nécessaire doublé de galuchat noir, il passa à Cagliostro un flacon de sels, et se retira en ayant soin de tirer sur lui les portières en damas de l'appartement.

La comtesse s'était évanouie: le nègre l'avait portée sur un immense divan... On n'entendait en cette vaste chambre que le crépitement de la pluie contre les vitres.

Pour Cagliostro, il était pâle; soit que la brusque attaque du marquis l'eût effrayé, malgré ses précautions ordinaires, soit que devant Safia, à demi morte de peur, le comte tremblât alors comme le sacrilége devant le vase de l'autel.

Véritablement Safia, ainsi étendue sur ce divan, était une admirable créature... L'orage avait ramené sur son front les boucles de ses cheveux; sa poitrine était oppressée, ses bras nus retombaient sans force... A la voir ainsi, on eût pensé à cette statue de la Niobé, calme dans son désespoir et sa douleur; son regard cherchait le ciel, bien qu'en ce moment une puissance invincible semblât devoir courber son front vers la terre...

Cagliostro la regardait comme un prêtre impur considérerait une victime: c'était l'ascendant du maître sur l'esclave, c'était l'empire ténébreux, absolu du mauvais ange... Certaines organisations fatales ont ce pouvoir; Dieu n'enferme pas tous les fils de Satan dans l'enfer, il leur a donné des prunelles qui brûlent et des regards qui foudroient. Des lueurs fauves, magnétiques s'échappaient alors de l'œil enflammé de Cagliostro; une évocation muette, souveraine épandait son réseau sur Safia endormie... Ainsi dut agir Lucifer lui-même, cet audacieux tentateur de la première femme; ainsi agissait Cagliostro, l'amoureux de la Grecque maîtresse du doge.

Oui, Cagliostro, éperdu lui-même devant cette apparition subite, imprévue, et contre laquelle allait échouer l'ambition de ses rêves, s'étonnait comme un seigneur du Louvre devant le miroir magique de Ruggieri; cette belle comtesse l'épouvantait. Il y avait à peine quelques instants, celle qu'il nommait Safia donnait une fête éclatante aux patriciens de Venise; elle était la fée, la souveraine de son bal! Sa beauté était merveilleuse, ses adorateurs nombreux, son nom béni partout, depuis l'enceinte du palais ducal jusqu'aux misérables cahutes de gondoliers, à Murano. Et cette femme, Cagliostro la tenait à sa merci; cette reine, il était libre de la dire esclave!

Un instant le comte s'arrêta; mille ombres voilées, confuses, tourbillonnaient alors devant son regard: il se rappelait peut-être tant et de si belles femmes de la cour de France, qu'il avait sacrifiées, perdues, immolées à son avare jalousie, ou à la soif incessante qu'il avait de l'or!

— J'ai lu, se disait-il, qu'autrefois, à Nuremberg, le bourreau, avant de couper une tête, exigeait que le patient fût masqué! c'était un pacte tacite et presque lâche avec son courage, j'en conviens, mais il n'avait pas à craindre pour ses nuits des ombres froides, menaçantes! Il frappait un voile ou un masque, voilà tout! Et moi, le paria maudit de tous les royaumes, moi qui m'étais complu à regarder cette femme comme mon talisman et mon étoile, il faut que je la ressaisisse, elle, une esclave fugitive, il faut que je me venge de ce que je ne suis pas et de ce que par elle j'aurais pu être! Le sort en est jeté, je dois être à cette heure son juge!

Et le comte, avant d'interroger la coupable, avant de la tirer de cette léthargie qui ressemblait presque au grand sommeil de la mort, s'arrêta encore une fois devant Safia, Safia, autour de laquelle planaient les ombres insidieuses de sa pensée... Il la contempla muette et froide, et il ne put voir sans frémir le carmin disparu de ses joues et de ses lèvres, sa pâleur, son silence, et ce corps devenu si vite une statue.

— Vous dormez, Safia? lui demanda-t-il avec cette voix qui dut tenter Ève.

La comtesse ouvrit les yeux, et de ses longs cils bordés de larmes tomba un rayon doux et céleste. L'oiseau regarde ainsi le chasseur qui tient dans ses mains ses plumes inondées de sang; la biche qui a des pleurs remue ainsi la fibre du victorieux qui la tue... Safia reconnaissait dans cet homme un pouvoir affreux, satanique; son Eden était brisé, elle retombait en enfer.

— Vous ici! s'écria-t-elle avec un soupir étouffé; quel océan maudit vous a donc rejeté dans Venise? — Des injures, Safia! des paroles amères, injustes... oh! je devais m'y attendre! Ce n'est pas le comte de Cagliostro que vous cherchiez en ce lieu, c'est le marquis de Saluces. — Oui, c'est le marquis, reprit-elle en se levant; le marquis, mon guide, mon protecteur. Qu'en avez-vous fait? — Le marquis est en lieu sûr, répondit Cagliostro avec ironie; il ne pourra troubler cet entretien. Parlons de vous, Safia, de vous, ma colombe; grâce au hasard, je puis me croire encore votre maître; grâce à cette nuit d'orage, je puis me nommer encore Cagliostro. — Cagliostro! répondit-elle avec un amer sourire qui ne traduisait que trop ses alarmes, et ne l'êtes-vous donc pas, vous qui amenez d'un mot une femme chez vous, vous qui troublez ici toute sa pensée et prétendez renverser l'édifice de son bonheur? — A Dieu ne plaise, madame, répondit le comte en fixant sur elle un œil pénétrant, que je veuille changer le cours de vos nouvelles destinées. N'êtes-vous pas la maîtresse du prince de la république? Nos rôles, Safia, ne sont-ils pas intervertis? Il y a quinze ans, vous obéissiez à ma souveraine puissance, vous étiez ma sujette et ma favorite à la fois, avant que le noble Italien qui vous aime ne posât le pied dans ma maison, et ne m'enlevât mon trésor comme un voleur... — Oh! ne parlez pas ainsi de l'homme qui opposa à vos droits infâmes sur moi, ceux de la noblesse et du courage! — Noblesse et courage, ce sont là des mots, Safia; vous m'apparteniez, et il a osé vous ravir. — Me ravir à vous! à vous, Cagliostro le ravisseur! Et de quel droit vous appartenais-je, noble comte? reprit Safia avec un geste d'énergie et de hauteur; en touchant la terre de France, n'avais-je donc pas conquis ma liberté? Nous ne sommes plus ici à Andrinople, nous sommes à Venise!

Cagliostro se prit à rire d'un rire singulier, qui figea le sang dans les veines de la comtesse...

— Venise! reprit-il, Venise! Pauvre folle qui croyez à Venise comme à un abri! — Mais j'y règne, dit-elle, j'y suis maîtresse; je puis dès ce soir vous y faire jeter dans un cachot! — Vous ne pouvez rien contre celui qui peut tout, reprit le comte en promenant sur elle un regard de pitié; c'est à vous de ployer et de ramper, Safia, à moi de commander comme par le passé! Vous êtes à moi, vous dis-je! — Plutôt à Satan, que tu vas rejoindre! murmura-t-elle en levant sur lui son stylet. Ose me railler encore, et tu verras si je suis Vénitienne, à cette heure! — Grecque ou Vénitienne, fit-il en écartant son poignard, peu importe. Nous sommes ici, vois-tu, dans un palais où il s'est passé d'étranges choses, des histoires sourdes, terribles. Rien qu'à voir ces murs, Safia, tu as déjà peur... — J'ai peur de la honte, voilà tout. Si tu veux combler tes crimes, assassine-moi, je suis prête! Safia était si belle et si imposante, en parlant ainsi, que ce fut au tour de Cagliostro de pâlir. — Je veux te sauver, dit-il. — Me sauver? — Oui, te sauver, Safia; mais pour cela, sache-le, il faut que tu m'obéisses. — Et que me prescrit mon ancien maître? reprit-elle avec ironie et en toisant le comte, comme si elle eût vu percer la peau du juif Balsamo sous les dentelles d'emprunt qui couvraient le mari de Serafina. — Une chose facile, Safia... me suivre. — Te suivre, noble comte! Moi, la maîtresse du doge! moi qui l'épouse si je veux! Oui, je te suivrai, reprit-elle en croisant ses bras sur son sein, mais ce sera le jour où le bourreau étendra sa main sur toi, le jour où je pourrai dire à tout Venise : Regardez ce fourbe, ce lâche suborneur qui passe, c'est Balsamo de Palerme, c'est le comte Lippone de Venise, c'est Cagliostro de France!

Le comte frémissait de rage, mais il se contint; il examina celle qui lui parlait, et il la parcourut avec un regard dont elle savait la puissance.

— Quinze ans! murmura-t-il, quinze ans! — Oui, quinze ans de paix, quinze ans de calme loin de ton impur repaire! Quinze ans pendant lesquels j'ai tâché de racheter ma vie et mes fautes, poursuivit-elle, tandis que tu comblais, toi, la mesure de tes crimes. Va, je suis maintenant hors de ta serre, quoique tu veuilles ici m'intimider. Mais tu n'as donc pas de remords ni de pitié, toi qui es Italien, tu n'as donc pas peur de mourir? Que t'ai-je fait, réponds, et de quelle faute prétendrais-tu te venger? — De votre faute à lui et à vous, répondit-il. Cet homme a engagé le premier contre moi une lutte qui ne finira qu'avec ma vie. — Cet homme est puissant, comte de Cagliostro, cet homme est noble, cet homme... je l'aime! — Et voici l'aveu que j'attendais, reprit le comte en arrêtant sur elle son regard clair, absorbant. Safia, tu viens toi-même de prononcer un double arrêt... oui, un double arrêt, car je me vengerai sur vous deux! — Commence donc par moi, Cagliostro; ne crains pas de me dérouler ton plan de vengeance. — Encore une fois, si tu veux quitter cet homme, si tu veux me suivre, j'emporterai avec moi cette arme implacable qui peut te tuer mieux qu'un poignard... et pour lui, il ne lui sera rien fait.

Safia tressaillit, tant il y avait d'assurance et de conviction dans les moindres mots tombés de la bouche du comte... Allait-elle essayer de la prière vis-à-vis de cet homme écrasé déjà sous son mépris? Devait-elle songer seulement à l'attendrir? Le sang-froid impassible de Cagliostro l'épouvantait.

A son seul aspect, le comte avait senti vibrer en son âme toutes les cordes de la passion et de la haine; il lui reprochait sa fuite comme une indigne trahison. En la retrouvant si belle, il s'irritait de l'avoir perdue.

— Safia, dit Cagliostro, vous êtes un ange rebelle; vous osez me braver, moi qui ai bravé jusqu'à Dieu! songez-y bien; j'ai abaissé cependant des fortunes aussi hautes, j'ai ruiné des ennemis plus puissants. Ma vengeance est mon secret. — Je vous le répète, j'offre mon sang et ma vie pour celui qui m'a sauvée, reprit Safia, exaltée par sa douleur; mais à votre tour, au lieu de me proposer de fuir, fuyez, oh! fuyez, Cagliostro! — Fuir! demanda-t-il, et pourquoi? Venise n'est-elle pas la ville que vous habitez, Safia? Je n'en fuirai qu'avec vous! A votre tour, comtesse, descendez dans votre cœur et demandez-vous ce que vous seriez demain, si l'unique objet de vos rêves, de votre amour, cet Alessandro dont vous protégez les jours avec tant de zèle, vous était enlevé, sans qu'il vous fût possible d'interroger à l'avenir la trace de ses pas, sans qu'aucune brise, aucune mer vînt apporter désormais ses paroles à votre oreille? Le jour où votre mère, vous serrant contre son cœur, vous disputa à l'aveugle cupidité d'un marchand d'esclaves, l'heure où vos beaux cheveux tombèrent pour la première fois sous le ciseau d'un Barbaresque, quand on vous fit endosser la livrée de la servitude, furent moins cruels pour vous, Safia, que l'instant horrible où je découvris votre évasion! Safia, vous étiez ma vie, mon bien, mon trésor; un autre vous possède, un autre me maudit et vous a appris à me maudire! Et quand le hasard ou l'enfer me ramène devant cet homme, lorsque je puis encore, après quinze ans, vous disputer à un rival, vous voulez que je m'éloigne, que je quitte Venise, que je lui cède! Non, Safia, non, je sais haïr comme aussi je sais aimer; Safia, je le hais, mais, hélas! aussi, je vous aime!

En parlant ainsi, il s'était jeté à ses genoux. Il y avait dans toute sa personne un ascendant cruel et funeste; il épouvantait, mais il fascinait comme le serpent mirant son œil vert dans la prunelle de l'oiseau, comme le milan décrivant un cercle semé d'ombres autour de sa proie. En revoyant ce maître absolu, inexplicable, Safia eut peur, et elle se rejeta d'un bond près de la croisée.

L'orage avait cessé, mais la nuit gardait son crêpe. Elle écarta le rideau de la fenêtre. Il lui fut impossible de voir au dehors la draperie marbrée des grands palais longeant le canal Reggio; seulement il lui sembla entendre un bruit de pas vers la petite place de Saint-Job.

Deux heures sonnaient alors au cadran de cette église. La comtesse tourna la tête, elle vit Cagliostro à ses genoux; il priait, il implorait. Elle le repoussa; le comte lui faisait horreur.

— Ainsi, reprit-il en se levant, le magicien a perdu sa puissance, le maître son pouvoir? Eh bien alors, Safia, il ne reste plus que le bourreau!

La comtesse eut peur; et s'attendit à l'un des piéges communs à l'astuce et à la méchanceté de cet homme. Elle serra le manche de son stylet machinalement.

— Safia, reprit le comte d'une voix sourde comme un glas de mort, Safia, vous refusez de me suivre? — Je refuse, dit-elle. Maintenant, je veux sortir; deux heures ne viennent-elles pas de sonner? — Deux heures ont sonné, murmura Cagliostro; maintenant, Safia, c'est aussi l'heure de prendre conseil de ce qui va se passer; allons, mets ton masque, approche et regarde!

Et Cagliostro poussa la fenêtre de la chambre où ils se trouvaient; la comtesse, dont les genoux ployaient sous elle, s'en approcha...

CHAPITRE XII

LE PAPIER BLANC.

La place qui conduit aux marches circulaires de l'église de Saint-Job se trouvait alors illuminée subitement, la résine des torches ruisselait sur le pavé.

Un homme en manteau noir, entouré de huit soldats, marchait lentement, le bras appuyé sur un moine qui avait le visage voilé d'un crêpe et tenait en main un long crucifix. Une femme le suivait avec une jeune fille de quinze ans; toutes deux étaient garrottées... quelques familiers du conseil des Dix et plusieurs espions entretenus à la solde de l'inquisition d'État fermaient le cortége...

La nuit et son silence prêtaient à cette scène un horrible calme; on n'entendait qu'un traînement prolongé de sandales sur cette place; le condamné, sa femme et sa fille entrèrent dans l'église de Saint-Job.

L'homme, qui pouvait avoir trente-trois ans, conservait dans les moindres traits de son visage cette noblesse de lignes commune à la classe patricienne, et que n'avait pu encore effacer l'habitude d'une vie indolente et molle; il avait le teint légèrement pâle, comme s'il n'eût jamais existé qu'à l'ombre, ou que la Nuit l'eût vu sortir des arcades de son palais. Il était sans masque, mais il marchait le front découvert, et l'on pouvait dès lors distinguer sur ce front l'empreinte d'une tristesse désespérée, il marchait à la mort en regardant parfois en arrière : ce qu'il regardait, c'était sa femme et son enfant.

La femme était vraiment belle, de cette beauté brune dont les femmes de l'Inde sont si fières; ses cheveux, d'un noir de jais, déroulaient alors leurs ondes lustrées sur ses épaules, ses lèvres étaient violettes comme peut le devenir le corail quand il est terni; le souffle du vent faisait flotter les longues manches de soie rayée qui couvraient ses bras chargés de bracelets et de cercles d'or. Safia frémit en reconnaissant dans cette malheureuse l'empreinte indélébile de l'esclave. Elle avait le regard éteint, mais ce regard était constamment fixé sur sa fille, qui laissait déborder de ses longs cils des larmes bien faites pour amollir son courage de mère; cette fille portait un amulette cousu à sa robe.

En ce moment, les deux portes de l'église s'ouvrirent, et, comme il arrive dans les clairs-obscurs si admirables de Rembrandt, tout ce groupe se trouva inondé d'une lumière fauve, inégale, mais que doublaient encore les ténèbres de ce portique. Alors aussi, il y eut un mouvement brusque chez le condamné, il se retourna, et avant que d'entrer dans le temple il se précipita, sur le seuil même, au cou de sa femme et de son enfant...

Et ce fut véritablement un spectacle inouï, éloquent,

sublime, que l'adieu frénétique et déchirant qu'il leur adressa... Il pleurait comme on peut pleurer quand on sent qu'il faut qu'on meure jeune, heureux, entouré de tous les biens et de toutes les jouissances de la vie... Mais tout d'un coup il eut l'air de se reprocher ces larmes, il reprit assurance et leva la tête... Quand il la leva, la comtesse le reconnut, et, se cramponnant au balcon, elle s'écria :

— Ranuzzi!

Ce fut un cri terrible, un cri d'agonie; on eût dit que Safia se sentait mourir.

C'était bien en effet le patricien Ranuzzi, dont chacun admirait la grâce et la figure dans les salons de la comtesse quelques heures auparavant; Ranuzzi, les cheveux encore embaumés de tous les parfums de cette fête, changée tout d'un coup pour lui en nuit de deuil; Ranuzzi qui allait mourir dans l'église de Saint-Job même, d'une mort horrible que le génie d'un tourmenteur vénitien ou d'un inquisiteur espagnol avait pu seul inventer.

Ce supplice, dont il ne reste aujourd'hui d'autre vestige que plusieurs fragments de pierre ayant pu servir jadis à la margelle d'un puits, mais dont l'ancien palais de l'Inquisition, encore existant à Séville, garde la trace, consistait dans l'agonie suivante, dont la comtesse avait entendu plus d'une fois raconter devant elle, avec un frémissement d'horreur, l'horrible détail :

Le condamné était amené devant ce *pozzo* (puits), sur les parois duquel se hérissaient de longs crochets de fer; on le dépouillait de ses habits, et on le lançait ensuite tout nu au fond de l'horrible trou. La victime, entraînée par le propre poids de son corps, passait ainsi de crochet en crochet jusqu'à la dernière couche du puits. Un parquet scellé de trois sceaux de l'inquisition recouvrait le pozzo dans l'église même; il n'y avait que les familiers du conseil qui eussent le droit de le soulever.

Les portes de l'église se refermèrent : les trois victimes venaient d'y entrer.

— Ranuzzi! Ranuzzi! s'écria la comtesse en se tordant les bras de désespoir. Mais, ajouta-t-elle en interrogeant Cagliostro, qui demeurait encore impassible et muet devant ce spectacle, quel crime a-t-il donc commis? — Un crime que la loi de Venise punit de mort. — Mais cette femme étrangère et cette jeune fille qui le suivaient? — Cette femme sera mise à mort comme cette enfant. Toutes deux appartenaient à Ranuzzi : l'une était son esclave, l'autre était la fille de cette esclave! Comprenez-vous maintenant, Safia, pourquoi je vous proposais de fuir? C'est que le même glaive peut vous atteindre dès demain, comtesse d'Azola, vous et le doge votre amant. Oui, l'orgueil de la république est souverain, absolu; c'est lui qui a fait écrire cette loi dans le livre des statuts de l'inquisition d'État :

« Un noble de Venise ayant commerce avec une esclave altère le sang de Venise. A lui comme à elle et comme à ses enfants revient de droit le supplice de l'esclave, celui du *pozzo* de Saint-Job. »

— Mais, s'écria-t-elle en se relevant de son abattement et de sa stupeur, cela est infâme, c'est un assassinat! Laissez-moi!... je veux prévenir le doge! — Prévenir le doge, afin d'arracher à sa clémence le pardon de ces trois coupables? Safia, vous oubliez que votre Alessandro ne peut rien. Le doge de Venise, c'est le fantôme de Venise; le doge, c'est le hochet du peuple, la risée des grands, l'esclavage avec une robe de brocart! Mais, s'il ne peut rendre un décret pour sauver ces malheureux, il peut à son tour se voir en revanche traîné bientôt sur cette même place que tu vois; il peut se retourner comme vient de le faire Ranuzzi, et trouver derrière lui une femme en pleurs, son esclave à lui, Safia la Grecque, condamnée au même supplice! — Mais je ne suis pas esclave, moi! s'écria Safia, d'une voix que faisait vibrer la rage. — Tu mens, Safia, tu es esclave... tu m'as été cédée par le magnifique comte de Tekeli, cédée il y a quinze ans, à la suite d'une partie de jeu à Venise! Je t'avais remarquée, ma belle Grecque, aspirant les brises du port sur les planches de ton navire; j'avais admiré, sans m'en ouvrir à personne, ta beauté que nul, excepté le comte, ne connaissait; en te voyant, j'avais compris bien vite le parti qu'on pouvait tirer de toi, et je t'avais vouée à mon nid d'aigle, céleste colombe. — Dis ton nid de vautour, ton enfer! Mais encore une fois, je suis libre, misérable fourbe! — Tu vois ce papier! s'écria Cagliostro en tirant de son portefeuille un papier soigneusement plié; il est aussi blanc et aussi pur que ton front, belle Safia; mais prends garde aussi, je suis le démon quand on m'y force! — Je brave ta sorcellerie et tes mensonges, reprit la comtesse, l'œil fixé sur le papier que Cagliostro élevait entre ses doigts... tu ne m'intimideras plus par tes piéges, tu ne me réduiras plus par la crainte. Je suis libre, te dis-je; place à ta maîtresse, esclave, laisse-moi sortir.

Safia se dirigea vers la porte, mais il lui fut impossible de rencontrer la serrure. Au même instant, elle se retourna en entendant sortir de la bouche de Cagliostro ce même rire articulé comme la gamme rauque qui sort du gosier de l'orfraie.

— Une dernière fois, Safia, veux-tu me suivre? dit-il en montrant le papier à la comtesse. Veux-tu sauver ton Alessandro ou mourir avec lui? — Je veux te dire en face que je te méprise, souverain évocateur des morts, magicien de hasard, misérable imposteur qui oses te dire le contemporain et l'émule de Dieu! — Safia !... reprit-il en frappant le sol du pied. — Oui, tu me menaces, tu me tiens à ta merci dans ce palais d'où tu as eu le soin d'écarter le marquis, mon défenseur! Mais tu oublies donc que je n'ai qu'à jeter un cri, et les bourreaux de Ranuzzi qui vont sortir te saisiront et te jetteront dans ce canal! Mais non, tu penses bien que je suis venue ici à l'insu d'Alessandro, et que je ne puis crier. Misérable déporté de tous les pays, qui es venu te réfugier à Venise! Mais, Cagliostro, tu le sais, tu viens de le voir toi-même, continua-t-elle en lui montrant la place où avait passé Ranuzzi; si Venise est si atrocement sévère pour sa noblesse, si elle invente pour l'esclave la mort dans mille tortures, que fera-t-elle d'un vil espion comme toi, d'un pâle charlatan sur le dos duquel s'est brisée déjà la canne de plus d'un grand seigneur de Vienne et de Paris, et qu'elle renverra à la police de France, muselé comme un des ours de la place Saint-Marc, un collier de fer au cou, et mené à la corde par mes laquais! Tu pâlis, noble comte, voilà le sort qui t'attend; ce spectacle me consolera de celui que tu m'as fait voir ici; le doge et moi, nous te regarderons partir ainsi du haut du balcon ducal! — Safia! — Tu trembles, je le vois, tu commences à croire à la vengeance d'une femme! Le courage ne faillira pas à la mienne; tu ne sortiras de cette ville que marqué au front par celle qui te hait et te méprise; celle qui, sache-le, ne te suivrait, comme tu l'y invites, que pour te dénoncer et te livrer à tes juges! — Safia, tu me braves; mais sache donc à ton tour que tu es perdue... Ne vois-tu pas ce papier? — Ce papier, tu peux commencer à y écrire tes confessions... Il semble t'attendre, il est vierge encore de souillures! Safia, dis que tu vas me suivre, et ce papier fatal, je le déchire. Tu me refuses?... — Eh bien? — Eh bien! je n'ai qu'à approcher de lui cette lumière, et tu verras ces lettres flamboyer comme le feu.

Cagliostro, en prononçant ces paroles, s'était saisi d'une des bougies de la table... Safia poussa un soupir étouffé.

— Quel est donc ce papier et que contient-il? demanda-t-elle, les mains glacées de crainte et le corps tordu par l'angoisse. — Ton arrêt! regarde...

Il avait approché le papier de la bougie, et la comtesse voyait s'y dessiner peu à peu des lettres qui venaient courir sous son œil d'une ligne à l'autre... Quand elles eurent toutes reparu au contact de la flamme, Cagliostro se contenta de montrer la signature apposée au bas de cet infernal écrit; elle portait le nom du comte de Tekeli, l'ancien maître de Safia...

— Que veut dire ceci? murmura-t-elle d'une voix éteinte par la peur. — Ceci veut dire, Safia, que, puisque tu l'as voulu, ta condamnation est maintenant écrite ici en lettres ineffaçables. Oui, cet acte est le contrat de vente de Safia l'esclave grecque, contrat signé du comte Tekeli à Venise, il y a quinze ans. Je pourrais vous perdre comme la femme de Ranuzzi, mais je préfère vous reprendre; un mot de vous, et j'abdique ici mes droits de vengeance. — Infâme! s'écria-t-elle en cherchant à lui arracher le papier. Mais elle ne le put, et, comme irritée de l'impuissance de ses efforts, elle lui cracha au visage.

— Safia, vous avez comblé la mesure! vous êtes à moi, s'écria le comte d'une voix brève et coupée par la colère; à genoux, comtesse! obéissez!

Et il allait l'étreindre de ses bras de fer, lorsque des pas subits retentirent à la porte de cette pièce reculée; le nègre du comte entra et n'eut que le temps de lui jeter ces paroles pressées, haletantes :

— Le palais est cerné... cher maître... il est là... il monte... — Et qui donc? — L'inquisiteur! — Grimani? — Oui, maître; et nous n'avons qu'une issue, les souterrains... ceux qui aboutissent au delà de l'église Saint-Job... Vos heyduques sont pris; moi, je ne vous quitte pas. — Tu vois cette femme, reprit le comte en ouvrant alors à son nègre l'un des panneaux de l'appartement; porte-la par ici, suis-moi!

Mais, en cet instant, un carreau de la fenêtre vola en éclats, une main chassa l'espagnolette et un homme sauta dans la chambre; c'était Ismaël, suivi de deux barcaroli : ils prirent la comtesse à moitié évanouie entre leurs bras robustes, pendant que Cagliostro et son nègre s'abîmaient, avant d'être vus par eux, dans le panneau en cuir de Cordoue, qui reprit sa place et masqua leur fuite.

CHAPITRE XIII.

LE RETOUR.

En se retrouvant dans sa gondole, qui fendait les ondes avec une effrayante rapidité, la comtesse, revenue peu à peu à elle, grâce aux soins d'Ismaël et aux brises rafraîchissantes de la nuit, se félicita d'avoir pu échapper aux regards des espions du conseil, que précédait Grimani à la Ca'Maldetta.

La descente de cette escouade nocturne chez le comte de Lippone avait mis en émoi tous les habitants de ce quartier; les heyduques avaient cru devoir résister, le bruit d'un pistolet avait donné l'éveil aux voisins de l'église de Saint-Job. Au milieu de ce tumulte, Ismaël avait eu la présence d'esprit de remettre sur le visage de sa maîtresse son masque de velours tombé à terre; Safia espérait donc rentrer au palais sans que l'on eût pu s'y douter de son absence.

Encore émue de cette scène, la belle Grecque s'inquiétait moins du marquis de Saluces que du comte de Cagliostro. Elle ne tarda pas à monter au palais d'Azola, dont la munificence du doge lui avait fait présent. En levant le marteau de cette demeure, où s'abritait parfois Alessandro après le conseil nocturne qui se tenait à l'angle de la place Saint-Marc, sa main tremblait alors comme la main d'une coupable; et cependant un serviteur fidèle vint la prévenir que le doge dormait : il y avait même déjà une heure qu'il était rentré.

Ces pièces, ces galeries encore odorantes des parfums d'une fête, Safia les traversa d'un pied léger; elle poussa bientôt le ressort secret d'une porte et se trouva dans une chambre éclairée par les lueurs vacillantes d'une lampe placée près d'un lit.

Bien des fois cette chambre avait servi de refuge à Alessandro contre ses ennuis, bien des fois le prince y avait fait place à l'amant; aussi la comtesse l'avait-elle décorée à l'instar de celle qu'occupait le comte de Tekeli, son ancien maître; les murs en étaient recouverts de longues tapisseries de Perse; les armes turques, les trophées, les vases à parfums, les agates d'Orient, les corbeilles remplies des fleurs les plus rares, complétaient l'ameublement de ce boudoir, vis-à-vis duquel celui qui reposait alors sur un lit d'ivoire sculpté formait un contraste frappant.

En effet, dans ce salon de femme si délicatement embelli, Alessandro, le doge de Venise, ressemblait presque, par la mâle beauté de son visage, à un sévère patricien endormi à l'aide d'un philtre chez quelque noble courtisane. Il s'était jeté tout vêtu sur ses coussins, et le bruit presque insensible que fit Safia, lorsqu'elle s'approcha de lui, n'eut pas même le pouvoir d'entr'ouvrir un moment ses yeux. Le doge paraissait alors se débattre sous le poids d'un sommeil pénible et lourd; des sons inarticulés sortaient par intervalles de sa poitrine.

— Ottale... Ottale!... tel fut le premier nom que Safia entendit errer sur ses lèvres. La comtesse depuis longtemps connaissait Ottale le juif; elle savait que cet homme était un vieillard irréprochable, et que dans la charge de gardien des monnaies de la république vénitienne, dont il avait été investi par Alessandro, jamais sa conduite n'avait pu donner matière à un soupçon. Pauvre et méprisé, car, malgré la vénalité des emplois et le trafic qu'en faisait alors la seigneurie, le préjugé contre la nation judaïque existait toujours autant chez les grands que chez le peuple, Ottale ne franchissait guère le seuil de sa maison enfouie dans les ruines noires et tortueuses du Ghetto; il ne se montrait que dans les grandes solennités de Venise, aux festins du doge, aux fêtes publiques, aux promenades, et encore n'était-ce qu'avec répugnance; mais Ziana, sa fille, était le prétexte habituel de ces sorties : il l'aimait comme un père aime l'unique joie de sa maison, il l'aimait et tremblait à l'idée de se séparer un jour de celle qu'il appelait son trésor.

Souvent la comtesse s'était perdue avec amour dans les détours du quartier des juifs, et avait visité la demeure du vieillard; Ziana était sa protégée, et le sentiment de la jalousie n'était jamais entré dans le cœur de Safia, lorsque le doge lui parlait de la *Rose du Ghetto*.

Il y avait même dans l'humble condition de la juive un rapprochement inévitable qui faisait l'orgueil de Safia : elle aussi, elle avait connu le malheur, en dépit de la jeunesse et de la beauté; elle aussi, elle avait rencontré dans Alessandro la même protection et la même bonté.

— Il rêve d'Ottale... murmura-t-elle, Ottale est son ami son conseil... il le quitte sans doute, il croit lui parler...

Le doge fit un mouvement.

— J'ai souvent pensé, continua la comtesse, se parlant à elle-même devant Alessandro endormi, à ce que m'a conté un jour le vieux sénateur Gandone, l'un des hommes de Venise le plus redoutable comme inquisiteur : il disait qu'il n'interrogeait jamais qu'une chose des accusés, leur sommeil. Cher Alessandro, le sien ne m'apprendra que son amour; car, si je lui dois mes malheurs, je lui dois aussi les heures les plus douces et les meilleures de ma vie! Oui, c'est sur mon cœur qu'il a bien souvent dormi, c'est près de moi... dans cette chambre... qu'il m'a souvent parlé de cette autre maîtresse impérieuse que je hais... parce qu'elle l'enlève à mes caresses, à mon amour, de Venise, sa ville, ma seule rivale dans son cœur... Va, tu peux dormir, rêver d'elle à mes côtés mêmes, Alessandro, je ne suis pas assez oublieuse de ton honneur, ô mon prince, pour éteindre en toi ce foyer qui brûle et te consume! Oui, je l'espère encore, il peut y avoir pour nous des jours d'ivresse et de bonheur, malgré cet ennemi que Satan ramène à Venise et qui a juré ma ruine; mon Dieu, je compte sur vous, comme je compte aussi sur mon amant!

Safia s'était jetée à genoux devant une image de forme byzantine suspendue à l'angle de cette chambre; cette image représentait le Christ; elle la détacha du mur avec une hésitation tremblante; elle craignait qu'Alessandro ne la surprît.

Sa main fit alors glisser le léger vantail sur lequel la divine image était peinte; ce vantail fit place, aux yeux de la comtesse, à une petite planche en bois de sandal, sur laquelle était collée une boucle de cheveux noirs. Safia considéra cette boucle plusieurs secondes et la baisa à plusieurs reprises avec des larmes. Sa poitrine était oppressée, ses yeux ne pouvaient se détacher de ces cheveux, qu'elle examinait pieusement comme une relique.

— *Poveretta!* murmura-t-elle, tu as bien fait de mourir! ta mère est en butte aujourd'hui aux douleurs et aux angoisses... Si tu es un ange, comme je n'en doute pas, moi dont le sein t'a bercée, tu dois prier pour moi, que menacent tant de périls; tes cheveux maintenant me semblent autant de rayons de la couronne sainte de la Vierge! Adieu, adieu, ô mon ange! — *Poveretta!*

La comtesse replaça l'image et la suspendit de nouveau à la muraille. Il y avait dans son silence un abattement et une douleur inexprimables. Immobile, glacée, elle se pencha de nouveau sur le lit du doge et put lui entendre prononcer ces mots entrecoupés par un souffle lent et forcé :

— De l'or... oui... de l'or... mais où en trouver?... de l'or... Ottale... de l'or...

Et de ses mains crispées, convulsives, le doge semblait appeler une puissance inconnue; il lui tendait la main, il l'invoquait. Tout d'un coup ses bras découragés retombèrent, une sueur froide mouilla son front, sa bouche s'était fermée, il paraissait insensible.

— Elle... s'écria-t-il tout d'un coup... elle, toujours!

Safia se pencha sur le visage d'Alessandro; cette fois il rayonnait.

Oui, sur ce beau visage étincelaient alors toutes les joies de l'espérance. Une pensée douce, surhumaine, semblait avoir eu la force de ranimer ce front morne et pâle l'instant d'auparavant, le doge sourit. Safia crut voir son nom errer déjà sur sa lèvre.

— Il rêve de moi, pensa-t-elle.

Tout d'un coup elle se tordit et recula instinctivement, comme si la pointe d'un poignard l'eût effleurée.

— Ziana!... Ziana... murmurait Alessandro.

— Ziana la juive! répéta à son tour la comtesse, les lèvres sèches, le regard à demi éteint.

— Ziana... Ziana! O mon Dieu! pourquoi faut-il?... répétait le doge.

En prononçant ces mots, la bouche du doge semblait presque les achever; mais ce n'était qu'un souffle léger, impalpable. Safia eut peur: il lui paraissait horrible de s'attendre à un secret.

En ce moment de crise solennelle pour la comtesse, l'horloge de la chambre frappa un coup si sec et si strident, qu'Alessandro tressaillit... En même temps, un bruit léger retentit à l'une des portes de l'appartement, et le vif éclat d'une lumière jeta son filet par la serrure. La comtesse n'eut pas même le temps de pousser un cri, car la porte s'ouvrit tout d'un coup, et un homme en manteau, son feutre rabattu sur le visage, entra, sa lanterne en main. Il recula d'un pas en voyant Safia debout comme une statue près du lit où reposait Alessandro.

Le doge s'était levé sur son séant, et il regardait tour à tour, dans une indicible stupeur, l'homme à la lanterne et la comtesse.

— Taddeo! s'écria-t-il quand celui-ci se fut découvert devant son prince. — Moi-même, Altesse; excusez si je viens vous chercher ici, à pareille heure, de la part du juif Ottale... Mais son grand âge, autant que l'importance de cette entrevue, dont j'ignore le motif, lui a fait craindre de fréquenter la nuit les rues dangereuses de Venise. Ottale, que vous avez laissé à l'hôtel de la Zecca, l'hôtel des monnaies, veut vous parler. Vous pouvez, je pense, vous fier au guide qu'il vous envoie.

Et le jeune homme, écartant son large manteau, fit voir au doge qu'il était armé.

— Je te suis à l'instant, répondit Alessandro; un mot seulement, Safia: comment se fait-il que je vous trouve sur pied à cette heure? — Je ne me suis point couchée, répondit-elle; j'étais là: je vous regardais dormir.

En parlant ainsi, Safia était plus pâle que le voile d'une fiancée de Murano.

— Alessandro, reprit-elle en voyant que le doge retombait vis-à-vis d'elle dans le silence, ne pouvez-vous pas m'accorder quelques moments d'entretien? — Il faut, Safia, que je suive ce jeune homme, que je le suive à l'instant même. — Ne pouvez-vous remettre cette entrevue à demain? — Impossible, car demain dépend de cette entrevue. — Ainsi, vous me quittez? — Je vous laisse pour vous revenir bientôt.

Et, se dégageant des bras de Safia, le doge, pressé de sortir, ouvrit la porte et ne tarda pas à descendre l'escalier du palais avec son guide. Un jour d'ardoise éclairait déjà le grand canal; Safia, penchée à son balcon, put voir bientôt la gondole, poussée par de vigoureux coups de rames, tourner le coin de son palais.

Un soupir profond brisa sa poitrine; elle se regarda à l'une des glaces de la chambre, et se trouva si pâle qu'elle sonna l'une de ses femmes. Dès qu'elle fut couchée, les événements pressés de cette nuit se représentèrent à elle sous des couleurs si fatales, que la malheureuse comtesse ne put prendre aucun repos. Une voix menaçante, terrible, retentissait à son oreille: — tantôt c'était celle de Cagliostro; — d'autres fois, elle écoutait des gémissements qui semblaient se perdre dans les profondeurs d'une tombe, et alors Safia songeait avec désespoir à Ranuzzi, à sa femme, à son enfant. Une dernière image, blanche et mate comme un fantôme, se penchait enfin sur sa couche, et dans cette ombre flottante, dont le sourire la perçait plus sûrement qu'un poignard, elle entrevoyait confusément Ziana, Ziana la juive, qui avait usurpé sa place dans le sommeil agité d'Alessandro!... Tous ces rêves pesants brisèrent les forces de la comtesse; ses yeux se fermèrent, et elle s'endormit; mais, cette fois, sa couche ressemblait moins à un lit qu'à un linceul.

CHAPITRE XIV.

LA POLICE.

Dans une petite chambre d'hôtellerie située au cœur du Rialto, deux personnages étaient réunis le lendemain, vers les quatre heures du soir...

L'un était couché plutôt qu'assis dans une immense *duchesse* à fleurs jaunes fanées, roulée près de la fenêtre qui donnait sur le Rialto; il avait un tabouret sous les pieds, et une carafe de limon cuit sur une petite table auprès de lui, dont il se servait de temps à autre des rasades hygiéniques, témoignait assez en faveur de son respect forcé pour le régime; l'autre portait le *bahutà* noir et le tricorne.

Ce dernier avait posé gravement son menton sur le pommeau d'or de sa canne et paraissait assez ennuyé de se voir en compagnie d'un homme malade, quand son interlocuteur, frappant tout à coup du poing sur la table de façon à faire voler sa cuiller sur le parquet, s'écria d'un air furieux:

— Il ne sera pas dit que je n'en écrirai pas à mon oncle, M. de Sartines! — Ecrivez tant qu'il vous plaira, monsieur le marquis, mais ce n'est pas ma faute si vous tenez absolument à faire vous-même la police de cette ville! Venise n'est point Paris, et vous n'êtes point encore podestat, à ce que je sache! — Allez au diable! vous ne savez rien découvrir, reprit le marquis, pas même les coquins fieffés qui s'en vont souper chez vous en apôtres! Comment, après cela, prétendriez-vous ganter de menottes un charlatan de la force de Cagliostro! Il vous a échappé, bravo! vous en serez pour vos frais. — Mais d'abord, répliqua solennellement Grimani, évidemment piqué de l'allusion du marquis au fameux souper de saint Pierre et de saint Paul chez sa femme, nous n'en sommes qu'à notre seconde journée avec M. le comte de Cagliostro. Mes espions ont huit jours, et s'ils ne me le rapportent pas mort ou vif après cela, je les livre à messer Grande... leur affaire ne sera pas longue. — Oui, mais en attendant, ma convalescence le sera! Je suis tombé de trente pieds au moins, et je vous fais compliment, monsieur, des trappes de Venise, si je ne vous fais pas compliment de sa police! — Permis à vous, monsieur l'étranger; cependant, vous avez pu voir qu'elle était active... — Je le crois, on m'a arrêté le jour même de mon arrivée. — Je venais vous apporter mes excuses... — Vos excuses, vos excuses! je n'en ai pas moins les reins brisés. Donnez-moi votre parole d'honnête homme que vous ne me laisserez pas sortir de ma chambre sans que j'aie vu pendre Cagliostro! — Mes hommes ont battu tous les quartiers de Venise; d'après son signalement... — Lequel? il en a vingt. Tantôt vous allez le croire déguisé en moine arménien, pendant qu'habillé en seigneur il écoute tranquillement l'opéra à Saint-Samuel, dans une loge; un autre jour, vous ferez cerner par vos alguazils le jardin de Saint-Blasius, où les gentilshommes de Venise conduisent leurs belles, et durant ce temps il se promènera sous le masque au Prato della Valle, et prendra le café avec un de vos espions. Son signalement, dites-vous! mais Cagliostro est un homme à vous échapper en diable ou en femme; il est peut-être, dans ce moment-ci, au couvent de Murano, où il s'est fait nonne... Croyez-moi, monsieur l'inquisiteur, vous êtes aussi à plaindre que moi, si ce n'est que vous n'avez pas fait une culbute comme la mienne chez ce damné Piémontais, ce Palermitain ou ce juif, que le ciel confonde!

Et le marquis porta la main à ses reins, en signe de douleur; il prit du bout du doigt un peu de liniment qu'un certain docteur Ficramosca, appelé le matin même chez lui, l'avait engagé à employer, lui promettant que ses contusions auraient cessé au bout de huit jours.

— Huit jours! répétait-il avec impatience et en attachant sur Grimani de petits yeux gris ardents de colère, huit jours, lorsque j'étais près de faire la conquête de l'une des plus belles femmes de Venise! — Quelle femme? demanda cauteleusement Grimani. — Parbleu! ce n'est pas la vôtre, repartit le marquis avec humeur, rassurez-vous; non que la signora Grimani ne puisse encore exciter l'appétit d'un sénateur : des gens qui l'ont connue particulièrement affirment qu'elle a de l'esprit; mais depuis ce souper mystérieux dont tout Venise ignore les apôtres...

Grimani se pinça les lèvres, c'était la seconde fois que le marquis se vengeait; il voulut avoir son tour.

— Monsieur le marquis croit que la police de Venise est mal faite... je puis peut-être lui prouver le contraire. Pendant que cette nuit il courait les aventures avec une dame masquée, et que j'entrais, moi, à la tête de mes gens, dans la Ca'Maldetta pour saisir le prétendu comte de Lippone, il se passait chez lui-même... ici... dans cette chambre, une aventure assez gaie. — Laquelle? — Je ne sais trop si je dois la dire à monsieur le marquis, la police de Venise est si mal faite! — J'admets qu'elle est excellente. — Non, vraiment, elle ne sait rien. — Encore? je vous en conjure... — Vous le voulez? n'en accusez donc que vous. Seriez-vous d'abord, marquis, assez aimable pour sonner? — A quel propos sonnerais-je? — Tirez toujours ce cordon. — Soit! mais je commence à croire...— Que je veux railler?... Tenez, j'entends maître Olivario, votre hôtelier; interrogez-le vous-même, et demandez-lui si vous n'êtes pas rentré ici hier, après le bal donné chez la comtesse d'Azola, bal charmant que la sotte arrivée de cet ambassadeur de Tunis a seule troublé. — Moi! — Vous certainement : vous êtes revenu à l'auberge votre masque sur le visage, et vous êtes monté dans votre chambre. — Par exemple, voici qui est un peu fort! Je ne suis rentré, ou plutôt on ne m'a rentré chez moi que ce matin. — Demandez à votre hôte Olivario. Olivario, mon ami, continua l'impassible Italien, que t'a dit hier soir en rentrant M. le marquis? — Rien, ma foi, monsieur, répondit Olivario qui survenait poliment, son bonnet à la main; M. le marquis a pris sa clef, il a saisi ensuite la rampe de l'escalier et est resté chez lui jusqu'à ce matin. En passant devant mon comptoir, M. le marquis avait son tricorne renfoncé sur ses yeux comme un joueur au désespoir; je n'ai osé rien lui dire... — Comment, triple coquin, tu oses me soutenir...? reprit le marquis en montrant le poing au malheureux Olivario. — Il vous soutient la vérité, objecta froidement Grimani. — Vertuchoux! je suis volé! s'écria tout d'un coup le marquis en courant à un tiroir. — Heureusement, murmura-t-il assez bas pour que Grimani ne pût l'entendre, heureusement qu'en allant chez la comtesse, j'avais emporté sur moi mon portefeuille!

Le marquis Eusèbe de Saluces n'eut pas besoin d'une longue investigation pour se convaincre de la lacune opérée dans les louis et les ducats de son tiroir, que, par une habitude d'indolence et de légèreté toutes parisiennes, peut-être aussi par une confiance excessive en la probité des aubergistes vénitiens, il n'avait pas même fermé. Ses bague et ses boutons de diamants avaient disparu; il n'y avait guère que sa malle qu'on eût respectée, grâce aux deux énormes cadenas qui la flanquaient.

— Volé! s'écria le marquis furieux, volé! par la corbleu! Vous me direz cette fois, monsieur Grimani...—Là, là, mon cher marquis, répondit l'inquisiteur avec un flegme désespérant, ne vous emportez pas, interrogez Olivario. N'est-il pas vrai que c'est bien M. le marquis qui est venu prendre son or et ses bagues cette nuit? — Je jure que c'est lui ou son double en chair et en os, répondit l'hôtelier, même qu'il a fait un petit salut de la main... à la française... comme cela... à ma femme, comme fait toujours M. le marquis quand il est de bonne humeur... — Que la peste t'étouffe! s'écria le marquis en se pendant à la cravate de son hôte, de façon à l'étrangler, laisser entrer chez moi un escroc de bas étage!— Inca...ble, inca...pa...ble, monsieur le marquis, soufflait Olivario, dont Grimani seul empêcha la strangulation. Ma maison est sûre comme la maison du bon Dieu. — Mais il me faut mon voleur! murmura le marquis, les dents serrées par la rage. — Vous l'aurez, monsieur le marquis, vous l'aurez, dit Olivario; M. l'inquisiteur fera bien un peu d'extraordinaire pour vous! Seulement, ne vous mettez pas en colère, cela vous nuirait; j'ai sur moi un cordial qui vaudra, j'en suis sûr, pour vous toutes les prescriptions du médecin... Ce joli petit billet qui, certainement, a l'odeur du papier, ne peut venir que d'une dame de qualité. C'est une vieille esclave qui me l'a remis pour vous sur le midi; j'ai cru que vous reposiez, et je ne suis pas monté. — Dis plutôt, maroufle, que tu craignais la juste volée de coups que mérite ton impudence. Tu es de moitié, j'en suis sûr, avec le voleur. — Ah! monsieur le marquis, pour ce qui est de voler, c'est mal; mais, quand on s'y met, se contenter de la moitié, c'est bien petit... — Donne moi ta lettre, voyons. J'en reçois par jour une douzaine : je lirai celle-ci avec les autres. — A votre aise, monsieur le marquis! Votre dîner est prêt; messer Grimani le partage-t-il? — Par ma foi! j'ai d'autres affaires, reprit Grimani. Es-tu fou, Olivario, et ne faut-il pas que je retrouve le voleur de M. le marquis de Saluces? Résumons-nous, continua Grimani : Cagliostro à arrêter, le voleur de M. le marquis à prendre... Décidément, je me borne à Cagliostro. — Comment! vous vous bornez?... Qu'est-ce à dire? Est-ce de cette sorte que vous rendez la justice? Donnez des ordres à vos sbires, et veuillez recevoir ma plainte. — Ce sont de ces petits accidents qui arrivent dans les pays civilisés. — Oui. Mais vous avez ici une civilisation beaucoup trop avancée, ma foi : celle du masque. Grâce à ce morceau de taffetas sur le visage, vous volez et tuez impunément. — Je vous conseille de vous plaindre! J'avais été prévenu dans cette journée du vol qui s'était commis chez vous. Oui, puisque vous y tenez, que vous me poussez à bout, cette lettre vous prouvera, cher marquis, que votre *emprunteur* est un gentilhomme qui sait le français autant que vous, et qui se pique, ma foi, de délicatesse et de belles manières. — Voyons cela, reprit le marquis.

Grimani tira de sa basque plusieurs papiers; l'un d'eux, plié en quatre, était à son adresse; il en fit la lecture au marquis avant d'arriver au sien.

Ce billet à Grimani portait ces mots :

« Puisque le doge de Venise veut bien lancer une flotte à la mer contre les pirates barbaresques, nous pensons, messer Grimani, que la seigneurie de Venise ne doit pas rester non plus inactive pendant ce temps. Nous continuerons donc, comme par le passé, à nous ébattre dans notre bien-aimée ville; nous ferons la guerre aux maris, aux inquisiteurs, aux banquiers juifs, puisque nous ne faisons pas la guerre sur les vaisseaux de la république. Prévenez donc, seigneur Grimani, les étrangers qui sont à Venise qu'ils aient à dégorger à notre profit au Casino, qu'ils y fassent belle mine et grand effet, autrement nous serons obligés de prélever sur eux des contributions particulières. »

— Il est impossible d'être plus clair, reprit le marquis, il n'y a pas là d'ambiguïté. — C'est un avis anonyme, dit Grimani; mais cette lettre-ci est plus explicite. Elle m'est arrivée ce matin, et l'avis était d'hier; vous voyez qu'on ne perd pas de temps en ce pays :

« Messer Grimani,

« Nous vous avions prévenu de nos intentions : je dois vous avertir que l'un de nos frères a exécuté ce soir une petite sortie contre la bourse d'un certain marquis de Saluces, homme léger, vaniteux, qui croit, à peine arrivé dans Venise, que toutes les femmes iront se jeter à son cou, et qui, en attendant, leur paye des gants, des oranges et des pendants d'oreilles dans les boutiques. Que ce petit monsieur sache donc que, pour réussir ici, il faut en peinture Canaletti, en amour Casanova. J'ai l'honneur de l'en avertir, comme aussi de fermer mieux les tiroirs de maître Olivario. Quand je serai en fonds au jeu du biribi, je lui rendrai son argent dans le premier ridotto venu; avertissez-le seulement, cet aimable Français, que dans quelques jours il y a un jeu d'enfer au Casino de Venise, et que nous le défions bien de faire sauter notre banque. Adieu. »

— Ainsi, vous le voyez, continua Grimani, cher marquis, vos soupçons étaient de la plus souveraine iniquité! le gentilhomme qui vous a emprunté votre or était gêné, mais vous serez remboursé au premier jour. Quant aux expressions de raillerie que renferme cette épître, elles ne prouvent qu'une chose, c'est que vous faites déjà belle figure dans Venise, qu'on vous jalouse, et qu'on voudrait vous savoir mort.— Mort! Eh, parbleu! messer Grimani, n'ai-je pas manqué de le devenir tout de bon dans votre palais de la Ca'Maldetta? Je n'ai jamais été plus surpris qu'en me retrouvant, après mes deux coups de pistolet lâchés au seigneur Cagliostro, dans un souterrain à fleur d'eau sur le canal. C'est là que j'ai tant crié à travers ma lucarne, comme Perrin Dandin par son soupirail, que vos estafiers m'ont entendu.

Il ne me manque plus que de me voir dépouillé à mon retour.

— Regardez-vous donc à ce miroir, dit l'inquisiteur, dont le marquis était loin de soupçonner le persiflage acharné; regardez-vous, et dites si vous êtes fait pour garder la chambre? Vous avez un teint charmant. A propos, et ce billet galant que vous a remis Olivario? Je ne veux pas être indiscret, mais je gagerais que votre belle... Tenez, je vois à vos yeux que vous sortirez ce soir. — Moi! qui saurais à peine me remuer... — Raison de plus, vous aurez l'air d'un brave de roman. Mais dites-moi donc, n'aviez-vous pas deux laquais? — Vous voulez dire deux marauds, ceux que vous nommez, je crois, ici ou à Naples, des *facchini*. Ils buvaient à faire frémir, avaient une livrée omelette, et je les ai congédiés en rentrant. Prétendriez-vous me donner un domestique? — Nullement, reprit Grimani; mais je tiens à ce qu'il ne vous arrive aucun accident lorsque vous irez ce soir chez votre belle. Deux hommes choisis par moi... — Ceci est assez adroit pour savoir où demeure ma Dulcinée. Rassurez-vous, messer Grimani, je vous épargne cette peine... Oui... j'irai bien seul, reprit le marquis après avoir parcouru le billet qu'Olivario lui avait remis; car en ce palais je serai plus en sûreté, je le présume, qu'à la Ca'Maldetta!

Craignant de se montrer indiscret, messer Grimani laissa le marquis s'habillant et se versant une foule d'essences, en attendant la venue de son barbier. Celui-ci ne se fit guère attendre; il apparut au marquis sa trousse en main.

— Grande nouvelle, s'écria-t-il, monsieur le Français, nous avons la guerre, et la flotte va cingler! — Imbécile, nous savons cela depuis hier. — En ce cas, monsieur le Français, je vais vous en dire une autre: M. Casanova de Seingalt est de retour à Venise. — Après? je le sais encore. — Après, monsieur le marquis, il est bien heureux que vous ne soyez point marié, car avec ce serpent-là!... — Ne sais-tu rien d'un certain Cagliostro? — Monsieur le marquis, ce nom-là m'est inconnu. — Laisse-moi et envoie demander une chaise à porteurs. — Monsieur le marquis, vous allez être obéi.

Peu d'instants après, le marquis, oubliant ou plutôt surmontant toutes ses souffrances, faisait prendre à ses porteurs le chemin du palais d'Azola, où la comtesse l'attendait.

CHAPITRE XV.

LE LIVRE NOIR.

Ce même soir, en rentrant chez elle, après l'office, comme de coutume, une dame vénérable dont nos lecteurs se souviennent, la signora Grimani, donna à sa duègne Morenita l'ordre d'écarter de sa maison les laquais et les autres espions de son mari, autant que faire se pourrait, et, profitant de la séance forcée de l'inquisiteur au grand conseil, elle s'appliqua à recevoir de son mieux chez elle le personnage mystérieux qui lui demandait un entretien.

La signora Grimani était, on le voit, réservée aux aventures, depuis le souper de saint Pierre et de saint Paul. Mais aussi elle s'en défiait, et il ne fallait pas moins que la réputation merveilleuse, universelle de l'homme qui allait poser le pied dans sa maison, pour qu'elle se décidât à l'accueillir. Ce nouveau venu se nommait le docteur Fœnix.

La pendule de cette chambre à coucher, qui avait vu se dénouer si étrangement, au début de notre histoire, le souper du saint apôtre, marquait huit heures, quand le docteur Fœnix, introduit avec une foule de précautions par la duègne, entra chez la signora Grimani.

C'était un charmant vieillard au chef branlant, au dos voûté, aux mains de seigneur; il portait un jabot et des dentelles incomparables; sa perruque avait au moins deux mille ans, son habit datait d'Hérode, et ses garnitures de Ponce-Pilate. Un bandeau de taffetas couvrait son œil gauche, ses pieds étaient chaussés solidement et sans le luxe de boucles à pierreries; mais, en revanche, un diamant ornait son index, et il portait au cou l'ordre de Malte et de Saint-Jean de Jérusalem en sautoir.

— *Je suis celui qui suis*, fit-il en s'asseyant dans un grand fauteuil; que demandez-vous de moi, ma chère enfant?

A ce son de voix, la signora Grimani tressaillit comme si elle eût déjà entendu ce personnage; mais elle chassa bien vite ce souvenir et répondit:

— Je désire ce dont nous sommes convenus. — Ainsi vous n'avez aucune répugnance pour l'eau que je vous propose? — Pourquoi? N'est-elle pas la fontaine de Jouvence, le trésor de la jeunesse et de la beauté? comme le dit mon très-aimable docteur. — C'est vrai... balbutia Fœnix, c'est le plus ingénu des élixirs. Une goutte suffit pour vous ôter dix années. — Dix années de moins, s'écria la signora Grimani; mais voilà qui est admirable! Il y a juste dix années, cher docteur Fœnix, que j'ai connu, à Venise, Casanova. — Quel est ce Casanova? reprit le docteur; quelque petit roué qui court les brelans, quelque fils de famille qui s'affiche au Casino? C'est une éducation que vous faites, je gage, ma chère comtesse?... continua Cagliostro avec un sourire hypocrite. — Hélas! mon cher docteur, ce Casanova que vous semblez ne pas connaître, et plaise à Dieu que vous ne le connaissiez jamais! n'en est pas à ses premières armes: il y a bien dix ans qu'il a touché mon pauvre cœur, dix ans qu'il m'a délaissée; c'est tout au plus s'il m'a reconnue hier chez cette impertinente comtesse d'Azola, où toute la noblesse de Venise avait cru devoir faire sa cour au doge lui-même, tant les bonnes manières se perdent à Venise, tant les patriciens jeunes ou vieux de la seigneurie se montrent chaque jour épris de la nouveauté! — Ce n'est pas, se hâta d'ajouter la signora Grimani, que la comtesse d'Azola ne soit une belle personne: elle vit dans le luxe, les adulations, les plaisirs; mais, en vérité, qui ne serait belle dans un riche palais sur le grand-canal? Quelle femme ne reluirait pas comme un soleil sous les regards de Venise et de son doge? Quand on mène au contraire, ainsi que moi, une existence de recluse, quand on a un mari défiant, jaloux et cruel comme le seigneur Grimani...

Et la femme de l'inquisiteur se regarda coquettement à une glace... La signora Grimani avait été belle; malgré l'outrage de ses amants et ses années, elle persistait à l'être encore; le docteur Fœnix comprit bien vite tout le parti qu'on pouvait tirer de ses regrets.

— La comtesse d'Azola est certainement une des beautés les plus à la mode dans Venise, poursuivit-il; mais il ne tiendrait qu'à vous de devenir aussi belle... — Comment cela? — En consentant à boire quelques gouttes de cette fiole... Mais une question indispensable, madame: auriez-vous d'aventure une nièce ou une fille? — Certainement, docteur, j'ai une fille... une fille aussi belle que la Judith d'Allori, le peintre des belles Judith; mais une fille, docteur, c'est une date, cela vieillit. Je tiens la mienne étroitement renfermée dans un couvent de Padoue. — Avec mon eau, madame, vous seriez en quelques instants aussi jeune que votre fille... — Vous raillez? — Je ne raille point. J'ai visité la France, l'Angleterre et la Hollande: dans tous ces pays, cette eau a produit des effets miraculeux. Une margrave de Hesse, après en avoir bu seulement une gorgée, s'est trouvée si jeune, que sa famille agitait le soir même devant moi la question de lui mettre un bourrelet et de l'envoyer en nourrice. — Miséricorde! que me dites-vous là, mon cher docteur? — La vérité. Ce Casanova vous tourne la tête; il n'est pas encore si couru dans Venise, que vous ne puissiez reprendre vos droits sur lui. — Laissez donc! il m'a entrevue à la promenade du jardin de la Zecca l'autre jour, et il a feint de ne pas me reconnaître. L'ingrat! lorsque je m'étais saignée à blanc pour lui, et qu'il portait encore toutes mes bagues à ses doigts! — Voilà qui est vraiment de la dernière insolence, répliqua le docteur Fœnix. Mais tenez, madame, vous avez ici devant vous de l'encre et du papier: confondons à nous deux ce parjure Casanova. — Je ne demande pas mieux, répondit la Grimani; mais que lui écrire? — Parbleu, ce qui vous passera par la tête... que vous l'aimez... que vous l'avez vu à la promenade... que vous trouvez inouï qu'il ne vous ait pas abordée et reconnue... — C'est vrai, reprit la femme de l'inquisiteur; ensuite? — Ensuite? vous lui direz que vous avez certain compte à régler avec lui; que vous désirez le voir, lui parler, qu'il vienne... Pour l'adresse que vous mettrez ensuite, je ne sais trop en vérité comment vous la dire, car je ne connais en aucune sorte ce Casanova; mais par la puissance de mon art, il recevra votre épître avant de quitter ce soir le jeu, et il viendra... — Il viendra, dites-vous, je le verrai je pourrai lui dire... demanda la signora Grimani, en se regardant avec inquiétude à la glace de sa toilette. — Il viendra, reprit le docteur avec une assurance qui acheva de convaincre la coquetterie de la signora ; mais pour cela, je vous le répète, il faut que vous lui écriviez...

La signora Grimani se mit à un petit bureau de bois de rose : pendant ce temps, le docteur Fœnix examinait chaque meuble de l'appartement.

Pendant la pieuse collation servie par la signora Grimani à saint Pierre, le prince des apôtres, Casanova avait entrevu une certaine porte ; cette porte mystérieuse donnait sur la bibliothèque de l'inquisiteur. Au fond de cette pièce sourde, et mystérieusement cachée à l'œil des profanes par une ample pente de tapisserie, dormaient sans doute les secrets de plus d'une famille. Le docteur Fœnix, de concert avec son ami, se promettait bien d'en profiter : Casanova lui avait assuré qu'il y découvrirait peut-être des indications précieuses sur le trésor que tous deux cherchaient.

— Avez-vous écrit ? demanda-t-il à la signora. — Voilà, répondit-elle en lui présentant la lettre, sur le cachet de laquelle figurait sa devise : *Amor e zelo*. — Parfait, répliqua le docteur. Maintenant, permettez-moi de la mettre moi-même à la petite poste.

Et il jeta la lettre dans une sorte de *brasero* qui se trouvait allumé chez la signora. Voyant que celle-ci se récriait :

— Je n'en fais jamais d'autres, poursuivit-il ; Astarah, l'esprit du feu, m'obéit toujours, et je ne donne pas un quart d'heure à votre perfide...

La signora Grimani le regardait comme toute Italienne regarde un sorcier. Le docteur Fœnix avait tiré de sa poche une charmante fiole enjolivée de rubans roses, il l'offrit à sa cliente et en but lui-même une gorgée.

— C'est bien pour vous ce que j'en fais, reprit-il, car, avec ces concessions-là pour les personnes que j'estime, je suis menacé, au premier jour, de retomber en enfance !...

La signora avala la fiole d'un trait, le regard fascinateur du docteur Fœnix autant que le désir de revoir son cher Casanova la soutenant dans cette épreuve merveilleuse. A peine avait-elle avalé le précieux baume, qu'elle s'écria :

— Mais par quel trésor, docteur, pourrai-je payer un tel bienfait ? — Vous moquez-vous, madame ? objecta le docteur affectant un air contraint, et me prendriez-vous, d'aventure, pour un médecin ordinaire ? Grâce au ciel, je ne trafique point de ces choses-là. Vous pouvez, chère dame, faire analyser cette eau, elle défie la décomposition de la chimie ; il suffit de quelques paroles prononcées sur elle... Tenez, répliqua-t-il, je suis obéi, j'entends les pas de votre amoureux ; permettez que je m'esquive un quart d'heure et que j'entre dans votre bibliothèque... — C'est que... cher docteur... en vérité... je ne sais comment vous dire, balbutia la signora Grimani embarrassée. — Soyez tranquille, madame, je ne suis pas homme à ouvrir le moindre des livres de messer Grande ; je ne lis, moi, que dans le livre de la nature... Et voyez, continua-t-il en la conduisant devant un miroir de Venise, on a raison de l'étudier... n'est-ce pas ? car vous êtes ce soir l'un de ses plus beaux ouvrages !

Soit confiance dans le breuvage enchanté du docteur, soit orgueil inné de sa beauté, la signora se trouva charmante. Les couleurs de son teint semblaient si vives, la jeunesse de sa démarche si agaçante, qu'elle n'hésita pas à enfermer d'un côté le docteur Fœnix dans la bibliothèque de l'inquisiteur, son époux ; de l'autre, elle courut ouvrir elle-même au cavalier qui se présentait.

C'était un beau seigneur de Venise, dans toute l'acception du mot : il était paré et bagué plus coquettement que le docteur Fœnix ; il était encore jeune et fort capable de plaire ; une invincible séduction éclatait dans chacun de ses gestes et de ses regards. Si le malheureux marquis de Saluces eût été là, il eût pu seul reconnaître les bagues qui ornaient les doigts du chevalier... La signora Grimani ne s'expliqua guère comment il avait reçu si vite sa lettre, elle était dans le dernier étonnement ; mais ce fut bien autre chose pour elle, quand elle entendit l'exclamation du nouveau venu. A peine l'eut-il entrevue une seconde, qu'il recula d'un pas en s'écriant :

— Mademoiselle ! — A qui pensez-vous donc parler, seigneur Casanova ? lui demanda-t-elle, ne me reconnaissez-vous pas ? — Mille pardons, mademoiselle, vous devez être la fille de la signora Grimani, que j'ai connue il y a quelques années. Madame votre mère... — Ma fille, murmura la signora à moitié folle de stupeur, il me prend pour ma fille ! en voilà bien d'une autre à présent ! Seigneur Casanova, cessons ce badinage ; je suis la femme de messer Grande... je suis cette signora Grimani pour laquelle vous donnâtes un jour certain coup d'épée qui fit du bruit... Je vous aime toujours, ingrat ; mais vous, songez-vous seulement à moi ? — Si j'y songe ! Apollonia ! j'y ai toujours songé, croyez-le bien ; mais je vous retrouve si jeune... si belle... — En vérité, fit-elle avec un mouvement de satisfaction inespérée, je suis jeune, je suis jolie ? Vous ne me trompez pas ? vous me trouvez digne d'un amoureux tel que vous ? — Vous venez de voir, signora, par ma seule méprise, que vous n'avez rien perdu. Le temps qui détruit tout, jusqu'aux pilotis de Venise, le temps qui mine les palais et jette déjà de minces filets de rides à mon front, vous a respectée. Je comprends à l'heure qu'il est que votre fille tienne à habiter Padoue ; pourrait-elle, je vous le demande, lutter un instant avec les roses de votre teint ? Ah ! je vous proteste que de toutes les beautés de Venise vous êtes la plus noble, la plus délicate, la plus suave ; et tenez, on m'a montré pourtant l'autre jour la belle comtesse d'Azola... — La comtesse ! reprit sèchement la Grimani, la comtesse ! vous la trouvez belle, vous allez l'aimer peut-être ?... — Avant de vous avoir revue, signora, cela eût été possible ; mais ce soir... — Ce soir ! mais, encore un coup, qui a pu vous prévenir ? Vous connaissez peut-être le docteur Fœnix ? — Nullement : est-ce un médecin ? — Un médecin admirable, poursuivit la vieille dame enthousiasmée. Je vous le ferai connaître. — Permettez, je ne suis pas malade... si j'allais le devenir rien qu'à le voir ! Quoi qu'il en soit, j'ai reçu avis que vous vouliez me parler ; j'étais au jeu de la marquise d'Agnati, et je suis venu... — Qui vous a dit que je vous cherchais ? — Une espèce de petit nain aussi difforme qu'une mandragore. Il m'a accompagné jusqu'à votre porte, et s'est abîmé dans la muraille du vestibule. Dieu me pardonne, il exhalait une odeur de soufre peu galante pour un messager d'amour. Si je n'étais pas un esprit fort, je vous jure qu'il y aurait là matière pour moi à crier au sortilége !

La signora Grimani resta interdite : le ton pénétré de Casanova, le sérieux qui accompagnait ses gestes, tout, jusqu'à la conviction profonde où l'Italien semblait être de sa fraîcheur et de sa beauté, acheva de l'enivrer plus sûrement que ne l'eussent fait les vapeurs du vin de Chypre ; elle considéra son ancien amant avec fierté. Il lui paraissait inutile de parler raison, puisqu'elle pouvait la faire perdre encore ; elle eut l'imprudence d'écouter Casanova, elle l'écoutait encore lorsque dix heures sonnèrent. Avant minuit, l'inquisiteur devait revenir du grand conseil ; Morenita vint prévenir sa maîtresse qu'elle avait cru apercevoir le porte-falot de Son Excellence, au-devant de la *calle* voisine.

— A demain ! dit-elle à Casanova, à demain ! je vous ferai avertir de l'heure et du lieu... Suivez Morenita, elle vous conduira par la porte de terre... — N'avez-vous pas quelqu'un dans ce cabinet ? demanda Casanova ; il me semble y avoir entendu marcher...

Dans son ivresse, la signora avait oublié presque le docteur Fœnix ; elle ouvrit alors la porte de la pièce où il se trouvait, et lui présenta Casanova qui feignit de ne pas le reconnaître :

— Cher docteur, je vous abandonne, ou plutôt je vous confie à monsieur, il vous fera la conduite et vous protégera jusqu'à votre hôtel. C'est M. Casanova de Seingalt !

Le docteur Fœnix s'inclina, et le galant de la signora Grimani lui rendit son salut. Morenita était à son poste ; elle les fit évader tous deux par la porte de terre, au moment où la gondole de l'inquisiteur le ramenait par la porte d'eau.

Les deux acteurs de cette scène bouffonne se retrouvèrent bientôt tous les deux sur la place de Saint-Jean-et-Paul ; et Casanova n'eut rien de plus pressé que de demander à Cagliostro s'il avait pu trouver ce qu'il cherchait.

— Certainement, balbutia le docteur Fœnix, qui semblait embarrassé ; voici le livre.

C'était un livre en maroquin noir fermé par deux agrafes d'argent. Cagliostro le présenta à son ami, puis lui montrant une page arrachée au milieu du manuscrit :

— Par malheur aussi, reprit-il, la page manque. Celle

avant indiquait, vous le voyez, le chapitre où il est question de ce trésor enfoui qui devait nous enrichir, et dont nous nous flattions de découvrir la cachette encore hier. Grimani aura sans doute déchiré lui-même cette page. Voici le livre, faites-en ce que vous voudrez, mon cher.

Et il remit le livre noir à Casanova, d'un air consterné. Était-ce Grimani ou Cagliostro qui en avait déchiré la page?...

CHAPITRE XVI

L'HOMME A LA BAGUE.

Ce même soir, dans l'appartement de Safia, le marquis Eusèbe de Saluces poursuivait le siége amoureux de la belle comtesse, en lui exposant l'état de ses services de l'air d'un solliciteur résolu d'emporter d'assaut une place longtemps refusée.

— Récapitulons, lui disait-il, pendant que la comtesse ne semblait souffrir qu'avec peine le babil importun de ce galant venu de Paris : *Primo*, un coup d'épée reçu pour vous de Cagliostro... il y a seize ans ; par les temps humides, j'en souffre encore !... En second lieu, deux coups de pistolet lâchés sur ce même Cagliostro... hier soir... à quoi il faut ajouter une chute à travers une trappe... digne de l'opéra de *Proserpine !* — Ce pauvre marquis! Vous avez raison, reprit la comtesse en souriant, vous jouez de malheur chaque fois que vous me défendez. Aussi, croyez-moi, restons-en là ! — Cela vous plaît à dire, restons-en là ! quand pour vous, Safia, je suis prêt à tout aborder, tout entreprendre ? Voulez-vous donc que je vous laisse en proie à la malice infernale de Cagliostro? Ne se cache-t-il pas dans Venise ? n'a-t-il pas déjoué la police de Grimani ? D'un jour à l'autre, il peut, sous le masque, parler au doge lui-même, d'un jour à l'autre, il peut dire... — Vous vous trompez, marquis, interrompit la comtesse, le comte de Cagliostro est perdu à tout jamais. Lisez plutôt vous-même cette lettre de M. de Sartines, votre oncle... — De mon oncle ! s'écria le marquis stupéfait. — De votre oncle : elle est adressée à l'avogador Andrea Gradenigo, qui me l'a remise ce matin pour vous...

— Comment se fait-il ? reprit le marquis, après avoir parcouru la lettre. — C'est bien simple. Vous courez l'Italie depuis trois mois, sans écrire le moins du monde à votre famille. M. de Sartines, votre oncle, est inquiet ; il a profité d'un exprès pour faire parvenir au sénat quelques dépêches importantes. Au premier rang de ces dépêches figure une demande formelle d'arrestation envoyée à la police de Venise contre Cagliostro ; il sera condamné au bannissement ou à la prison : c'est bien le moins. J'étais folle, je le sens, de m'alarmer : l'inquisition a maintenant l'œil ouvert sur ce fourbe. Son signalement, m'a dit l'avogador Gradenigo, vient d'être donné en même temps à Fusine et à Padoue ; ces deux portes de Venise lui sont fermées. Je respire !...

La comtesse se renversa sur son sofa, affectant alors une sérénité qui était loin de son cœur. Le marquis était trop habitué à pénétrer d'un coup une conscience de femme, pour ne pas voir que celle-ci était troublée...

— Comtesse, reprit-il, j'aime à croire que ce damné magicien ne troublera plus notre repos à l'un ni à l'autre. Mais êtes-vous sûre que le doge ne sache rien de votre disparition nocturne ? Quant à moi, je tremble que les espions de Grimani... — Alessandro me quitte à l'instant, répondit la comtesse ; aucun rapport, aucun soupçon, aucun nuage ne trouble le lien qui nous unit. Grâce à Dieu, Cagliostro n'a point parlé ; et pour vous, marquis, la noblesse de votre cœur et votre amitié pour moi me répondent assez de votre silence. — Mon amitié, Safia ? n'est-il donc pas dans mon cœur un sentiment plus vif, plus profond, et n'avez-vous pas lu dans mes yeux seuls... ? — Vos yeux sont fort galants, je n'en disconviens pas, marquis ; mais ils m'ont fait assez la guerre à Paris, et je vous conseille de les laisser reposer à Venise sur des objets plus dignes de les captiver. — En est-il un plus beau, plus divin que vous, Safia ? mais aussi, en est-il un qui m'expose davantage à me croire indigne des faveurs que je recherche ? Depuis mon arrivée à Venise, j'ai beau courir au-devant de tout ce qui peut vous plaire, vous me traitez si mal que j'ai envie d'aller me faire moine au couvent des Arméniens ! Et tenez, je ne ris pas : si cela continue, je n'ai plus qu'une demande à vous adresser, celle d'assister à ma prise d'habit. — Vous oubliez, marquis, que je tiens au contraire à vous conserver au monde !... Le marquis Eusèbe de Saluces ! c'est pour le coup que votre oncle se plaindrait à la seigneurie de Venise ! un des seigneurs de France les plus brillants, les plus à la mode ! — A Paris... je ne dis pas... mais ici ! — Ce ne sont pas, certes, jusqu'à ce moment, les aventures qui vous manquent ! — Vous appelez cela des aventures ? Quand je songe que je pouvais servir de pâture aux poissons de l'Adriatique ! Ma parole d'honneur, comtesse, c'est une chose inouïe que votre police, comme je le disais au noble seigneur Grimani ce matin encore... Il y a ici des palais admirables, car tous ont deux portes, la porte de terre et la porte d'eau... voilà qui est bien. L'un entre, l'autre sort ; chacun est content, on ne se rencontre jamais ; les femmes ont un masque, les maris et les amants en ont un, et tout cela par ordre de la sérénissime république, tout cela dans tous les temps ; c'est ma foi plus beau et plus commode qu'à Paris ! — Vous trouvez ? — Aussi, puisque mon oncle de Sartines me fait l'honneur de s'inquiéter de moi, je veux lui prouver, à ce digne oncle, à ce magistrat intègre, qui n'a jamais voulu payer ses dettes (toujours par intégrité !), que je ne suis point un ingrat. J'ai acheté sous les Procuratie-Nuove un charmant petit souvenir de papier blanc, et j'y inscris chaque jour mes aventures. Quand le livre sera tout barbouillé de noir, ma foi, je le lui enverrai. Il verra dans ce fidèle miroir se refléter la vie de votre ville, et celle de son neveu par-dessus le marché... c'est une idée... — Une idée morale, marquis, une idée que je ne saurais trop approuver pour ma part, reprit la comtesse ; cela fera plaisir à votre oncle, je n'en doute pas ; vous commencez ce livre par un beau trait de courage, et il vous en saura bon gré. Je brûle de le parcourir... — Un instant, comtesse, dit le marquis, je ne dois vous le montrer qu'après y avoir inscrit moi-même une victoire... la vôtre, belle Safia ! la vôtre... Serez-vous assez cruelle pour me refuser ? — Cessez ce jeu, marquis, je vous le répète ; je suis pas faite pour enrichir votre collection... — Oh ! pour cela, comtesse, fiez-vous à moi ; je ne mettrai que les initiales... Je sais parfaitement que vous n'êtes pas libre, je sais que votre rang, votre élévation... — Encore un coup, marquis, reprit Safia piquée, j'aime le doge, je croyais vous l'avoir dit. — Vous me l'avez fait entendre parfaitement... je le sais aussi... Oui, le prince de Venise est jeune encore, il est noble, il est beau... il a sur moi une foule d'avantages... mais le croyez-vous, d'aventure, aussi tendre, aussi dévoué pour vous... aussi inaccessible aux galanteries et aux séductions que le jour où il vous regardait, accoudé à la table de Cagliostro ?

Cette phrase du marquis, la phrase ordinaire des roués qui veulent triompher d'une résistance, leur ballon d'essai, leur coup de Jarnac habituel, produisit un effet rapide sur la comtesse ; elle se reporta au temps où elle avait connu Alessandro ; l'espace parcouru la fit tressaillir, et pour la première fois peut-être le doute se fit jour dans son esprit. La veille encore, les demi-mots surpris par elle dans le sommeil du doge avaient semé le trouble autour d'elle ; la voix lui manqua, mais elle reprit bientôt :

— Soupçonner Alessandro, marquis, ce serait soupçonner l'or incrusté dans la croix même de Saint-Marc ; il est tout à moi, comme je suis tout à lui... Mais pourquoi vous entretenir de nous deux ? interrompit-elle bientôt en essayant de combattre elle-même l'inquiétude qui mordait déjà son cœur ; parlons de vous, cher marquis ; voyons, lisez-moi votre première journée à Venise ; imaginez-vous que je suis M. de Sartines, votre oncle... Je vous écoute.

— La première page, reprit le marquis de Saluces en ouvrant ses tablettes d'un air indifférent, n'offre pas grand'chose, autant que je puis m'en souvenir. Avant ma tentative imprudente vis-à-vis de l'une des plus belles femmes de Venise, vis-à-vis de vous, comtesse... j'observais devant l'église de Saint-Jérémie un manége galant qui est peut-être ici fort en usage, mais que je n'ai pu me refuser à inscrire, ne fût-ce que pour prouver à mes amis de Paris, qui croient avoir tout fait en ayant une petite maison, combien votre porte d'eau et votre porte de terre, sur lesquelles je m'extasiais tout à l'heure, sont une délicieuse ressource. — Voyons cela, marquis ; de quoi s'agit-il ? — Ma foi, poursuivit le marquis en [illegible]ant les yeux sur ses notes, il s'agit ou plutôt il s'[illegible]ait alors... car je l'ai vu, comtesse, comme je vous vois, d'un cavalier d'assez belle mine qui se rendait masqué chez une petite fille du quartier des juifs. — Ah! c'était chez une jeune fille du quartier des juifs? — Précisément; et tenez, vous m'y faites penser, reprit le marquis en continuant à jouer l'indifférence; cette petite fille, de quatorze à quinze ans, était jolie et fraîche comme votre protégée, la petite Ziana. — Continuez. — Ce cavalier masqué entrait alors par la porte d'eau de la maison, située, je crois, comme celle de Ziana, vis-à-vis des ailes de l'église Saint-Jérémie... — De l'église Saint-Jérémie? — Oui... C'est ce que vous nommez, je crois, ici, le Ghetto. — C'est vrai. — Le cavalier portait au second doigt de la main droite un gros anneau d'or, comme le doge porte le sien... — Comme le doge! dites-vous? Allons, interrompit la comtesse avec un rire forcé, vous voulez me rendre jalouse avec votre histoire? — Vous me supposez, comtesse, un esprit que je n'ai pas. Mais puisque vous semblez douter de la fidélité de mon récit, que ne vous en rapportez-vous à votre jeune protégée elle-même? Je viens de l'apercevoir sous le vestibule de votre palais avec son fiancé Taddeo. Il y avait là je ne sais quel Turc à barbe noire qui vendait des points de Venise et des chapelets, pendant qu'à côté de lui une esclave chantait des *canzonette*. Vous plairait-il de faire monter ici la belle juive? Demain, vous le savez, tout sera dit pour elle et pour Taddeo: demain, suivant l'usage de Venise, l'époux aura le droit d'emmener sa femme hors de la ville ou d'y rester avec elle... — Et pourquoi, voudriez-vous, marquis, que le jeune sculpteur de l'arsenal quittât Venise? pourquoi supposer qu'il veuille emmener Ziana? — Vous avez raison, reprit le marquis jouant l'étourderie et la nonchalance, cela le regarde... Après tout, ce cavalier... l'homme à la bague... comme je vous ai dit, se sera peut-être lassé d'aller là... A Venise, comme à Paris, il faut nouvelle vie et nouvelles amours, pour ne pas tomber dans la monotonie de la passion! Demain, sur ma foi, il faudra que je me mette en embuscade au Ghetto pour voir si ce cavalier!... Au fait, la petite en vaut la peine... Quatorze ans... des yeux de velours!... Quand je l'ai vu embrasser ce soir devant vous par le doge, j'ai regretté vraiment de n'être pas prince!

Le martyre de la comtesse menaçait de se prolonger, chaque mot du marquis lui faisait une blessure. Elle allait lui demander son bras et descendre avec lui les degrés où retentissaient encore les sons d'une musique vague et perdue, lorsque Ziana parut elle-même au seuil de l'appartement. La joie la plus pure étincelait dans son beau regard; elle tenait en main un chapelet à grains d'albâtre, séparés à intervalles égaux par de petites médailles de cuivre: elle le présenta en entrant à la comtesse.

— C'est à ce marchand turc que je le dois... dit-elle à Safia; il me l'a donné parce que j'étais belle, a-t-il ajouté. Taddeo voulait se fâcher, mais moi, je lui ai dit: C'est pour madame la comtesse... Et je suis venue vous déranger, voilà!

En même temps, Ziana présentait le chapelet d'albâtre à la comtesse... Elle était habillée de blanc comme la veille, son visage seulement était plus pâle et plus fatigué; on eût dit qu'une veille récente avait imprimé à ses joues, colorées chaque jour comme la pêche, des traces d'épuisement et de fatigue.

— Comme tu es pâle aujourd'hui!... lui demanda la comtesse. — C'est vrai, madame, répondit Ziana en reprenant tout d'un coup la rougeur de la vie et de la santé, j'ai attendu mon père une grande partie de la nuit; il l'a passée, m'a-t-il dit, avec le doge, à l'hôtel de la Zecca... — Écoute, Ziana, au moment de me quitter... pour toujours peut-être... reprit la comtesse avec intérêt, n'as-tu rien à me confier? — Rien que je sache... madame... répondit la jeune fille embarrassée... — Eh bien! moi, Ziana, j'ai quelque chose à te demander. Tu peux répondre devant ce seigneur, il te porte de l'intérêt... Ne vient-il pas parfois un cavalier masqué chez ton père? — Un cavalier, madame?... reprit Ziana évidemment troublée. — Un cavalier? réponds: tu hésites? — C'est que... madame la comtesse... je n'ai jamais ouvert la bouche de ceci à personne... Oh! mais à vous, à vous ma bienfaitrice, poursuivit Ziana avec vivacité, c'est différent, je puis tout dire... Oui, madame, il vient quelquefois la nuit, chez mon père, un cavalier masqué... — La nuit? — La nuit. D'abord ce cavalier ne venait dans notre maison qu'à de rares intervalles, depuis un mois il vient chaque soir... Il a la clef de la porte d'eau; il entre doucement, et ne manque jamais en entrant de m'offrir un bouquet de fleurs... Il échange alors quelques paroles avec moi... puis, encore ému et tremblant, il me prend par la main et me conduit, sans lever son masque, jusqu'à ma chambre; là... — Là? — Il m'enferme seule à double tour. — Jusqu'ici, reprit la comtesse en souriant et en regardant le marquis, il n'y a pas grand mal, monsieur de Saluces? — Attendez, comtesse... Achève ton histoire, ma belle enfant. — Quand je suis couchée, poursuivit Ziana, j'entends bien mon père parler avec cet homme; mais le sens de leurs paroles n'arrive pas jusqu'à moi... L'atelier de mon père est situé, vous le savez peut-être, madame la comtesse, dans la partie la plus reculée de la maison; je ne connais pas cet atelier, fermé aux yeux de tous, depuis longues années, et dans lequel mon père entre seul avec le cavalier en question... Que peuvent-ils faire? je l'ignore. Seulement, à mon réveil, j'ai senti parfois une odeur de fumée et de fourneaux... voilà tout ce que je sais. — La singulière histoire! reprit la comtesse. — D'autant plus singulière qu'elle se rapporte assez, comtesse, à ce que je vous disais tout à l'heure, poursuivit l'acharné marquis. Consultez vos souvenirs, et rappelez-vous s'il est vrai que le doge vous quitte ainsi chaque nuit à la même heure.

— Cela est vrai... murmura la comtesse; il me quitte ainsi chaque nuit. — Ah! je suis observateur! Après tout, le doge aime peut-être l'alchimie... Le laboratoire du juif ne contient-il pas des creusets, des alambics?... — J'ai souvent entrevu à travers les fentes de la porte de pareils instruments chez mon père, reprit Ziana. — Le doge alchimiste! quelle folie!... pensa la comtesse... Oh! non... un autre motif... — Vous semblez rêveuse, reprit le marquis... Eh bien! chère comtesse, y a-t-il là pour vous le moindre sujet d'inquiétude? Sa Sérénité cherche peut-être la pierre philosophale! Ce damné Cagliostro m'a bien fait, moi, travailler sous lui à la poursuite du grand œuvre. Mais, reprit le marquis en fixant un regard scrutateur sur la comtesse, nous oublions cette jolie enfant; il faut la reconduire à son fiancé, qui l'attend sans doute... Le récit qu'elle vient de nous faire semble l'avoir émue. Je vais lui offrir mon bras, si vous le voulez bien. — Inutile, marquis, reprit Safia en sonnant une de ses femmes; voici ma caméristе qui la reconduira chez son père... J'ai besoin de ton fiancé, Ziana, poursuivit la comtesse en embrassant sa protégée, je vais lui faire dire qu'il ne s'éloigne pas. — Quoi, madame! Taddeo?... — Ne sois pas inquiète, il te rejoindra bientôt.

Et, donnant un ordre à Ismaël, qui survint, la comtesse serra une dernière fois les mains de la fille du juif, et, la confiant à la garde de sa caméristе, lui montra du doigt la gondole qui l'attendait, en se penchant avec elle du haut du balcon. La nuit descendait alors comme une écluse noire sous tous les ponts de Venise.

— Voilà donc pourquoi il me quitte, voilà le motif de ses continuelles absences, de ce délaissement, de cette solitude qui retombe chaque jour sur moi comme un manteau de glace... Oh! je connaîtrai ce secret... Marquis, reprit-elle, mes yeux se ferment. A demain! Demain, si vous le voulez, nous croiserons ensemble dans le canal, autour de la maison de ce juif. Je vous ferai prévenir par Ismaël. — A vos ordres, comtesse, à vos ordres dès cette nuit même; je tiens à vous prouver que je ne recule pour vous devant aucun péril; disposez donc de moi, je suis prêt. — Le doge! s'écria la comtesse en se retirant alors de la fenêtre, le doge! fuyez! marquis, fuyez! Ismaël, que vous trouverez en bas, vous conduira jusqu'à votre hôtel.

Le marquis baisa la main de la comtesse, un pas sonore se faisait entendre dans la galerie; le doge entra bientôt, et se trouva seul vis-à-vis de Safia.

CHAPITRE XVII

UNE RÉSOLUTION.

— Encore debout à cette heure, Safia? dit Alessandro en lui prenant la main avec douceur; cela est étrange, continua-t-il, on dirait que vous tremblez. — Oui, cela est vrai; je vous attendais, Alessandro, j'étais inquiète. — Inquiète? pour quelle raison? Tous vos invités, comtesse, n'ont-ils pas admiré hier l'éclat de votre souper, la profusion de vos mets, le luxe de votre service? Vos salons, madame, avaient des toilettes à éblouir; avez-vous peur que déjà dans Venise on ne parle plus de cette fête. — Cette fête, Alessandro, s'est vue brusquement troublée; vous l'avez quittée d'abord pour vous rendre au palais, et la nuit même un messager d'Ottale est venu vous conduire à l'hôtel de la Zecca. — Il est vrai, l'arrivée de cet ambassadeur... On ne m'a guère laissé le temps, Safia, d'admirer votre parure! Je m'en accuse, elle était vraiment merveilleuse. Mais vous devez être fatiguée; n'allez-vous pas prendre un peu de repos? — Je ne me coucherai pas cette nuit: je ne sais ce que j'éprouve, la tête me brûle. — Vous souffrez? Permettez-moi de vous dire aussi que vous n'êtes pas raisonnable; songez qu'après-demain, Safia, je veux que vous soyez belle... Après-demain notre flotte, bénie par le patriarche de Venise, doit sortir de l'Adriatique. Comme au jour du départ du Bucentaure, je serai debout à la poupe, vous y paraîtrez à mes côtés, les cheveux étoilés de saphirs, rayonnante de ces belles soieries qu'on ne fabrique qu'à Damas, escortée d'hommages et d'admirations jalouses... Après-demain, Safia, il faut que votre éclat éblouisse, que chacun s'écrie: C'est la reine! Vous êtes presque une dogaresse, Safia! — Dogaresse! oui, je le serais, Alessandro, si vous m'aimiez, si vous ne refusiez pas à mes prières de légitimer ce lien qui semble vous peser, ce lien qui tôt ou tard sera dénoué par vous, parce qu'il m'expose chaque jour à la malignité et à l'envie. — Que me dites-vous, Safia? ne sommes-nous donc pas mariés secrètement? une église de Rome n'a-t-elle point reçu le serment sacré que n'eût point voulu recevoir une église de Venise? Il ne dépend pas de moi, Safia, de solenniser un tel mariage. Il y a plus, hélas! les statuts de l'inquisition de Venise me font un devoir de ne vous donner jamais ce titre d'épouse. L'arrestation du patricien Ranuzzi, opérée dans votre bal même... — Ranuzzi! s'écria la comtesse en affectant la surprise; quoi! le patricien Ranuzzi?... — Il a entraîné deux êtres innocents dans sa perte: sa femme et son enfant... Safia, pensez-vous maintenant qu'un pareil exemple de rigueur?... — Vous avez raison, Alessandro, je ne dois être que votre maîtresse... Le seul ange qui eût pu plaider ma cause près de vous n'existe plus; ma fille est au ciel... Dieu nous l'a retirée, Alessandro!

Et Safia se cacha le visage de ses deux mains.

— Vous pleurez? reprit le doge avec un profond sentiment d'angoisse, que révélait assez la pâleur de son visage. Vous pleurez, Safia; ne vous suis-je donc plus rien. — Oui, cela est vrai, répondit-elle en attachant sur lui un regard de surprise et de douleur, vous ne m'êtes plus rien, Alessandro, vous qui vous faites un jeu de me laisser seule depuis quelque temps, vous qui m'abandonnez sans vouloir seulement m'apprendre...

— Et que vous apprendrais-je, Safia, que vous puissiez comprendre et pénétrer sans un invincible dégoût? Les affaires de la république qui m'absorbent? mais elles amèneraient l'ennui et les rides sur ce beau front, elles vous feraient vieille avant le temps, Safia, comme elles font déjà de moi? Parlez, que vous manque-t-il? N'avez-vous pas ici, dans ce palais, tout ce qu'il vous faut? livrée, dentelles, diamants? Je vous ai faite la plus riche de Venise!... contentez-vous d'être heureuse. — Heureuse! et le suis-je, quand vous n'êtes plus là, près de moi, Alessandro?... Heureuse! oh! oui, je l'ai été dans les premiers temps de notre union, quand nos cœurs battaient l'un près de l'autre, quand vous négligiez pour moi jusqu'aux affaires, et que je lisais ma vie et mon orgueil dans vos yeux! Vous n'étiez alors que le jeune sénateur Alessandro, maintenant vous êtes le doge! — Que demandez-vous enfin? — Que tu demeures près de moi, mon Alessandro, murmura-t-elle avec un sourire voilé de larmes; tenez, mon cher prince, asseyez-vous là... près de moi... Oui, après-demain je serai belle, je vous le promets; laisse-moi seulement te regarder, mon Alessandro! il me semble qu'il y a un siècle que je ne t'ai vu... — Vous étiez hier auprès de mon lit, Safia; comment ne reposiez-vous pas à cette heure? — Je te l'ai dit, quand tu me quittes, je ne puis, je ne sais dormir... Tu vas rester, n'est-ce pas? reprit-elle en jetant ses bras au cou du doge. — Impossible, répondit-il, en faisant sur lui-même un effort dont Safia ne put deviner l'étendue. — Impossible, pourquoi? — Demain, oui, demain... murmura Alessandro. — Demain, toujours demain! Que ne suis-je comme cet anneau, désormais inséparable de toi, continua-t-elle en attachant sur la bague du doge un regard fauve...

Alessandro ne vit pas ce regard, sans cela il eût pâli.

— Tu ne le quittes jamais, cet anneau, n'est-ce pas? reprit-elle en le fixant. — La bague ducale, Safia, ne doit point quitter la main du doge. — Cette bague est d'un travail exquis; le chaton surtout qui s'ouvre et se referme... laisse-le-moi voir. — Pourquoi? — Il peut contenir quelque chose... des cheveux de femme, par exemple.

— Êtes-vous folle? reprit le doge... vous voulez me retenir, je le vois bien. Laissez-moi, poursuivit-il en fixant les yeux sur la pendule. — Et quand cela serait, Alessandro? Où vas-tu donc? — Au conseil qui siége cette nuit au palais. Nous devons y rédiger les instructions données à l'amiral qui conduit la flotte. — Il n'y a point de conseil cette nuit au palais; je le sais, Alessandro, l'avvogador Gradenigo me l'a dit. — Il se trompe. — Où pouvez-vous aller à cette heure? reprit froidement Safia; vous allez jouer? — Comtesse!... répondit le doge avec fierté. — Alors si vous ne jouez pas, vous avez quelque amour à poursuivre en cette nuit sombre; un amour secret, profond... N'allez-vous pas quelquefois dans le quartier des juifs, Alessandro?

Le doge devint aussi pâle que la comtesse; une sueur glacée couvrit son front, mais il reprit:

— J'y vais quelquefois visiter le gardien des monnaies de la république, le changeur juif Ottale. — C'est bien! s'écria-t-elle résolûment et en tirant le verrou de la chambre où ils se trouvaient, vous ne sortirez pas ce soir, Alessandro! — Laissez-moi sortir, Safia, il faut que je sorte. — Vous ne sortirez pas, vous dis-je. Ce n'est plus, Alessandro, une femme souffrante et brisée qui vous interroge, c'est une maîtresse qui exige. Vous resterez, je le veux! — Madame!... — Ne cherchez point à sortir, je me tuerais! Ce balcon, vous le savez, donne sur le grand canal; un pas de vous vers cette porte... — Safia!... — Ah! je n'aurai pas aimé pour rien cet homme de fer... morne et terrible comme une de ces armures qui sont appendues au palais ducal, et dont le froid vous glace rien qu'à les toucher... Je veux connaître enfin cette âme impénétrable à tous... l'énigme de Venise que depuis quinze ans je n'ai pu deviner, le doge, le doge Alessandro! — Comtesse! — Tenez, il vaudrait mieux m'avouer cet amour, voyez-vous; peut-être en pourrais-je prendre mon parti; mais si vous me rendiez la risée de Venise, Alessandro! ah! malheur, malheur sur vous!

Alessandro regardait la pendule d'un œil impassible; jamais un condamné suivant la marche d'une aiguille dans son cachot, un amant qui guette l'heure avant de se rendre à une entrevue, un jeune capitaine attendant le signal de l'assaut, n'avaient renfermé en leur âme plus de pensées ardentes et tumultueuses. Il fit quelques pas vers la comtesse, et passant sa main sur ses propres yeux pour essuyer une larme furtive:

— Safia, lui dit-il, laissez-moi aller où je dois aller ce soir, il le faut!

Il y eut dans cette simple parole un charme de résignation et de douceur inexprimables. La physionomie d'Alessandro s'éclairait alors de rayons si nobles et si purs, le timbre de sa voix était si calme, que toute autre eût cru en lui. Mais Safia, habituée à triompher des moindres résistances, ne pouvait comprendre celle-ci; elle accusait le doge, et dès lors elle le retint.

— Cette nuit, reprit-elle, cette nuit m'appartient autant qu'à vous, Alessandro; je vous suivrai. — Y pensez-vous, Safia? me suivre quand je vais au conseil! — Oui! je vous suivrai, je dois vous suivre. Qu'on me refuse l'entrée du lieu où vous irez, qu'on me chasse, qu'on me foule aux pieds, que vous importe? Alessandro, votre existence est la mienne... je veux la connaître... je le veux! — Insensée! vous ignorerez toujours, au contraire, cette existence qui est mon secret... qui doit l'être, Safia, et qui le sera toujours, reprit le doge avec amertume... Oui, vous avez raison, il y a deux hommes en moi...

— Deux hommes pour deux amours, reprit-elle avec

ironie. — Deux hommes, Safia, dont la bouche et le cœur ne mentent pas. Ne sondez pas davantage un abîme impénétrable. Vous me croyez joueur. Plaignez-moi, je suis joueur! Oui, je vais, selon vous, à ces ridotti de Venise où l'on n'entre que masqué, sans doute pour cacher ma honte! J'y vais de nuit, je vous trompe! J'aime, dites-vous encore. Allez donc, prenez votre masque, fouillez toutes les maisons les plus cachées de Venise, et découvrez ma maîtresse, si vous le pouvez. Ah! les femmes! les femmes! murmura-t-il avec un sourire plein de moquerie et de dédain, parce qu'on ne dort pas à leur chevet, on les trompe; parce qu'on demeure pas agenouillé en esclave devant leurs regards, on devient un homme infâme! Mais cela est bon pour les patriciens de Venise, Safia, pour ces amants qui passent leur vie à plier ou à déplier, suivant l'ombre ou le soleil, les cerceaux dorés d'une gondole sur le front de leur maîtresse. Ils naviguent par les lagunes avec des musiques, ceux-là!... moi, j'ai la mer haute, le vent furieux, la nuit sombre!... Ils sont dans la nef, moi, je suis au gouvernail!... Allons, relevez-vous, Safia; encore une fois, je dois partir, cette horloge sonne l'heure. — Minuit!... oui, minuit!... s'écria la comtesse égarée.

Elle s'était précipitée aux genoux d'Alessandro; mais le son de cette heure qui tintait la fit lever.

— Elle vous attend, n'est-ce pas? Prenez garde, Alessandro, vous allez être en retard! — Safia, livrez-moi passage!...

La comtesse s'était placée immobile et pâle devant la porte.

— Encore une fois, Alessandro, vous ne sortirez pas, murmura-t-elle d'une voix que faisait trembler la colère.

— Et moi, je vous dis, Safia, qu'il y a quelqu'un qui me réclame; je suis attendu, je pars.

Et le doge, par un geste rapide, se dégagea de l'étreinte de la comtesse.

Tremblante, anéantie, Safia, que ses genoux pouvaient à peine soutenir, essaya alors de se traîner jusqu'à son balcon; la nuit était si noire, le vent si glacé, qu'elle referma la fenêtre.

— Parti! s'écria-t-elle, parti!... O mon Dieu! je deviens folle! Ah! je me souviens... reprit-elle tout d'un coup en portant la main à son front, j'ai fait donner l'ordre à quelqu'un de m'attendre ici.

Et se dirigeant vers la galerie:

— Taddeo! s'écria-t-elle, Taddeo!

— Me voici, madame la comtesse, dit Taddeo, qui semblait ravi de se voir enfin appelé. — Taddeo, entre dans la pièce que voici, tu y trouveras un manteau de nuit et une épée; va! — J'obéis, madame.

Et il reparut bientôt vêtu d'un large manteau, sous lequel scintillait dans l'ombre l'acier d'une épée.

La comtesse venait de jeter précipitamment son *bahuta* sur ses épaules, son voile était rabattu sur ses cheveux; elle prit son masque et descendit.

— Où allons-nous, madame? demanda le jeune homme.

— Viens, suis-moi, lui dit-elle, tu le sauras!

Et le poussant devant elle, la comtesse s'engouffra bientôt, par cette nuit aussi noire que l'encre, à travers les mille petites rues qui environnent le palais ducal.

CHAPITRE XVIII.

AU GHETTO.

Le quartier du Ghetto, dans lequel nous transportons maintenant nos lecteurs, était, nous l'avons dit, le quartier des synagogues et des écoles juives; ces établissements demeuraient encore au nombre de sept, et chacune de leurs horloges, à sonneries variées, venait de tinter une heure du matin, quand le juif Ottale ne revenant pas, Ziana se décida, malgré le vent et la pluie, à pousser la fenêtre qui donnait sur le canal.

Les ténèbres et le silence avaient envahi la cité, les nuages promenaient sur l'eau leur immense linceul noir, l'église de Saint-Jérémie n'était qu'un vaste amas d'ombres. La jeune fille se pencha, et prêta l'oreille, comme si elle eût écouté le bruit des pas de son père du côté de la porte d'eau.

Mais aucune rame ne fendait l'onde du canal, aucune étoile ne glissait au front des gondoles... L'air de cette nuit était glacé, le vent soufflait de Malamocco, et soulevait les linges suspendus aux *altane* de chaque toit.

La pluie tombait sur les marbres des palais en trombe véritable, et le bourdonnement des moustiques autour de la lampe força la fille du juif à refermer la fenêtre.

Ziana se remit d'un air chagrin à sa petite table, et reprit alors son travail. C'était un voile qu'elle brodait, son voile de noces.

Pour son bouquet à fleurs d'argent, elle venait de le déposer aux pieds d'une petite madone sculptée devant laquelle brûlait une lampe; la jeune fille avait tiré le rideau de cette niche, voilée d'ordinaire aux regards du juif.

La chambre où se trouvait la belle enfant était fort vaste; au fond et à gauche s'étendait l'atelier d'Ottale. Il était séparé de cette pièce par des vitrines d'un verre obscur, et à mailles de plomb, à travers lesquelles on apercevait des vases assez riches et différents ouvrages d'orfévrerie.

Cet atelier avait une petite porte basse recouverte d'une ample tenture, et n'était alors éclairé par aucun jet de lumière. A sa droite figurait une porte semblable à la sienne; elle communiquait à un large corridor sur lequel ouvrait la chambre à coucher de Ziana.

L'aspect de la salle où la jeune fille veillait alors était noirâtre, enfumé, et pareil en tout aux intérieurs qu'affectionne Rembrandt pour ses alchimistes. Un pilier colossal coupait cette pièce par la moitié; dans le creux du pilier était placée la Vierge de Ziana, car, nous l'avons dit, la fille du juif était catholique. Une vieille horloge fixée au mur, quelques chaises de cuir et un grand fauteuil de chêne devant la table d'Ottale formaient tout l'ameublement. Le parquet était recouvert de mauvaises nattes, les murailles grises et nues. Un énorme trousseau de clefs était appendu près de la fenêtre; et, dans une cage tressée de fil de laiton, un pigeon de Venise, non moins sacré pour Ziana que l'une des colombes de Saint-Marc, dormait alors sous un vieux morceau de brocart.

— Les affaires de la seigneurie auront sans doute retenu mon père à la Zecca, pensait la jeune fiancée de Taddeo; il ne revient pas, il ne reviendra peut-être qu'au jour. Pauvre père! quelle vie lourde, chagrine! Ces seigneurs de Venise regardent les juifs du même œil dont ils regarderaient un esclave. Que de fois ne l'ai-je pas vu revenir ici le front en sueur, le dos courbé, les joues pâles! Ils le traitent comme un valet; lui, si élevé, si noble! Le moindre de ses désirs est un ordre pour moi; aussi, quand il m'a présenté lui-même Taddeo...

La jeune fille suspendit un instant son travail commencé; elle était devenue rêveuse.

— Et notre mystérieux ami, continua-t-elle en se parlant bas à elle-même et avec un trouble qui faisait trembler sa voix, viendra-t-il ce soir, lui qui ne franchit guère le seuil de notre maison qu'à la nuit? Le verrai-je entrer comme d'habitude, ce fantôme aimé que je ne connais pas, mais que mon père connaît? Oh! oui; par des nuits plus sombres, il a bien su trouver notre humble demeure, malgré l'éclair et la vague; quand il tarde à paraître, je ne sais pourquoi, je tremble toujours... La nuit, les rues et les canaux de Venise sont pleins de matelots ivres et de bandits esclavons. S'il courait ce soir quelque danger! Sainte madone, pour lui, du moins, je puis vous prier sans violer votre chère image! Il est chrétien comme moi!

Et la jeune fille ranima le feu de la lampe pâlissante; la charmante créature s'agenouilla devant la Vierge: elle se détachait sur ce fond semé d'ombre comme une forme angélique. Elle pria longtemps, elle pria avec ferveur; qui l'eût vue ainsi noblement prosternée et recueillie eût songé à la jeune Agar.

— Oh! oui, attendons, il viendra! reprit-elle en se levant. L'autre jour, le jour où le patriarche a béni nos fiançailles à l'église de Saint-Jérémie, il a voulu me voir, m'embrasser avant cette pieuse cérémonie! Il aime Ottale, il m'aime, et cependant cet amour...

Ziana retombait dans une douce rêverie, quand toutes coup des pas retentirent sur l'escalier.

— Serait-ce lui? pensa-t-elle.

La porte s'ouvrit, et la jeune fille reconnut son père.

Le juif rentrait pâle, abattu; ses genoux avaient peine à le soutenir. Il écarta son manteau ruisselant de pluie, et le déposa dans un coin de cette salle.

Ziana avait eu le temps de tirer le rideau sur la Vierge, sans qu'il la vît.

— Comme vous voilà fatigué !... dit-elle en débarrassant le juif de son chapeau d'écarlate. Pourquoi donc n'avoir pas pris votre gondole? — Pourquoi? chère enfant, répondit Ottale en s'asseyant devant elle et en baisant sa main avec une larme prête à y rouler, parce que la seigneurie de Venise ne tient aujourd'hui nul compte de l'âge et des peines de ceux qui la servent. J'ai dû courir ce soir le Ghetto, maison par maison; sonder les coffres de mes coreligionnaires; les solliciter ou les menacer, suivant les ordres que j'avais reçus. Demain, tu le sais, Venise s'arme pour la guerre; demain, la flotte, dont les préparatifs étaient suspendus, doit sortir du port, ses bannières au vent et le lion de Saint-Marc béni par le patriarche; demain, oui, demain! murmura le juif... Mais, Ziana, Dieu se venge, la flotte ne sortira pas demain. — Que voulez-vous dire? — Qu'il était bien temps que Venise portât la peine de ses fautes. Venise, mon enfant, a comblé la mesure de ses désordres et de ses crimes, et le Seigneur la punit par la pauvreté et l'abandon. Autrefois, tu le sais, c'étaient les seuls habitants de cette superbe cité qui faisaient le commerce du Levant et des Indes orientales; leurs navires allaient charger à Alexandrie, à Alep, ces marchandises uniques, apportées ensuite en Syrie et en Égypte par la mer Rouge, et vendues au prix marqué par ces maîtres orgueilleux dans tous les ports de l'Europe. Il ne leur reste plus cependant bientôt que le commerce de Constantinople et d'Allemagne; de là ces Turcs et ces Dalmates que tu vois encore nonchalamment couchés sur les dalles du port; de là ce vieux palais sur le grand canal, bâti pour ces marchands oisifs du Levant qui traitent journellement encore avec l'Asie. Les Allemands sont logés, tu sais, à Venise aussi royalement, près du pont du Rialto. Ils ont des statuts et des privilèges; Giorgione et Titien ont peint au dehors leurs palais à fresques, et Paul Véronèse a exercé son pinceau dans leurs magasins sur des tapisseries de cuir doré. Voilà les élus, les bien-aimés de la république. C'est sur le revenu de leurs comptoirs que sont assignés les appointements annuels que Venise donne à son prince et à ses officiers; par eux les sénateurs portent la soie, le velours; par eux la banque del Giro jouit d'une inviolable sécurité. Que sont-ils cependant, Ziana, comparés aux juifs de Venise? Les juifs de Venise n'ont point de comptoirs reconnus, mais ils peuvent traiter avec tous les comptoirs du monde; les juifs de Venise n'ont point de privilèges, mais ils reçoivent mystérieusement chez eux les maîtres et seigneurs de cette grande république. Ils se cachaient d'abord, obscurs et pauvres, dans l'île appelée Longue-Épine, et qui prit d'eux le nom de Giudecca; les anciens décrets ne leur permettaient point de vivre à Venise plus de quinze jours, et ils devaient se présenter chaque semaine devant un procurateur; peu à peu, Venise s'est rapprochée d'eux, Venise les a flattés. Le chapeau rouge et la pièce de toile jaune sur la robe les rend encore la risée des Arméniens du port; mais n'est-ce point par eux que se font et se défont les traités? n'est-ce point à eux que les fils de famille s'adressent? n'est-ce point pour eux qu'on a cousu de nouvelles pages au livre d'or? Cesse donc de plaindre ma nation, Ziana; elle règne, elle commande. Seulement, vois-tu, l'heure des représailles vient de sonner pour elle; les Allemands, les Turcs, les Dalmates, les Grecs, ont vu s'épuiser l'or de leurs coffres, et l'on vient à nous, depuis hier, l'on vient nous prier de sauver l'honneur de Venise!

— Et vous n'hésiterez pas, mon père, vous n'hésiterez pas, reprit Ziana; vous oublierez vos ressentiments et ses injustices! Comme vous, je sais quel calice amer elle a souvent offert à vos lèvres; mais, comme vous aussi, je me surprends à l'aimer au lieu de la haïr; comme vous, je songe, d'ailleurs, que je vais épouser un de ses fils! — Taddeo n'est point venu ici ce soir? demanda le vieillard, en cherchant à oublier le sujet sérieux qui l'occupait. Il accompagnait cependant l'autre nuit Sa Sérénité à la Zecca. — Suivant vos instructions, sans doute, Taddeo ne m'a point parlé de ceci : la comtesse d'Azola lui a donné ce soir quelques ordres, et je l'ai laissé chez elle. — La comtesse! murmura le juif, quel besoin pouvait-elle avoir de lui?

— L'orage redoublait de violence en ce moment, Ziana crut entendre un bruit de rames sous la fenêtre; elle regarda, mais la brume étendait partout son voile.

— Ziana, reprit Ottale, demain les cloches sonneront; demain les devoirs de ma charge me forceront d'assister à cette cérémonie plus éclatante que celle du *Bucentaure*. On t'a dit souvent que le pilote qui conduit en mer ce palais flottant pâlit devant le moindre nuage; juge maintenant de ma tristesse, Ziana, moi qui songe au doge, le pilote que Venise prendra demain! moi qui vois le prince jurant devant tous, comme l'amiral de ce navire, que la flotte peut sortir du port! Cette nuit d'orage glace le sang dans mes veines... N'est-il venu personne aucune lettre, dis-moi? — Rien que je sache, mon père; seulemennt j'ai cru voir rôder autour de notre maison... — Des espions de la seigneurie, des sbires? Voyons, parle, sans rien déguiser. Ils croient que je cache ici des trésors, que je suis riche! Hélas! mon enfant, tu es ma seule richesse, reprit le juif en serrant Ziana contre son sein. Mais qui donc as-tu cru voir? — Un juif, mon père, un juif comme vous. Il portait la robe et le chapeau de couleur prescrit à ceux du Ghetto; je me tenais alors à la fenêtre du côté de la porte de terre, il s'en est approché ce soir à la nuit tombante, et m'a dit quelques paroles en langue juive. — Et que t'a-t-il dit? — Qu'il vous avait connu dans un voyage à Palerme; qu'il avait été reçu chez vous et se nommait... attendez-donc... Gruss...

— David Gruss? murmura le vieillard, il est à Venise! Oui, cela est vrai... c'est un de mes coreligionnaires. Un homme étrange... balbutia Ottale en interrogeant ses souvenirs. — Dites à votre père que je le reverrai bientôt... cette nuit peut-être, a-t-il ajouté. — Cette nuit? — Après ces paroles, il m'a quittée et s'est perdu dans les ruelles de notre quartier. C'est un homme de votre âge; il marchait avec peine et portait une barbe aussi longue que celle d'un moine grec. — David Gruss! continua le vieillard en s'acheminant vers sa table chargée de livres.

Il en ouvrit un, et parcourut diverses notes avec avidité. On n'entendait alors que le grésillement de la pluie et les sifflements de l'aquilon contre les vitres.

— Vos livres de comptes sont-ils en bon ordre, mon père? demanda la jeune fille; vous savez que vos yeux vous obligent à me prendre souvent pour secrétaire... — Chère enfant, ce ne sont pas mes livres de prêt que je consulte... Honteuses archives que celles-là! Les meilleurs noms de la république réduits à emprunter, les descendants de nobles ancêtres échangeant leur signature contre de l'or! Parmi ces nobles indolents, sacrifiant leur avenir à leurs vices, engageant leur parole pour soutenir le luxe insolent d'une maîtresse, et se confiant au juif Ottale comme à l'unique prêteur que leur garantisse l'État, un seul, Ziana, un seul avec moi compatit aux maux de ce malheureux pays; celui-là, mon enfant, est un dernier, un héroïque débris des vertus patriciennes! Le jour où Venise tombera pour ne plus se relever, il s'envolera au ciel comme fait l'âme qui se détache du corps : l'âme de Venise, c'est le doge! — Le doge vous a sauvé la vie, mon père, je ne l'ai point oublié. — Tu étais bien jeune encore, reprit le vieillard avec un soupir, la faim soulevait contre les juifs le peuple de Venise... Ton père, arraché de son lit dans ce quartier même, chargé de coups, traîné au supplice, pendait au gibet sous la main de ses bourreaux... Autour de moi, la nuit, des torches fumeuses, des armes, des cris de vengeance... Un homme fendit les flots de ce peuple irrité; il tira son poignard et coupa froidement la corde qui me tenait attaché au bois infamant. Mille bras se levèrent sur cet homme, mille voix murmurèrent; mais lui s'écria : « Justice pour tous; je suis le doge que vient d'élire le conseil assemblé cette nuit même... » Et moi, Ziana, je me trouvai pâle et haletant à ses pieds : je les embrassai avec des sanglots de joie... Oh! que ne puis-je donner ma vie pour celui qui m'a sauvé! — Jamais, vous le savez, mon bon père, je n'adresse ma prière au ciel sans que le nom du doge y soit mêlé! — Viens, embrasse-moi, Ziana! Dieu est impénétrable dans ses desseins. Mais laissons ces pensées, interrompit le vieillard en cherchant à déguiser l'émotion qui le dominait; parlons de toi, ma fille, de ton avenir, de ton bonheur. — Mon bon père, puis-je être heureuse, éloignée de vous? — Ainsi parlent toutes les jeunes filles de ton âge, Ziana; mais un jour a bientôt changé leurs résolutions... — Hélas! je ne ressemble pas aux jeunes filles de Venise, moi qui, dans la solitude de cette maison, n'ai jamais trouvé pour épancher mon âme le sein d'une mère ou d'une sœur! Vous qui avez remplacé pour moi toutes ces affections, mon père, jamais votre bouche ne s'est même ouverte pour me dire quelle fut ma mère. — Parlons de l'avenir, Ziana, le passé ne nous appartient plus. — Ma mère... continua la jeune fille en proie à toute la tristesse de sa rêverie, ma mère... est-elle au ciel ou sur la terre? Vous ne me répondez pas... hélas! toujours le même silence! — Ziana, reprit Ottale avec un effort pénible, le mari que je te donne est un homme honnête et loyal, tu le sais. Ce n'est pas par des vices brillants que devait se distinguer celui à qui je confie le soin de te rendre heureuse... — Je suis prête à suivre Taddeo où il voudra m'emmener, répondit la jeune fille avec un soupir et en attachant sur Ottale des yeux dont le rayon semblait plus céleste qu'humain; mais ne plus vous revoir qu'à de longs intervalles... mais dire un éternel adieu à Venise... c'est là, mon père, ce qui amène des larmes dans ma voix et dans mon cœur. — Chère enfant! — Mon père, dit Ziana, voici l'heure où votre ami, qui m'est inconnu, a coutume de venir vous visiter. Puisqu'il me témoigne de l'intérêt, puisqu'il sait que je dois partir, pourquoi ce soir tarde-t-il tant à paraître? — Ce cavalier, Ziana, mérite en effet le sentiment de reconnaissance qu'il t'inspire. Il viendra cette nuit... On frappe, je crois!

Un coup léger venait en effet de retentir à la porte droite de la salle. Le poids d'une gondole rendait la vague clapotante; le vieillard s'avança et se mit en devoir d'ouvrir. Il parut surpris à la vue du personnage qui entrait; Ziana, non moins étonnée, regarda d'abord le nouveau venu, et lui avança un siége.

Le visiteur en question portait la robe noire et la perruque, un encrier pendait à sa ceinture de cuir. Ce costume indiquait assez un garde-notes.

— Veuillez vous asseoir, monsieur, dit le juif à cet homme; je suis à vous.

Prenant alors la main de sa fille, Ottale lui parla à demi-voix.

— Une affaire grave, Ziana, deux mots seulement à dire à l'homme que voici. — Je ne l'ai jamais vu dans notre maison, mon père. — Laisse-nous, te dis-je, tout sera bientôt terminé.

Ziana obéit; et, prenant sa broderie, elle alla s'asseoir à l'extrémité de la salle, jetant de temps à autre un regard défiant sur le garde-notes.

Dès qu'Ottale fut sûr que Ziana ne pouvait l'entendre:

— Excusez-moi, monsieur, dit-il à voix basse à l'homme, je regrette que mon absence involontaire... Vous étiez déjà venu ce matin, je le sais. — D'après votre ordre, comme vous le savez. J'ai pensé que l'affaire était urgente, c'est pourquoi... — Je n'abuserai pas de vos instants. Votre réputation me garantit votre loyauté. — De quoi s'agit-il? — De quelques papiers, répondit le juif en courant à un coffret qu'il ouvrit et présenta au garde-notes. Ces papiers sont d'importance, et je désirerais en faire le dépôt chez vous. Je suis vieux; demain je puis mourir. Ces papiers, qui ne m'appartiennent pas, m'ont été confiés: il vous suffira de savoir que l'avenir de plusieurs personnes de condition, leur existence peut-être... sont attachés au secret qu'ils renferment. La guerre nouvelle et le départ de la flotte m'obligent à vous les remettre incontinent; ils seront d'ailleurs plus en sûreté dans les archives d'un garde-notes que chez vous. Les voici; je n'ai pas besoin de vous recommander le plus absolu silence! — Soyez tranquille, répondit le garde-notes, en recevant les papiers des mains d'Ottale. — A Venise, ajouta le vieillard, vous le savez, on a toujours à craindre les espions et les délateurs; à Venise, la trahison est partout, sous la robe du magistrat, comme sous la livrée du laquais. — A qui, lorsqu'il en sera temps, ce dépôt devra-t-il être remis? — A la personne dont le nom figure sur l'enveloppe. — Fort bien. N'avez-vous rien autre chose à me recommander? — Rien, monsieur. — Comptez donc sur moi, poursuivit le garde-notes en sortant.

CHAPITRE XIX.

LE MASQUE.

— Je serai plus tranquille à présent, murmura Ottale en voyant s'éloigner le garde-notes. Un pareil dépôt et dans de telles circonstances! Mais il se fait tard, est-ce qu'il ne pourra venir ce soir?...

Par un mouvement subit, le juif s'était retourné; il vit Ziana, les yeux fixés sur la porte du fond alors entr'ouverte, et qui laissait apercevoir le corridor où se trouvait la chambre de la jeune fille.

— Que fais-tu là! demanda-t-il en l'examinant avec bonté. — Mon père... puisque vous me le demandez, mes regards s'attachent malgré moi sur cette porte, ils interrogent ce passage secret donnant sur le canal par lequel notre ami s'introduit dans cette maison. Cette entrée inconnue à Taddeo lui-même... — Oui, c'était par là, reprit le vieillard avec un soupir, que jadis les nobles de Venise apportaient à nos prédécesseurs et à moi-même leur vaisselle à fondre pour les besoins de la république! Aujourd'hui le jeu et la débauche les ont faits si pauvres qu'ils ont oublié ce chemin. Singulière maison que celle-ci, Ziana! Il semble vraiment que de règne en règne, de doge en doge, ses murailles lézardées aient été destinées à voir des scènes mystérieuses et dont le secret n'a jamais été violé! Avant moi, c'était Daniel Vimfen qui était gardien des monnaies et tenait ici son comptoir obscur; avant lui, Sébastien Gonzalès, un juif portugais. J'ai trouvé vingt noms écrits sur ce pilier que tu vois: on dirait d'une prison d'État, à voir ces verrous et ces grilles. Des grilles et des verrous! quand nous n'avons plus ici d'or à garder, quand il nous faut mendier et emprunter nous-mêmes pour prêter aux nobles! Quelques vases d'or, quelques argenteries ciselées par Benvenuto de Florence, et voilà tout. Le trésor de Saint-Marc possède du moins les deux couronnes des royaumes de Candie et de Chypre, plusieurs vases d'agate, de racine d'émeraude et de cristal de roche, des saphirs, des corselets d'or garnis de perles, des sceaux de grenat et l'évangile de Saint-Marc! Un certain Candio Stamati vola ce trésor en perçant jadis la muraille de cette église; mais ici, excepté Ziana, ma perle, qui prétendrait descendre dans la caverne du juif? Quel pas, excepté celui de notre ami, ébranle ces dalles? Il faut, Ziana, que ce soit mon libérateur, pour que bien des fois et quand le sommeil appesantit ma paupière, je consente à veiller encore, moi pauvre et cassé, aspirant le moindre bruit qui vient du canal, plein de joie et de frayeur chaque fois qu'il vient ou qu'il tarde! Je le sens, hélas! Ziana, ma vie est en lui. — Et moi donc, père! le soir, quand je suis enfermée là, dans ma chambre, devant laquelle il passe pour se retirer, j'écoute encore à travers la porte le bruit de ses pas! — Quand tu ne le verras plus, tu penseras donc à lui quelquefois? — Quand je ne le verrai plus?... Il va donc partir? il est parti peut-être... O mon père, ne me cachez rien!

Une larme se fit jour dans les yeux de la jeune fille, elle interrogeait, elle pressait Ottale; mais il préféra sans doute ne pas s'expliquer.

— Oui, mon père, reprit alors Ziana; oui, je songerai toujours à cet ami! Il se montre si dévoué pour vous, si bon, si tendre, si généreux pour moi. Ses pensées ont à la fois tant de hauteur et de tristesse. L'inexplicable mystère qui l'environne, le soin qu'il prend de taire jusqu'à son nom; ce masque éternel qui couvre son visage et qui pourtant ne cache pas toujours une larme tombée de sa paupière! Oh! je l'aime, mais d'un amour respectueux et saint, que je n'ai jamais ressenti que pour Dieu et pour vous! — Et tu as raison, ma fille. Cet homme est notre providence; tu le sais, quand il est là, il semble que la bénédiction du Seigneur entre avec lui dans notre maison. — Et partir demain! m'exiler peut-être pour toujours avec mon fiancé, sans connaître seulement le nom ni le visage de cet homme! Trembler pour lui et ne pas savoir quel danger le menace; ne pas savoir si la terre qu'il foule est une terre d'asile ou de proscription? Venise! Venise! que tes mystères sont terribles!

Ziana achevait à peine ces paroles, que le juif écoutait avec un sentiment douloureux, lorsqu'un léger bruit retentit à la porte qu'Ottale avait laissée entr'ouverte; c'était par cette porte que le masque avait coutume d'entrer tous les soirs.

Véritablement, et rien qu'à voir cet homme, dans cet ample domino de taffetas noir, entrer chaque nuit morne et silencieux comme la tombe, toute autre que la fille du juif eût frémi. Ses prunelles brillaient alors à travers son masque d'un éclat si vif, la mélancolie de sa pose était si pensive, que l'attention la plus distraite se fût concentrée en ce moment sur ce singulier fantôme. Était-ce un ange, un démon? venait-il tenter en ce lieu cette Ève d'une beauté si rare, ou descendait-il dans le ténébreux repaire d'Ottale avec une auréole de bonté et de grandeur? Tout ce que Ziana pouvait en savoir, c'est qu'elle se trouvait devant lui à la fois rêveuse et tremblante; il exerçait sur elle un empire inexplicable.

A peine entré, il s'approcha lentement de Ziana; il tenait en main un bouquet de fleurs, et le présenta à la jeune fille, qu'il baisa au front.

— Ces fleurs, dit-il alors d'une voix morne et pénible, ces fleurs sont les dernières que vous recevrez de votre ami, Ziana; car vous allez partir, et moi je reste à Venise!

Il prononça ces mots avec un soupir, et en appuyant sa main sur le fauteuil d'Ottale, comme s'il eût été près de défaillir.

— Vous restez à Venise? reprit-elle avec tristesse. Vous y restez pour toujours? — Pour toujours! — Venise a donc bien des charmes pour notre ami, qu'il ne puisse de toute sa vie la quitter, même un seul instant? — Venise, enfant, si douce à l'oisiveté patricienne, pèse sur ma tête comme la voûte d'une prison, et cette prison... je l'aime comme un autre aime sa liberté. Ma vie et ma mort, vois-tu, appartiennent à Venise; je lui dois compte de l'air que je respire; je vis à ses pieds comme un esclave sous l'œil de ses espions. N'ayant rien à moi, pas même le secret de mes pensées, je tremble toujours, Ziana, que la délation ne perce le double masque étendu sur mon visage et sur mon âme, et que Venise un jour ne me punisse des vœux ardents que je forme pour son bonheur. — Vous êtes bien à plaindre... — Tel est mon sort. — Peut-être changera-t-il? — Jamais. — Ah! monsieur, permettez qu'avant de quitter cette ville j'aille me jeter aux pieds du doge. Si vous êtes proscrit, lui seul peut vous absoudre... Il est puissant, il est bon; mon père a quelque crédit auprès de sa personne... — Enfant!... vous ignorez que le doge n'est rien à Venise. Falier et Foscari ne l'ont, hélas! que trop prouvé... — Eh bien, la comtesse d'Azola, ma protectrice... — Silence! autant vaudrait-il jeter dans la bouche de marbre une dénonciation contre moi, que d'invoquer le secours de la comtesse d'Azola! — Vous me faites trembler, reprit la jeune fille avec angoisse. — Ottale, dit alors le masque en s'approchant tristement du juif, il faut que Ziana et son fiancé partent pour Ferrare le plus tôt possible. — Quoi! c'est vous qui demandez mon exil? dit Ziana à l'inconnu. — Elle n'est plus en sûreté, même chez vous, murmura le masque en fixant Ottale. — Ils partiront demain, répondit le juif. — Comme vous voilà rêveuse, mon enfant! dit le masque en prenant la main de Ziana. — Je suis prête à partir, monsieur, répondit-elle avec émotion, puisque c'est vous qui le voulez! — Moi... Ziana! Ah! si vous pouviez connaître tout ce que cette séparation me fait souffrir!... combien il est dur pour moi, vous partie, de rentrer seul et courbé dans la nuit de mon existence, de ne plus voir luire dans le ciel d'orage qui m'environne cette douce étoile vers laquelle chaque soir je m'acheminais!... — Que vos paroles me font de bien!... J'emporte au moins l'espoir que notre ami ne m'oubliera pas... — Ah! jamais, jamais! — Une seule prière. — Laquelle? — Me l'accorderez-vous? — Fût-ce ma vie, je te la donnerais, enfant. — Pour moi, pour moi seule, que je puisse vous voir une seule fois sans votre masque... — Retiens ceci, Ziana: ce masque ne peut tomber sans qu'une tête le suive. — Oh! gardez donc ce masque! — Rentrez, Ziana; j'ai à m'entretenir, ce soir, avec votre père, d'une chose grave, importante. — A demain, n'est-ce pas? Je saurai partir, mais tout mon courage faiblirait si je ne vous voyais pas. — Oui, oui, adieu, à demain, dit le masque en étouffant les sanglots de sa poitrine.

Et il reconduisit vivement Ziana jusqu'à la porte de sa chambre; quand elle y fut entrée, il retira doucement la clef de la porte du corridor. L'orage avait cessé, le silence était profond; on n'entendait que le bruit du balancier de la vieille horloge.

— Ottale, dit alors le doge en arrachant son masque, quelles nouvelles? — Mauvaises, Altesse. Les juifs, qui ne sont pas moins de trois mille dans Venise, veulent soulever le peuple! — Oublient-ils que si je supplie aujourd'hui, demain, Ottale, je puis punir? — Ils le savent, Altesse; mais vous aussi vous devez savoir qu'ils ont toujours prêté à l'État, sans jamais être remboursés. Les juifs sont hardis, insidieux; ils se fient à l'antipathie de la noblesse pour une guerre. J'ai visité leurs synagogues, leurs comptoirs; ils sont loin d'ignorer que la Zecca n'a plus de richesses, et que la banque del Giro, cette Bourse des marchands de Venise, réclamera vainement de la république le dépôt qu'elle a fait de son argent entre les mains de son prince.

— Mais cet argent, Ottale, il a servi aux premiers apprêts de la flotte; je comptais le rembourser de mes propres deniers! — Non-seulement les juifs exigent le remboursement des sommes prêtées, mais ils veulent encore être payés à l'avance de celles-ci pour une expédition qu'ils supposent être longue. Vous n'ignorez pas que plusieurs d'entre eux, profitant de la détresse de Venise, ont trouvé le moyen de s'anoblir et de se faire inscrire au livre d'or. — Un trafic infâme! Je le sais. — Demain, oui, demain, les plus riches sont convenus de se présenter en corps au sénat, et de divulguer l'état du trésor. — Et que diront-ils? — Ils diront, Altesse, que déjà le trésor de Saint-Marc a été engagé, monnayé par vous à l'insu de son gardien même, le procurateur de cette église; ils diront, ce que nous ne savons que nous d'eux, dit Ottale en baissant la voix, que des pierres fausses le remplacent; et ils diront cela en plein soleil, devant les ambassadeurs de toutes les puissances, heureux ce jour-là des humiliations de Venise! — Alors, malheur sur eux, Ottale! car j'armerai contre eux mes patriciens, je leur livrerai pieds et poings liés ceux qui osent nous cracher la honte et l'insulte! — Les patriciens seront pour eux, Altesse, car ils sont tous contre vous. Ils ont besoin des juifs, et ces fils de famille, noyés de dettes, fréquent plus le Ghetto que les églises. — Mais le peuple? mais l'armée?

— Les matelots ont dit qu'ils ne partiraient pour l'expédition que soldés. Quant aux nobles, ils se renfermeront dans leurs palais. Les chantiers menacent de se soulever au point du jour, et l'envoyé de Tunis, malgré les paroles hautaines prononcées par vous l'autre soir, relève déjà la tête et reçoit des visites de sénateurs. Une députation de sages-grands lui a été adressée aujourd'hui même, elle l'a supplié de pactiser. — La paix avec un pirate! Un pareil abaissement devant toutes les ambassades de l'univers! Mais les traités rompus, mais nos marchandises saisies, mais notre pavillon flétri par la lâcheté et l'insulte, mais les tributs honteux imposés à Venise! ils oublient donc tout cela, ces cœurs pétris de vices et de fange! — Altesse, les temps sont venus, Venise doit mourir! elle mourra. — Elle ne mourra pas tant que je vivrai! D'ailleurs, Ottale, ne sais-tu pas qu'il faut une guerre à Venise? il faut la tirer de sa léthargie et de sa torpeur, il faut lui rendre Lépante! — Etes-vous un dieu, pour sauver Venise, Altesse? Les cités, comme les hommes, n'ont-elles pas leur destin marqué là-haut? Oui, sans doute, vous êtes grand, sincère, généreux; mais pouvez-vous sauver ce qui désire se perdre? pouvez-vous donner la gloire à ceux qui cherchent la honte?

Ainsi plus d'espoir, plus d'argent dans le trésor, aucune ressource! Et demain le canon des forts va tonner, demain la ville entière se pressera sur les ports! Jour de malheur et de deuil! C'est à envier le sort de Foscari, mort en entendant le son des cloches qui annonçaient sa déposition; c'est à demander au ciel qu'une pierre lancée par la main d'une femme vous écrase sur le sol, comme Tiepolo! — Vous n'êtes point alchimiste, seigneur; vous pouvez épouser la mer en lui jetant votre anneau; vous pouvez régner, de ce règne de fantôme qu'on vous permet à Venise: mais vous ne pouvez faire que l'abondance succède à la misère, et que les coffres de l'État se remplissent quand, hélas! ils sont épuisés. — Ottale, reprit le doge, tu as donc frappé à la porte de tous les juifs de Venise? — Je les connais tous. Je sais ce qu'ils peuvent, mais aussi ce qu'ils veulent oser. — Mais tu ne sais pas, toi, que je pourrais ce soir incendier le Ghetto: les grilles en sont fermées; la flamme me ferait raison de ce vil troupeau, que les anciens doges parquaient autrefois loin de Venise, et auquel ils ne permettaient jamais de leur parler, pour ne pas être souillés de leur contact! — Altesse, reprit Ottale avec un calme douloureux, vous oubliez que je suis juif, et que j'ai quitté le Ghetto de Rome pour le Ghetto de Venise. — Oui, reprit le doge, tu me rappelles un lien trop cher pour que je veuille jamais t'offenser. Je t'honore et je t'estime. Tu as reçu de moi un dépôt, et tu en es le gardien sacré. Ottale, mon cher Ottale, il y a deux hommes en moi. L'un, jaloux à l'excès de la dignité de son pays, sévère à lui-même et marchant sous l'œil de Dieu qui nous juge tous; celui-là c'est le doge de Venise; l'autre, malheureux, inquiet, saignant de mille blessures que ton regard seul découvre : celui-là, c'est l'amant de Safia. — Oh! vous m'en faites souvenir, Altesse. Cette nuit j'ai rêvé de Ranuzzi!

A ce nom fatal, le doge tressaillit; il semblait que le génie de la mort, terrible, implacable, eût déjà posé la main sur son épaule.

Il demeurait debout, immobile, respirant à peine, lorsque trois coups de marteau retentirent à la porte de terre de la maison. Ottale tressaillit, se leva et courut ouvrir.

XX. — LE MAGICIEN.

— David Gruss! s'écria le juif après avoir envisagé le nouveau venu.

Le doge vit alors entrer un homme d'une soixantaine d'années; son habillement indiquait assez caste : il portait la pièce de toile jaune sur sa robe d'israélite, le chapeau rouge et la barbe. Deux yeux gris perçants, renfoncés dans leur orbite, donnaient à sa figure une expression étrange d'astuce et de finesse; son dos était voûté comme celui d'un usurier accroupi tout le jour à un comptoir; ses sandales de cuir étaient couvertes de poussière.

— David Gruss! répétait Ottale en fixant sur lui son regard avec un mélange singulier de surprise, d'intérêt et de frayeur.

— Oui, David Gruss, votre ancien ami, reprit l'homme. Je viens ici pour vous, puis pour monsieur... dit-il en montrant le doge, qui avait remis précipitamment son masque avant que le visiteur entrât. — Que peut-il y avoir de commun entre nous deux? demanda Alessandro avec un sourire de défiance et de mépris. — Beaucoup de choses, seigneur masque. — Parle donc, j'écoute! mais le temps est précieux. — Vous avez raison; aussi je compte l'employer de façon à ne pas encourir de reproches. Vous venez ici chez mon coreligionnaire chercher de l'argent, n'est-ce pas? reprit-il en dardant sur le doge l'éclair de sa prunelle fauve. — C'est vrai. Ensuite? — Ensuite, mon beau seigneur, vous allez sortir de chez Ottale comme vous y êtes entré... les mains vides; c'est désolant, n'est-ce pas? — Désolant pour un joueur comme moi... reprit le doge, cherchant à donner le change au questionneur. — Le jeu que vous jouez est dangereux — Je le crois. — Sans doute; vous jouez le jeu d'un prince. — Vous me connaissez? — Vous allez au Casino et dans les ridotti de Venise, j'en suis certain. — Après? — Que donneriez-vous à un honnête homme qui vous ferait trouver de l'or? — Ma parole, qui vaut bien l'or qu'il me donnerait. — Je le crois. Mais jureriez-vous aussi sur votre tête de ne jamais divulguer son secret. — Je le jure ici. Achève. — Eh bien, monseigneur, je puis vous donner de l'or! — Tu pratiques l'alchimie... dit Alessandro d'un air de doute. — Erreur! Excellence, les alchimistes sont des fous. Je sais que vous êtes difficile à persuader; mais rassurez-vous, je vais vous convaincre. Ottale, ajouta le juif, te souvient-il de Palerme?

— Il me souvient, David Gruss, d'un homme plus habile que tous les médecins du globe, d'un homme qui, me voyant atteint d'un mal cruel, accourut à moi lorsque vous les empiriques eux-mêmes me condamnaient. Il s'assit à mon chevet, s'enferma dans ma maison, ne me quitta plus et se fit mon médecin. Dans mes crises de douleur, il me regardait souvent avec un rire singulier, son front pâlissait, sa main s'étendait sur moi, et je ne tardais pas alors à m'endormir d'un sommeil lourd et inexplicable... A sa seule approche, mon mal cessait, et quand il fixait ses yeux sur moi, là, comme vous faites maintenant, David Gruss, je sentais dans mon sommeil même que mes lèvres remuaient, comme si j'allais parler. — Voilà qui déconcerte et confond l'imagination de l'homme, murmura Alessandro; et ce médecin parvint-il à te guérir? — Il me sauva d'une mort certaine, reprit Ottale; seulement ce sommeil si prodigieux a survécu à mon mal, il m'effraye parfois lorsqu'il s'empare de mes sens. Ziana seule le connaît. — Quel mystérieux empire exerce donc cet homme? demanda le doge abîmé dans sa rêverie et sondant lui-même les profondeurs d'un monde inconnu qui se déroulait à lui. — Demandez-le à lui-même, répondit le juif; cet homme est devant vous, c'est David Gruss!

David Gruss inclina la tête en signe d'assentiment.

— Et que prétendez-vous faire ici, monsieur, à l'aide de ce pouvoir dont le secret vous appartient?

Le juif se pencha à l'oreille du doge et lui dit quelques paroles. Tout en lui parlant, il regardait Ottale qui, dominé sans doute par une puissance invincible, s'était laissé tomber de lui-même sur son fauteuil; David Gruss s'approcha bientôt du vieillard, et il étendit sa main sur lui... Des étincelles vives, magnétiques, débordaient alors de son œil, incessamment fixé sur Ottale; cet œil avait l'éclat du diamant; sa flamme limpide, absorbante, effraya le doge lui-même; il s'appuya contre le pilier de la salle et retint son haleine, comme un homme qui assiste à quelque scène imprévue...

— Es-tu prêt? demanda la voix de David Gruss à Ottale. — Oui... maître... je suis prêt... répondit le vieillard d'une voix faible. — Prêt à m'obéir, Ottale? — A vous obéir... dit-il en laissant retomber ses bras sur le cuir de son fauteuil. — Ottale, reprit David Gruss, tu es le changeur des monnaies de la république, mais tu en es aussi le gardien? — Oui. — Ottale, n'existe-t-il aucun dépôt de monnaies dans la Zecca. — Aucun. — Mais ici? — Ici? sembla demander Ottale d'une voix tremblante. Un frisson glacé parcourait alors les membres du vieillard, la sueur perlait son front. — Ici? répéta David Gruss. — Maître... maître... balbutia le juif... je ne puis... veuillez... ne me faites pas...

Et il semblait se débattre avec une résistance convulsive contre la volonté de David Gruss.

— Ottale, je te prie, et au besoin je t'ordonne de me dire si cette maison cache un dépôt de monnaies... un trésor... tu m'entends bien? — Un dépôt?... oui... — En argent, en or? — En or. Mais, reprit tout aussitôt le vieillard en se levant... ce dépôt, cet or, c'est... — Je sais ce que tu sais.. Silence! Où est cet or, ce dépôt?... dit David Gruss le faisant rasseoir. — Maître... je vous supplie... je... — Obéis. Où est l'or? réponds. — Là... maître... sous ce mur, reprit Ottale en indiquant du doigt le pilier contre lequel se tenait le doge. C'est à la quatrième dalle après le pilier... Mais... — Silence, endors-toi! je le veux! Dors, Ottale, dors!

Et David Gruss, posant alors ses deux mains sur le front chauve du juif, l'enlaça bientôt dans les ombres pesantes de ce sommeil qui ressemble tant à la mort; il le tint d'abord palpitant, puis glacé sous son regard.

— Et dire maintenant, murmura-t-il en le contemplant, que cette âme n'appartient plus ni à sa conscience, ni à Dieu! Dire qu'à cette heure ma volonté est le seul Dieu de cet homme! Tout est silence autour de nous... pas une gondole sur l'eau. Le ciel semble voilé d'un crêpe de deuil!... Allons, noble seigneur, fit-il en se retournant vers le doge, aidez-moi, et malheur à qui viendrait nous surprendre!

David Gruss tira la lame d'un poignard qu'il tenait caché sous sa robe, Alessandro recourut au sien qu'il portait sous son *bahuta*.

— La quatrième dalle après le pilier... a dit le juif... Bien, c'est ici, dépêchons.

Le doge écoutait David Gruss, comme un homme ivre.

— Vous n'ôtez pas votre masque, Excellence? Pourquoi?

Le doge ne répondit pas.

— Pas de fausse honte, je vous connais. — Toi? — Certainement. Tenez, je vous ai vu passer ce matin sur le quai de Maria-Rosa, vous y avez acheté un bouquet de grenades à une fleuriste. — Serais-tu d'aventure un espion payé par les Dix? — Vous me faites injure; je suis un pauvre juif, voilà tout. Vous aimez l'argent, moi je l'aime aussi... Il y a ici un trésor, eh bien! nous partagerons! J'ai votre parole; elle me suffit : ce n'est pas le doge Alessandro qui mentirait! — Eh bien donc, reprit Alessandro en arrachant lui-même résolûment son masque, reconnais mes traits, David Gruss, et grave-les bien avant dans ta mémoire. Sur le moindre mot qui t'échapperait, sur le moindre signe, sur la plus légère indication, je ferai de toi ce qu'on fait d'un juif prévaricateur; le bourreau te promènera par la ville, et tu mourras sous son fouet de plomb entre les colonnes de Saint-Théodore et de Saint-Marc!

— Grand merci, Altesse! vous n'aurez pas besoin de

onner au peuple de Venise cette agréable distraction. Je me tairai comme vous; notre intérêt à tous deux nous y oblige. Par le ciel! j'ai autant besoin que vous de bonnes pistoles, car je joue sous le masque, et au casino de Padoue comme à celui de Venise, on me croit un patricien, grâce à ce morceau de carton noir qu'on permet ici aux joueurs. L'autre jour, tenez, j'ai gagné cinq cents sequins en quatre tailles; mais l'autre jour aussi, j'ai perdu dix mille sequins de moitié avec un ami. Donc il me faut de l'or, comme il vous en faut à vous; il est vrai que vous, monseigneur, vous ne jouez pas dans les ridotti, quoi que vous vouliez en dire... — Pour quel usage crois-tu donc que je désire cet or? — Pour un usage noble, élevé, digne en tout de votre grand cœur, ajouta le juif avec un sourire dont Alessandro ne remarqua pas l'ironie. Vous voulez que la flotte puisse sortir demain ses pennons au vent, et le patriarche en tête! Sur cette flotte se pressera tout ce que Venise a de puissant et d'illustre, et vous, prince, du haut de cet autre *Bucentaure*, vous demanderez, n'est-ce pas, à l'Adriatique, votre épouse, d'étendre ses flots soumis autour de vos bataillons ardents; vous accompagnerez, avec l'amiral, les navires vers Tunis, et ne les quitterez qu'à la pointe du Lido? A votre avénement au trône de Venise, tout ne vous a que trop révélé la décadence de la république : les esprits fermentent, la sédition couve, Bergame, Brescia, Salo et Crême s'entendent avec Milan. Voilà le jeu que vous jouez, Altesse, celui d'écraser, de punir, de vaincre; moi, je joue celui d'un misérable dévoré de la soif unique de l'or, pressé d'assouvir l'avidité de ceux qui l'emploient, car je représente au casino de Venise toute une bande de patriciens! Donc, à nous deux, mon maître, et marchons vers notre but. Le juif est endormi, le juif ne pourra parler! Détachez cette lampe et voyons l'endroit désigné par Ottale.

Alessandro obéit; il croyait entendre le langage de quelque démon; il s'agenouilla comme David Gruss et commença à lever la pierre.

Le parquet de la salle était caché par une ample natte qu'ils écartèrent. Il y eut un instant où le poignard d'Alessandro se brisa; le bruit d'un ricanement singulier arriva alors à son oreille : c'était David Gruss qui lui dit en haussant les épaules d'un air de pitié :

— Au fait, Altesse, ce n'est pas là votre métier ordinaire... Allons, prenez cette barre de fer placée près de l'atelier, et soulevez cette dalle... elle pèse autant que la pierre d'une tombe...

Tous deux purent voir alors deux immenses coffres de fer scellés du triple sceau ordinaire de l'inquisition, du patriarche et du doge. La rouille en avait couvert les serrures et la clef manquait.

David Gruss tira alors de l'une des poches de sa robe une fiole de moyenne grosseur; elle était de verre et contenait une eau roussâtre. Il en frotta agilement les serrures, puis, avec une vis, il en fit bientôt tomber les clous. Prenant alors la barre de fer, il l'introduisit avec une force herculéenne dans l'un des coffres, et le couvercle céda.

Un monceau de ducats, aussi brillants que s'ils venaient d'être frappés par le balancier même de la Zecca, frappa leurs yeux, et le bras de David Gruss, pareil au bras d'un plongeur, s'introduisit dans le coffre...

Le doge, malgré ses efforts, n'avait pu parvenir à ouvrir le sien; David Gruss triompha bientôt de sa serrure, et un amas de monnaies, supérieur à l'autre, les fit se récrier d'admiration.

— A tout seigneur, tout honneur! je vous cède la meilleure part, Excellence, j'en aurai toujours assez pour tenir la banque après-demain et satisfaire mes coassociés. Maintenant écoutez bien : ici, sous cette fenêtre, j'ai fait amener, par deux Arméniens, un de ces bateaux plats qui transportent les marchandises jusqu'à Fusine. A l'aide d'une corde, nous y ferons glisser ces deux coffres; je vous conduirai d'abord à la pointe de Fusine, devant laquelle la flotte doit passer demain, vous pourrez y déposer ce coffre chez un homme sûr, le juif Sperone, qui vous est dévoué, je crois; je vous ramènerai ensuite dans le bateau jusqu'au premier escalier de marbre qui vous conviendra, puis nous nous séparerons.

— Venise, c'est pour toi! murmura le doge en se penchant à la fenêtre qu'éclairait un jour d'ardoise; allons, continua-t-il, partons, je vous suis

David Gruss avait replacé la pierre, qu'il recouvrit de sa natte, après avoir retiré les deux coffres. Il se tint alors à l'appui de la fenêtre qui donnait sur le canal et appela les deux gondoliers. Ceux-ci lui jetèrent une corde; le juif fit glisser habilement les deux coffres dans la barque. Pendant ce temps, le doge ne pouvait détacher son regard du vieillard endormi dans son fauteuil; il le contemplait avec une religieuse terreur.

— Oui! maintenant, dit-il, maintenant dors en paix, pauvre vieillard : demain, à ton réveil, tu ignoreras ta nuit! Comme toi, que ne puis-je oublier! Hâtons-nous, ajouta-t-il, car le jour va luire sur Venise! Venise, ma belle ville bien-aimée, ouvre les yeux sans crainte, tu es sauvée maintenant! Encore un jour de splendeur pour toi!

Alessandro et son compagnon se dirigeaient vers la porte d'eau, lorsque, tout d'un coup, un jeune homme en manteau noir entra brusquement par la porte du corridor où était la chambre de Ziana. Il était suivi d'une femme couverte de son voile, appelé à Venise *zindaletto*. Le doge et David Gruss n'eurent que le temps de se blottir derrière le pilier en soufflant la lampe.

— Taddeo! quelle est cette chambre? demanda la comtesse. — Celle du comptoir d'Ottale! dit Taddeo en tâtonnant parmi les ténèbres. — Et celle de Ziana? — Elle donne sur ce corridor, madame, reprit Taddeo; le juif et sa fille reposent sans doute. — Mais il y a une gondole arrêtée là, sous la fenêtre du juif, à cette petite porte qui semble communiquer à sa maison, une gondole plate et découverte à la façon de celles des Arméniens. Il est ici. — Madame, on a retiré la clef de la chambre de Ziana. — Taddeo, il faut ouvrir ou briser cette porte. — Fuyons, monseigneur, fuyons! murmura David Gruss à l'oreille d'Alessandro. — Je ne me trompe pas, c'est la voix de la comtesse, reprit le doge; qui peut l'amener ici? — Taddeo, dit Safia, enfonce cette porte, il y a ici un homme caché; cet homme, c'est l'amant de ta fiancée. — L'amant de Ziana! Quoi! madame, vous pouvez croire!..... L'infâme!... Et le jeune homme saisit un escabeau; il frappa à coups redoublés sur la porte.

— Qui frappe ainsi? dit la voix tremblante de Ziana.

En ce moment, un bruit de rames retentit sur l'eau; David Gruss avait ouvert la fenêtre, le doge et lui s'étaient précipités dans la barque.

— Sauvé! s'écria la comtesse avec fureur, sauvé! Vois cette barque qui fuit! — Sauvé! reprit Taddeo. — Oh! je me vengerai! dit Safia avec un soupir étouffé, et en ramassant sur le parquet semé d'ombres un objet auquel elle venait de se heurter. C'était un poignard à pommeau d'agate. Oui, je me vengerai! Viens, suis-moi, l'aube est venue, nous trouverons une gondole, dit-elle.

Et poussant elle-même Taddeo par les épaules, elle descendit rapidement avec lui l'escalier de la porte d'eau.

XXI. — LA FLOTTE.

Le lendemain était jour de grande *funcion*, comme l'on dit à Venise, et le concours des assistants était immense.

Une procession véritable de barques, de péottes et de gondoles avait lieu dans le port, situé, comme chacun sait, vis-à-vis de la place de Saint-Marc.

Ceux qui ont vu les cérémonies de l'Ascension et du Bucentaure, dans les belles peintures de Canaletti, de Tiepolo, et dans les gravures de Petrus Longhi, auraient pu seuls aujourd'hui s'en faire une idée.

Et d'abord, les huissiers, appelés *commandadori*, ouvraient la marche sur le quai des Esclavons.

Huit d'entre eux portaient autant d'étendards, deux blancs, deux rouges, deux bleus et deux violets. Venaient à leur suite les autres *commandadori*, les six derniers tenant une longue trompette d'argent, pareille à celles qui servaient autrefois sur les vaisseaux de la république. Marchaient derrière eux six fifres en robe rouge, et les écuyers du doge, lequel avait à sa droite son sénéchal, à sa gauche le capitaine-grand. Le clerc de la chapelle de Sa Sérénité venait ensuite tout seul, et après lui le maître des cérémonies de l'église Saint-Marc, avec six chanoines en chape d'or. Ils étaient suivis de deux marguilliers, nommés *gastaldi ducali*, et de quatre secrétaires du sénat, précédant eux-mêmes le secrétaire du doge, portant un chandelier d'argent avec la chandelle éteinte. Le regard distinguait après eux les deux chanceliers de Sa Sérénité, le grand chancelier, puis le doge accompagné de tous les ambassadeurs. A côté du doge se tenaient deux écuyers, l'un à droite, l'autre à gauche, portant tous deux la chaise et le coussin de drap d'or; un troisième marchait derrière, et balançait sur le prince l'ombrelle aux franges dorées.

Un noble, un patricien fermait le cortége particulier d'Alessandro; il portait l'épée de l'État dans un fourreau de velours.

Un des magistrats du *Proprio*, accompagné du conseiller le plus aîné, ouvrait le second cortége.

Celui-là se composait des conseillers en grande robe, du chef de la Quarantie criminelle, des chefs des autres Quaranties, des avvogadors, du chef du conseil des Dix, des censeurs du Broglio, des patrons de l'Arsenal, de la Consulte, du *Prégadi* ou sénat et des procurateurs de Saint-Marc; tous ces personnages marchaient deux à deux.

L'ordre de ce noble cortége, habillé de robes de cérémonie et qui venait de descendre l'escalier des Géants, était admirable. Tous montèrent bientôt dans leurs gondoles respectives et dans leurs galiotes richement pavoisées; ils étaient accompagnés de barques armées qui les escortaient de droite et de gauche. Les rameurs portaient leur livrée: c'était le bonnet albanais à glands d'or, la veste chamarrée de broderies et la jaquette; quelques-uns, qui formaient le cercle du doge, montèrent bien vite sur le pont d'environ quarante pieds, allant ce jour-là du quai à la galère du provéditeur général de mer, accompagné sur son vaisseau de tous ses officiers en grand uniforme. Le soleil faisait étinceler l'or et les costumes de chaque gondole; les esquifs des Povejottes et pêcheurs de Saint-Nicolas sillonnaient en tous sens les ondes du grand-canal. Le coup d'œil des spectateurs errait à la fois sur les barques dorées et magnifiques des ambassadeurs, comme sur les toiles peintes des Muranois et leurs vierges à la proue ornées de rubans et de bouquets.

La file majestueuse de ces divers bâtiments avait lieu le long du grand canal; elle était renforcée d'un bon nombre de bâtiments de guerre avec leurs étendards et leurs flammes déployés, tous attendant le signal du général de mer pour faire la décharge de leur artillerie militaire. Le bruit de ces divers saluts commença bientôt par la *Fusta* de Saint-Marc, qui fut la première à tirer; aussitôt les galiotes et tous les autres navires se hâtèrent de lui répondre.

Le patriarche de Venise était sur le pont de la galère principale, accompagné des chanoines de Castello et de sa cour; il était paré en chape et mitré comme pour la cérémonie du Bucentaure. Il bénit la mer, baisa la croix et partit. Le gros de la flotte devait attendre vers Saint-Nicolas du Lido.

Assis sur une *banchetta* ornée d'un velours semé de perles, un homme en habit à la française, ayant à ses côtés une dame recouverte d'un masque, regardait alors cette *funcion* avec un vif sentiment de curiosité. Le corps de la gondole qu'il montait était doré et chargé de riches ornements de sculpture; les panneaux étaient en grandes glaces, les doublures en étoffes de soie et d'argent.

— En vérité, comtesse, on ne peut rien voir de plus élégant et de plus doux que votre voiture... Comparez donc cela à nos fiacres ou à nos chaises de la place Royale! Fi! cela est du dernier bourgeois, et nos duchesses vous envieraient ce hamac-là!

Safia ne répondit point au marquis de Saluces, son attention se trouvant concentrée sur la galère du provéditeur général de mer, où le doge se montrait alors à l'œil de son peuple ébloui. Jamais peut-être Alessandro n'était apparu plus admirable et plus noble que dans ce jour, jamais la souveraineté rayonnante sur son visage n'avait éclaté plus largement.

Malgré le trouble indomptable de ses pensées, malgré son agitation jalouse, la comtesse ne pouvait s'empêcher de rendre alors justice à cette séduction réelle, infinie, que le doge exerçait sur les moindres battements partis de son âme; elle se le rappelait assis sous la tente dorée du *Bucentaure*, le jour où il jeta son anneau ducal à la mer. Oui, c'était bien là encore ce jeune et beau sénateur, étonné de se voir si subitement appelé doge et d'entendre, à son arrivée dans sa ville, les acclamations de tout un peuple! Sur ce front sévère, Safia ne lisait pas cette volupté efféminée empreinte sur tous les autres fronts des nobles de Venise: c'était un visage d'une beauté rude, impériale; il semblait que cette galère fût le piédestal d'Alessandro.

— Et, cependant, cette nuit même, cette nuit, il m'a lâchement trompée pour cette juive, se disait tout bas la comtesse; oh! ce poignard que j'ai ramassé et dont j'ai retrouvé le fourreau chez lui, c'est bien le sien!... On disait hier que ce peuple devait se soulever comme l'écume qui bat les rives de Fusine. Ah! je ne le sens que trop, c'est mon cœur qui se soulève! Avoir tant aimé pour être trahie! Assurément, je l'aimais, je l'aime encore... D'un mot je pourrais me venger, le voir à mes pieds; mais à quoi bon? Je veux savoir de sa maîtresse elle-même ce qu'elle peut avoir de si impérieusement beau pour lutter avec moi, moi sa souveraine, son idole! J'ai donné l'ordre à Ismaël de me la faire venir, et elle viendra!

Et Safia, avec une majesté tout asiatique, se plaçait sous la ligne d'ombre décrite par le parasol que portait son nègre; les tapis de sa gondole royale pendaient dans l'onde, ses rameurs commençaient à se lasser, et son embarcation, poussée au large, ne lui laissait déjà voir la ville que comme un amas confus de campanilles et de toits, quand le marquis de Saluces jugea à propos de la tirer brusquement de sa rêverie, en la priant de vouloir bien lui apprendre ce qu'elle allait faire, la nuit précédente, à trois heures du matin, le long du canal de Saint-Jérémie.

— Vous paraissiez, madame, si étrangement inquiète, et le cavalier à manteau noir qui vous escortait se montra envers moi si peu expansif, que j'ai dû remettre mes questions à ce matin. Savez-vous, comtesse, que ces choses-là n'arrivent qu'à moi! Je vous avais quittée en vous promettant de faire le guet pour votre compte, car, lorsque j'y songe, je remplis ici l'office de votre espion. Un *barcarol* de la Piazzetta fut assez ridicule pour me demander huit sequins pour une gondole de nuit. — Va-t'en au diable, repris-je; pour un prix semblable, une nymphe de l'Opéra de Paris vous retiendrait à souper! — Sur ces entrefaites, je me promenais rêveur et soucieux sous les arcades des Procuraties, lorsque je vois un masque en bahuta assez élégant qui vient me donner l'accolade. — Eh! par la sambleu! que je suis aise de vous voir ici, mon cher marquis!... — A qui ai-je l'honneur de parler? demandai-je avec une défiance fort excusable. — A l'un des meilleurs amis de votre oncle M. de Sartines, mon cher Saluces; mais ne frémissez pas, ne croyez pas que je vienne ici, en cette ville de plaisir, vous assommer de conseils ou de morale. Non, mon cher marquis, je vous sais trop bien sur le bout du doigt: vous êtes l'homme des fêtes, du jeu, des soupers! Vous ne sauriez croire à quels ennuis vous nous avez tous condamnés par votre absence! L'Opéra sans vous n'est qu'une chose fade, et quand vous n'êtes pas sur la scène au banc des marquis, les deux mains dans les poches de votre gilet, et vous campant comme un Cyrus sur l'orchestre, ma parole d'honneur! c'est à déserter la salle. — Vous êtes bien bon, repris-je; mais si vous vouliez me dire votre nom? — Je n'en fais, mon cher, aucune difficulté: je me nomme le chevalier de la Plumardière. Peu instruit, c'est vrai, mais au courant de tout; une de ces figures que les femmes recherchent et que les maris détestent. Avec cela d'un bonheur au jeu!... Mais tenez, soupons; il y a encore, au café de l'Aquila, du vin de Sillery assez passable! Voilà la carte des prix, commandez vous-même, j'approuve tout!

J'étais abasourdi du ton de ce personnage singulier qui, par parenthèse, me parut avoir une main des mieux faites, une main de grand seigneur. Vous m'aviez si cruellement éconduit, belle comtesse, que les consolations bachiques offertes par mon inconnu n'eussent pu venir plus à propos. Je me laissai donc aller aux délices de son invitation; il causait à merveille, le souper était excellent, et, ma foi, dois-je vous le dire? j'oubliai le Ghetto et mes promesses dans la compagnie du chevalier de la Plumardière.

— Pardon, reprit-il en me versant un quinzième verre de Malvoisie, je vous traite bien mal, mon cher; mais je compte vous offrir un meilleur souper demain, après le jeu du Casino. — Il y a donc jeu? demandai-je. — Jeu et masques toute cette quinzaine encore. Après cela, Venise rentre dans la nuit; et, si vous voulez, nous partirons alors pour Vienne. — Jouerez-vous demain? — Assurément, et si vous le voulez, je vous mets dans ma banque. Elle est déjà renforcée des meilleurs noms; nous avons

Mocenigo, Trevisani, Croce, plusieurs Polonais et quelques Suédois qui roulent sur l'or. — Bravo ! repris-je, je vous confierai mes espèces. — Il n'y a que moi pour bien tailler, vous verrez !

Enchanté de mon homme, je ne me séparai de lui qu'avec regret. Il faisait petit jour, en passant sur la Piazzetta, voici que je rencontre le même gondolier qui avait exigé un prix exorbitant. L'attente d'un passager et le mauvais succès de la nuit l'avaient rendu raisonnable, il s'approcha de moi en ôtant son bonnet, et me demanda si je voulais encore aller en barque. La vue de cet homme dissipa bien vite chez moi les fumées de la table ; je me rappelai ma promesse, et, me jetant à corps perdu dans sa gondole, je lui dis de croiser autour du quartier des juifs, au Ghetto.

— Miséricorde ! s'écria-t-il, monsieur ignore-t-il donc que c'est un quartier maudit ? Le démon des lagunes, celui que nous appelons ici l'*Orco*, y fait bien souvent des siennes. Tantôt c'est la figure d'une belle et brune jeune fille qu'il prend en ce lieu, sur les marches de quelque canal, et il vous attire ainsi dans la caverne maudite d'un enfant d'Israël, qui vous fait signer un billet d'usure à son profit. D'autres fois, c'est sous l'apparence d'un cavalier qui se noie, que ce diable d'*Orco* s'amuse à vous faire noyer vous-même. Un jour, un de mes oncles, un brave Nicolotte, passait à trois heures du matin dans le Ghetto, et il aperçoit un mendiant qui, avec son bâton, voulait lui barrer la ruelle. Mon oncle crut d'abord que c'était un voleur ou un homme ivre ; mais il fut vite détrompé par une odeur de soufre qui faillit le renverser. — Misérable ! lui cria l'homme, n'est-ce pas toi qui assistais l'autre soir au supplice du juif Roboam Ber, que l'on promena tournant le dos à un âne ? Ce Roboam Ber était mon ami, et voilà ce qu'il m'a prié de te léguer ! Mon oncle sentit alors une grêle de coups sur ses épaules ; l'horrible mendiant, selon lui, prit tout à coup la figure du Juif-Errant. Il le poursuivit jusqu'aux limites du Ghetto, où il le laissa demi-mort.

Ces histoires de mon gondolier, vous en conviendrez, madame, étaient fort peu rassurantes. Cédant à ce lourd et pacifique sommeil qu'amène d'ordinaire le vin de Chypre, je m'étais laissé couler sur les coussins de ma barque, lorsque tout d'un coup je crus entendre des cris, et peu après j'aperçus une ombre blanche... une femme...

— L'*Orco* ! s'écria mon gondolier.

Je considérai quelques secondes l'objet en question, c'était une femme qui tenait son voile rabattu sur son visage ; elle était suivie d'un cavalier en manteau noir... Vous savez le reste de cette rencontre, comtesse ; je vous ai reconnue à votre voix, et j'ai fait approcher de vous mon *barcarol*. Votre compagnon resta muet, pendant que vous pressiez mon batelier de prendre la route de Fusine, vers laquelle une barque couverte cinglait à force de rames. Qui pouviez-vous suivre dans cette barque ? je l'ignore ; mais ce que je sais, c'est que mon imbécile de gondolier, convaincu que vous étiez l'*Orco*, refusa de pousser au large... Maintenant m'expliquerez-vous le mystère de cette aventure ?

— Comment vous expliquer, marquis, les ténèbres dans lesquelles je marche moi-même ? Croyez-moi, ce que vous a dit votre barcarol du quartier des juifs n'est peut-être pas si dénué de vraisemblance ! Il s'y passe des choses inexplicables, et maintenant je n'ai plus besoin de vous pour les savoir.

— Ce qui veut dire, je le vois, que vous êtes sur la trace de quelque infidélité ! Après tout, les princes ne valent pas mieux que nous ; et le roi Louis XV, avec ses galanteries, peut bien faire école jusqu'à Venise. C'est égal, je maintiens mon dire, il est difficile de savoir ici la vérité ! Tant de masques, d'intrigues, de canaux ! On s'y perd, parole d'honneur ! Le doge est un fort bel homme : voyez donc un peu de quel œil mesdames de la seigneurie le regardent !

Quelques *péottes* à panneaux dorés, portant des dames nobles, traçaient en effet dans ce moment un léger sillage sur l'eau autour de la galère ducale. Le cortége arrivait à Fusine, où se dessinait l'escadre, sur les eaux bleues de l'Adriatique. C'était un spectacle éblouissant que celui de cette milice armée se tenant sur chaque tillac et balançant entre ses mains quelques-uns des étendards enlevés aux Turcs. Les ouvriers des voûtes, ou chantiers, nommés *squeri*, portaient tous des jaquettes rouges et jaunes ; le canon des forts tonnait sur la mer, et les cloches de la ville lui répondaient. Le doge, son *corno* en tête, encourageait du geste et de la voix chaque officier et chaque artisan de la *Tana*. Venise surgissait au loin avec ses tours baignées de nuages, ses palais magiques et ses balcons encombrés de spectateurs.

Par l'ordre exprès du doge, la promesse d'une solde anticipée avait été promulguée le matin à son de trompe par la ville : et déjà, malgré la tranquillité apparente du prince, de sourdes versions commençaient à circuler.

— Il paraît que le doge payera tout sur sa cassette, disait Mocenigo à Trevisani, d'un air sceptique. — Ne vois-tu pas qu'il tient ses regards fixés sur la maison du juif Sperone ? Ce misérable aurait-il d'aventure abusé le doge ? — Remarque donc un peu la tenue orgueilleuse des ambassadeurs ! Ils doutent comme nous, et leur étonnement serait au moins égal au nôtre. — Silence, Trevisani ! Voici des esclaves grecs qui apportent sur le pont un large coffret de fer ! Le patriarche en soulève le couvercle ; Dieu me pardonne ! c'est une moisson de sequins que sa main distribue aux matelots et aux soldats ! — Tu dis vrai, vois comme ils se précipitent sur cet or ! — Dans tout ceci, les juifs seront volés, tu vas voir. Pour mon compte, je ne m'en plaindrais pas, c'est une façon de m'acquitter.

Un héraut, à la livrée ducale, monta alors sur le pont du navire, et il fit signe aux deux porteurs de trompettes d'argent de sonner.

— Bon, voilà maintenant, Mocenigo, que nous allons avoir un édit ! Le héraut déroule un parchemin que lui tend le doge.

Le héraut lut, en effet, un décret ainsi conçu :

« Les juifs de Venise ont osé tenter un soulèvement. Les plus coupables d'entre eux nous sont connus ; dès ce jour il en sera fait justice. La république de Venise a résolu de châtier leur insolence, comme elle va châtier celle des Barbaresques. La Quarantie criminelle a été assemblée, ce matin même, par le doge, et elle a décidé le bannissement de deux mille juifs. Et, maintenant, victoire et honneur au lion ailé de Saint-Marc ! la flotte lève l'ancre, mais elle a l'ordre de recevoir tous les volontaires ! »

Un grand nombre de matelots et d'ouvriers répondirent à ce dernier appel, pendant qu'une péotte, conduite par quarante rameurs, s'approchait de la galère ducale pour reconduire le doge. Les cris de joie et les applaudissements de toute la foule amenaient alors un rayon d'orgueil et de bonheur sur le front d'Alessandro. En passant près du navire des volontaires, il tressaillit tout à coup : un jeune homme se tenait suspendu à ses agrès, et le capitaine faisait mine de l'éconduire, sans doute parce qu'il ne portait pas la veste de marin ou l'uniforme.

— Par pitié ! recevez-moi ! s'écria-t-il, ou je me laisse glisser le long des cordages.

On lui tendit la main, et il sauta à bord en essuyant une larme. Le doge fit un mouvement, mais le navire était déjà loin ; il emportait Taddeo.

XXII. — LE JEU DE VENISE.

Le soir même de ce départ, et après un somptueux festin donné par le doge aux ambassadeurs de toutes les puissances, à la seigneurie et à tous les nobles qui avaient été du cortége, une foule immense se pressait aux alentours du *Casino*, qui devait s'ouvrir à minuit.

L'extérieur en était brillamment illuminé ; la garde esclavonne veillait à ses portes et contenait les Nicolottes et les Castellans, portant des boissons glacées aux alentours.

Dans une salle entièrement tapissée de cuir de Cordoue, et couverte à toutes ses entrées de larges portières en brocatelle, figurait d'abord l'orchestre, suspendu au fond en guise de tribune ; il était flanqué de deux escaliers tournants en beau marbre de Carrare, dont la rampe se terminait par quatre magnifiques lions de pierre portant entre leurs griffes le livre et l'épée.

Deux cents torchières et autant de lustres en verre colorié de Murano répandaient sur cette salle une immense nappe de lumière, et faisaient ressortir plusieurs peintures de Tiepolo, placées au-dessus des portes.

Avant de pénétrer dans cette salle, nommée la salle de jeu, on passait par trois galeries moins éclatantes, mais dans lesquelles plusieurs nègres disposaient déjà des plateaux de fruits, des rafraîchissements, des viandes, tandis que d'autres laquais et de jolies marchandes du Rialto se tenaient dans leurs boutiques, encombrées de verroteries, de chaînes d'émail, de fleurs, de rubans, de points brodés.

Outre un assez grand nombre de tables rangées autour de la salle, et auxquelles chaque noble qui devait donner à jouer allait se tenir assis contre la muraille avec des flambeaux, plusieurs jeux de cartes, un tas de pièces d'or et un de ducats d'argent, prêt à tenir contre tous ceux qui se présenteraient, soit masque, soit gentilhomme vénitien, il y avait au pied même de l'orchestre une immense table entourée de siéges, sur le tapis de laquelle se voyait un jeu attaché par un ruban, comme cela se pratique au pharaon.

Le pharaon et la bassette étaient alors les seuls jeux; ce fut un ambassadeur de la république, le marquis Justiniani, qui apporta à Paris la mode de la bassette, sous Louis XIV; en revanche, nous envoyâmes ensuite le pharaon à Venise.

Comme nous l'avons dit, les joueurs étaient masqués; seulement ils n'entraient au Casino qu'après avoir remis des contre-marques à des greffiers en perruque assis à l'entrée des escaliers. Dans une sorte de logette, grillée comme un comptoir de changeur, devait se tenir le gardien des monnaies, et lui seul avait la clef de cette chambre.

La pendule marquait onze heures et demie, lorsque le juif Ottale, accompagné de sa fille, fendit les flots de cette multitude assiégeant les portes du Casino, pour se rendre à son poste accoutumé.

Le vieillard n'avait pu assister au départ de la flotte, pour deux raisons : la première tenait à l'engourdissement maladif qu'il avait éprouvé une partie de la journée; la seconde, à un billet qu'il avait reçu du doge. Alessandro lui mandait la résolution que le conseil avait prise le matin même contre ceux de sa caste; mais il l'assurait qu'un pareil acte ne compromettrait en rien sa sûreté et sa charge. La protection éclatante que le doge avait toujours accordée au vieillard devait, ajoutait-il, lui être une garantie de sa parole autant que de son amitié.

La surprise du juif en recevant une pareille missive fut bientôt dépassée par celle que produisit sur lui le récit de Ziana; la jeune fille lui fit part, en effet, des bruits étranges, inconnus, qu'elle avait entendus de sa chambre, la nuit d'avant; des pas et des voix s'étaient confondus dans la salle basse; Taddeo avait menacé d'enfoncer sa porte, et lorsque, cédant à un mouvement d'effroi naturel, elle avait appelé son père, le vieillard ne lui avait pas répondu. Eperdue, tremblante, mais puisant dans son angoisse un courage surhumain, elle avait elle-même poussé la porte de sa chambre avec tant de violence, qu'elle avait fini par se frayer un passage. Parvenue jusqu'à Ottale, elle avait trouvé le juif endormi d'un sommeil profond, et cependant la fenêtre qui donnait sur le canal était ouverte.

En proie à une agitation fébrile, Ziana avait interrogé le vieillard; mais il ne savait rien, il n'avait rien entendu. Tout se trouvait en ordre dans l'atelier, les vases en dépôt, les instruments, les balances de change; rien ne faisait présumer que David Gruss se fût introduit chez le juif comme un malfaiteur ou un larron. Le billet du doge eût rassuré d'ailleurs pleinement le gardien des monnaies à cet endroit.

Les gens du Ghetto, interrogés par Ziana, n'avaient pu dissiper, par aucun indice, ses cruelles incertitudes; dans ces extrémités, elle n'avait qu'une ressource, celle d'aller trouver Taddeo lui-même, Taddeo dont elle invoquait vainement la présence, dût-il la maudire et l'accuser.

La pauvre petite se dirigea vers l'Arsenal; mais, outre le trouble qui régnait ce jour-là, l'amiral n'en laissait approcher qui que ce fût. Ziana fut donc obligée d'attendre et de se suspendre en dehors à ses grilles, entourée de femmes et de vieux matelots qui tous devançaient, comme elle, l'heure de la sortie des ouvriers.

Mais Taddeo, le sculpteur de l'Arsenal, n'était pas là, Taddeo ne parut pas. Ziana pleurait, lorsqu'elle rencontra une bohémienne.

Si la fille d'Ottale pleurait alors, en revanche, l'affreuse mendiante semblait bien heureuse; appuyée sur le parapet d'un pont voisin de l'Arsenal, elle regardait luire au soleil deux sequins d'or dans sa main.

— Le pauvre garçon! disait-elle aux gens qui l'entouraient, il m'a donné cela pour lui avoir dit la vérité! Je ne sais pas son nom, mais il venait me voir quelquefois dans le quartier de Sainte-Marie-Majeure. C'était un homme bizarre et qui ne souriait même pas quand je lui faisais beau jeu! « Je ne crois pas à mon étoile! » reprenait-il. Tant il y a que ce matin il est venu chez moi avec un manteau et une épée. « Voilà pour toi! s'est-il écrié; vends cela, et prends de plus ces deux sequins d'or; je n'ai plus besoin d'argent, je suis trahi, trahi par une ingrate, une juive du Ghetto! Tout ce que je te demande, c'est de m'apprendre si je reviendrai un jour à Venise; car, vois-tu bien, je m'engage, je pars aujourd'hui sur l'escadre qui cingle vers Tunis! »

Je le regardai tristement, reprit la bohémienne, car nous autres sorcières, nous devinons tout; j'avais deviné qu'il tenait à revenir. « Je ne connais pas le nom de votre belle, repris-je; mais je la vois d'ici, mon beau cavalier, vous allant recevoir au quai des Esclavons dans un mois! Alors vous ne l'accuserez plus, vous lui aurez pardonné; car, voyez-vous bien, vous reviendrez aussi puissant, aussi fier que le doge l'est à Venise! »

Et là-dessus, mes enfants, mon jeune homme est parti comme un trait; maintenant, j'en suis sûre, il est déjà à bord de la flotte.

Un cri déchirant avait retenti alors derrière la bohémienne; c'était Ziana qui se précipitait à travers les rues dans la direction du port. La fille du juif, en arrivant sur les dalles du quai, avait pu voir la flotte formant un point noir à l'horizon; cette flotte emportait son fiancé.

— Pourquoi m'avoir amenée ici, mon père? demanda-t-elle en pénétrant avec Ottale dans les salles resplendissantes du Casino, où les huissiers seuls disposaient alors les tables. Que tout cela est beau; mais que je suis triste! Il me semble que je suis encore le jouet d'un rêve; en rentrant du port, je n'ai pas eu la force de me rendre à l'invitation de la comtesse d'Azola, qui m'avait fait prier par un de ses gens de passer chez elle... Que peut-elle avoir à me dire? Voici M. l'inquisiteur qui nous l'apprendra peut-être.

Grimani, son masque à la main, entrait alors en effet dans la salle de jeu et donnait quelques ordres aux préposés. Il portait le *bahuta* et la perruque.

L'inquisiteur parut étonné de la pâleur de la fille du juif. Il sortait du dîner ducal, et dès qu'il aperçut Ziana :

— La comtesse désire vous entretenir un instant, mademoiselle; veuillez me suivre. Quant à vous, Ottale, vous n'ignorez pas que le doge daigne honorer le jeu de sa présence; Sa Sérénité m'a chargé elle-même de vous renouveler l'assurance de ses bontés. J'en prends occasion pour vous prier de me prêter ce soir deux cents pistoles. — Monsieur l'inquisiteur... répondit Ottale en hésitant. — Bien... je vous rembourserai, je suis de la banque du seigneur Arnolfo, qui arrive de Florence... on le dit royalement riche. Je vais conduire Ziana chez la comtesse, et la ramène à l'instant.

Ottale suivit des yeux la jeune fille, qui traversa la place et se rendit au palais; le Casino n'en était qu'à deux pas.

— J'aurais mieux fait peut-être de ne pas l'amener ici, pensa-t-il, mais tout ce spectacle la distraira. En vérité, cette chère enfant m'occupe plus que mon propre péril; et cependant l'édit lancé ce matin contre ceux de ma nation... Mais où donc le doge a-t-il pu se procurer de tels subsides? continua le juif en se parlant à lui-même, tout en regagnant la logette où était situé son comptoir. Je le verrai dans cette fête; et, quoique son rang lui interdise le masque, il trouvera moyen de me parler, je l'espère!

Ottale venait à peine de sortir quand deux masques entrèrent, tous deux en domino noir et en tricorne.

— Parbleu! mon cher chevalier de la Plumardière, je vous sais bon gré de me montrer à l'avance le théâtre de nos exploits futurs; nous sommes associés, la fortune dès lors va nous sourire. — La fortune est femme, répondit le chevalier de la Plumardière; mais si elle vous traite aussi bien que la comtesse d'Azola... mon cher marquis! — Silence, chevalier! oubliez-vous que nous ne sommes plus à Paris, et qu'ici les murs ont des oreilles? La comtesse, il est vrai, me regarde avec une indulgence marquée; dame!

On n'a pas pour rien ma prestesse et ma tournure ! — Vous êtes adorable, fit le masque d'un ton gouailleur qui échappa à Saluces. Ah çà, vous savez que nous avons affaire à un joueur acharné, pyramidal, à un certain Arnolfo qui nous tombe des nues, et qui a déjà engagé par lettres une infinité de paris contre nos plus forts banquiers ! — Je le tiens pour mort, s'il nous gagne nos pistoles. J'ai un bonheur effréné chaque fois que je ne joue pas dans mon pays. Par exemple, si je devais jouer à Paris contre ce fourbe de Cagliostro, je ne dis pas ! En voilà un qui m'a grugé avec une aisance ! — Vous n'en avez pas de nouvelles ? On disait qu'il était à Venise avec un certain Casanova ? — Oui, un libertin, un roué... Je ne le connais pas, mais je suis sûr que vous seriez de mon avis. La police vénitienne a fait main basse sur eux, mais elle ne veut pas en convenir. — Ah ! vous croyez que la police ...? — Assurément, j'ai porté plainte à messer Grimani. Mais à propos, chevalier, nous n'ôterons donc pas ici nos masques ? Savez-vous que j'étouffe sous ce morceau de carton et ce domino que vous décorez du nom de *bahuta !* — Vous êtes libre de vous démasquer, marquis ; quant à moi, je compte user du privilége de l'incognito... Oui, une affaire d'éclat, un duel que j'ai eu le malheur d'avoir à Padoue...

— Bah ! contre qui donc ? — Et morbleu ! contre un officier milanais qui disait du mal de la France. Je vous conterai la chose en détail ; mais pour le moment, voyez, nous n'avons qu'à bien nous tenir : vous allez, mon cher, voir commencer la débâcle !

Minuit venait de sonner, en effet, à la pendule, et le marquis de Saluces dut s'appuyer prudemment contre la muraille, en voyant l'entrée tumultueuse d'une foule de masques, dont les préposés recevaient les billets marqués d'une croix. Au milieu de cette cohue uniforme par le vêtement, on distinguait quelques *gentilsdonne* en manchon et en loup de velours, les bras et la poitrine nus. Les unes tenaient leurs pendants d'oreilles pour qu'on ne pût les voler, d'autres s'éventaient à cause de l'extrême chaleur. Pendant ce temps, la voix retentissante des huissiers du Casino annonçait le jeu.

Ces vagues une fois épandues autour de la table, le marquis de Saluces put voir plusieurs valets empressés qui apportaient divers coffres, au nom du seigneur Arnolfo. Ils étaient suivis de plusieurs massiers qui protégeaient le passage des coffres jusqu'à l'arrivée du joueur, dont la place était retenue à la banque du pharaon.

En ce moment aussi le chevalier de la Plumardière se vit entouré, comme le marquis, par une poignée de gentilshommes, les uns masqués, les autres le front nu ; il reconnut, parmi ces derniers, Mocenigo, Trevisani et quelques autres. Tous paraissaient connaître le chevalier de la Plumardière, et le traitaient avec une grande affabilité.

— Donc, nous voici exacts, tous tant que nous sommes, messieurs, exacts comme le cadran lui-même ! Ce matin, une escadre lancée à la mer ; ce soir, le jeu ! C'est M. le marquis de Saluces qui tient notre banque, n'est-ce pas, mon cher chevalier ?

— J'ai cet honneur, messieurs, et je la tiendrai contre tout venant. Mais, de grâce, qu'attendons-nous pour commencer ? — L'arrivée d'un gentilhomme qu'on dit s'appeler Arnolfo. Sous ce nom, les uns croient que c'est Teodoro Corner, banni pour ses dettes excessives par l'ancien doge ; tu sais, Trevisani, continua Mocenigo, ce Teodoro Corner auquel tu redois toi-même encore !

Mocenigo achevait à peine cette phrase, lorsqu'un domino, entièrement vêtu comme eux et masqué d'un énorme carton blanc qui lui cachait même le bas du visage, arriva entre deux vins, et en s'éventant de son mouchoir, près des valets qui tenaient les coffres. Il leur parla à l'oreille et s'assit tranquillement. Sa perruque avait une telle odeur de poudre de Chypre, ses manchettes étaient si longues, et son épée ornée de nœuds si bizarres, qu'en vérité on eût pu croire qu'il arrivait du fond de quelque province vénitienne où il était allé faire des économies.

— Permettez, seigneur, dit Trevisani en s'approchant de l'inconnu, que nous saluions en vous un des joueurs les plus renommés. — Les plus magnifiques, reprit Mocenigo. — Les plus rares, ajouta le chevalier de la Plumardière. — Les plus dangereux, objecta le marquis, en voyant l'immense quantité de sequins et de ducats montant en pyramide devant l masque.

Le nouveau venu ne répondit pas, il laissa ses adversaires se placer, et l'huissier ne tarda pas à crier bientôt :

— Le jeu est fait !

En ce moment solennel, les deux portières placées en regard aux deux extrémités de la salle de jeu furent tirées : l'une donna passage au doge, secrétaire de la seigneurie ; l'autre, à la comtesse d'Azola, appuyée au bras de Grimani.

CHAPITRE XXIII.

L'ARGENT DU GHETTO.

La comtesse était pâle ; elle promena rapidement son regard sur l'aspect radieux du Casino, puis elle alla s'asseoir, en compagnie de quelques dames nobles qui la suivaient, sur un banc de velours placé auprès de la table principale.

Une scène violente, terrible, semblait avoir épuisé les forces de Safia : elle venait d'avoir en effet une entrevue avec la fille du juif ; mais, trop irritée pour l'entendre, trop jalouse pour la croire, elle avait épuisé près de Zania la prière et la menace, sans pouvoir obtenir de la jeune fille d'autre aveu que celui d'un mystère qu'elle-même ne comprenait pas.

Passant alors du rôle de protectrice à celui de rivale, elle avait indignement chassé Ziana de sa présence ; Ziana, dont le juif essuyait en vain les larmes, en frissonnant lui-même de rage et d'indignation.

— Que me dis-tu là ? elle t'a chassée, reprit-il en pressant les mains de la jeune fille entre les siennes, elle... la comtesse d'Azola ! Ah ! si je pouvais parler, mon Dieu, si je pouvais dire ! Mais quel est donc ton crime, et de quoi t'accuse-t-elle ?

— Elle m'accuse, mon père, d'avoir excité moi-même la jalousie de Taddeo, de l'avoir poussé à partir... moi qui aurais tant voulu le savoir heureux ! — Ensuite ! — Ensuite, elle prétend que ce cavalier mystérieux qui venait chez nous, que vous connaissez bien... vous... était... oh ! mon père, j'en rougis ; mais cette femme dit que c'était mon amant !

Et Ziana se cacha le front de ses deux mains ; elle versa des larmes si abondantes, que le pauvre juif, ému, attendri, lui promit de parler au doge.

— Venise, reprit-il, Venise, cité ingrate et maudite ! Ici, ma Ziana, comment croire à l'innocence, quand le vice triomphe si insolemment à la vue de tous, quand on vous fait un crime de recevoir un ami sous votre toit ! Rassure-toi, pourtant, je verrai le doge, je lui parlerai... il te fera rendre les bonnes grâces de la comtesse d'Azola ! En attendant, crois-moi, oublie ses paroles dures... Elle aimait Taddeo, et ce prompt départ de ton fiancé... — Mon bon père, vous êtes mon seul refuge ! Oui, Dieu m'est témoin que je ne suis pas coupable, Dieu m'est témoin que le sentiment qui existait dans mon cœur pour l'ami qui nous visitait était celui de la pitié. S'il est encore à Venise, cet ami, il pourra lui-même déposer en ma faveur. Taddeo, Taddeo ! reprenait la jeune fille : mon Dieu ! nous reviendra-t-il seulement ?

En parlant ainsi, Ziana appuyait sa jolie tête sur l'épaule du vieillard.

Le juif avait refermé la porte de son comptoir, pour être plus libre, lorsque plusieurs voix retentirent bientôt à son grillage.

— Juif, échange-moi ces billets ! — Juif, voilà un bon de cent ducats ! — Juif, je suis le marquis Malatesta ! — Et moi, le procurateur Steno !

Ottale n'ouvrit pas, mais il passa sa main ridée sous le grillage, et changea les billets que lui présentaient les joueurs.

— Ziana, reprit-il, le temps presse, je crains de ne pouvoir parler ce soir à Son Altesse le doge ; aborde-le et excuse-moi près de lui. Tu connais sa bonté ; je me flatte que tu n'as point peur, quand il t'adresse la parole ! — J'obéirai, mon père, j'obéirai... mais, au lieu de fendre ce soir la presse du Casino, j'aimerais mieux, je l'avoue, me trouver sous les grilles des dames sacristines de la Celestia de Venise, à prier pour Taddeo !

Et Ziana descendit, en proie au tumulte de ses pensées.

Le jeu était alors dans toute son effervescence, et cependant, d'après l'usage observé par les ridotti de Venise, le silence était profond.

Placé près de la table du pharaon, Alessandro observait les joueurs avec une insouciance visible, lorsque le masque aux coffrets piqua tout d'un coup sa curiosité...

Sous les mains de cet homme, l'or et l'argent se succédaient en effet avec une telle rapidité, qu'on eût dit vraiment qu'un diable familier le servait, et qu'il était alors de moitié avec une puissance invisible. Grâce au silence que les nobles observaient pendant le jeu, le marquis de Saluces, qui taillait, et les masques qui jouaient n'avaient pu échanger avec lui une seule parole.

— Le damné domino! murmura le marquis entre ses dents; savez-vous, chevalier de la Plumardière, que je commence à croire ici avoir affaire à un sorcier! — Marquis de Saluces, reprit le chevalier de la Plumardière, je suis un matelot aguerri à tous les temps; que la fortune me soit contraire ou propice, je contemple du même œil le calme et la tempête! imitez-moi! — Parbleu! chevalier, cela vous est bien facile à dire, mais quand on est au jeu, comme moi, de six mille sequins!... — En effet, marquis, le coffre-fort de cet étrange joueur est toujours béant et toujours plein. Il semble que la baguette d'une fée le vide ou le garnisse sur nos tables. J'ai vu, par ma foi, bien des joueurs à Venise; mais celui-ci les surpasse : qui peut-il donc être?

Le masque inconnu jouait en homme sur qui les ambassadeurs de toutes les puissances eussent ouvert les yeux ce jour-là; il disait : *vado, valet perd*, et *dix gagne*, comme un intendant plein d'indifférence qui aurait joué pour son maître. Il est vrai qu'à côté de lui plusieurs coffrets étaient ouverts, et tandis que les croupiers du jeu ramassaient l'or avec leurs râteaux, il versait nonchalamment sur le tapis le reste de sa cassette.

— Que fait ceci sur la *dame?* demanda le marquis la main sur la cassette du joueur. — Vingt mille ducats! — Vingt mille ducats! s'écrièrent les joueurs émus et consternés. — Vingt mille, messieurs, reprit le joueur, poursuivant sa victorieuse martingale.

— Seigneur masque, reprit alors le doge en l'attirant à l'écart avant que les huissiers de la seigneurie eussent annoncé le jeu, quand on joue comme vous jouez, on est, ou Teodoro Corner... banni jadis pour ses dettes, ou un certain homme... nommé, je crois, David Gruss...

Et le doge ému, palpitant à l'aspect de ce mystérieux domino, attendait sa réponse avec une croissante anxiété.

— Ni l'un ni l'autre, Altesse, répondit le joueur en prenant congé d'Alessandro et en se replaçant à la table du pharaon.

Soit que la voix du joueur mystérieux fût assourdie sous le masque, soit que l'inconnu la déguisât à dessein, le doge ne reconnut pas l'homme de l'autre nuit.

— Quelque étourneau de Padoue qui se ruine, pensa-t-il, quelque seigneur en dette! que sais-je? L'or de l'hôtel des Monnaies ne suffirait pas à cet avide cavalier; il joue pour sa maison ou pour sa maîtresse, il joue sans un signe, sans une parole, sans un complice : c'est, ma foi, là son secret? Et moi aussi j'ai un secret horrible, tyrannique, qui m'étouffe et qui me pèse! Moi, j'ai fait cette nuit l'œuvre d'un larron et d'un fourbe, j'ai volé le juif pendant son sommeil, et j'ai livré à Venise ce trésor enfoui dans sa caverne! Ce trésor a reçu la bénédiction du patriarche, ce trésor a été monnayé dans la main de mes soldats! A qui appartenait-il? je ne sais; mais Venise devait laver son insulte, Venise devait s'armer : on lui refusait de l'or, et je l'ai pris!

Mais, encore une fois, quel est donc cet homme étrange? poursuivait intérieurement Alessandro en regardant le joueur. Allons! jouez, jouez, mes indolents sénateurs, jouez avec cet homme! Moi, le doge, moi, le prince, j'ai joué ce matin l'honneur de Venise, et Venise a triomphé! Hier, le lion de Saint-Marc ne pouvait ouvrir ses ailes, et il a vengé ce matin l'opprobre et la misère de la patrie! Il est parti, jeune, victorieux, irrité comme aux jours de Carmagnola! Jouez, jouez toujours, mes patriciens, jouez; car, hier encore, le trésor de Venise était vide; jouez, car, sans ce masque inconnu, qui joue pour lui seul, je n'aurais pu vous armer!

— *Vado!* cria le marquis, valet perd, dix gagne!

— Jouer de la sorte! reprenait le doge; quel triste sort! Jouer pour sa paresse et ses plaisirs, jouer pour son luxe, jouer pour ses créanciers, jouer pour tout ce qui fait sa honte! Tandis que moi, mon Dieu, j'ai joué cette nuit un jeu plus élevé, mais plus terrible, j'ai joué Venise, Venise et son honneur, contre un juif nommé David Gruss!...

David Gruss!... qu'est-ce que cela? reprenait le doge les yeux toujours fixés sur la table du pharaon. Un usurier misérable et vain, une sangsue du Ghetto, un homme enchanté de prêter de l'or à un doge!

— Nous avons perdu! reprenait avec désespoir Mocenigo. — Nous sommes évincés! ajoutait la Plumardière. — Morts à tout jamais! disait Trevisani. — Bravo! bravo! pousse, pousse, mon cher Corner, disaient au masque d'autres patriciens, croyant que c'était Corner qui jouait.

Le nouveau Crésus du Casino demeurait impassible; il n'avait qu'un signe à faire, et, au même instant, un valet docile lui apportait un coffret rempli de sequins.

Le jeu en était vraiment à ce moment de crise solennelle où se brisent les courages les plus solidement trempés, lorsque le masque s'approcha du doge.

— Vous ne jouez pas, monseigneur? — Jamais!

Le masque s'en alla se rasseoir. Le silence était convulsif comme il peut s'en faire au jeu seulement, car le marquis et ses associés de la veille avançaient contre le joueur inconnu de fortes sommes...

— Le jeu est fait, messieurs! cria de nouveau la voix de l'huissier.

En ce moment, Alessandro se vit abordé à la fois au milieu de la foule incessante du Casino par deux personnes différentes : l'une était la comtesse, alors masquée; l'autre, Ziana, qui ramenait timidement sur elle les plis d'un épais *zendaletto*.

La jeune fille crut devoir céder le pas à la dame altière qui se présentait. Safia prit le bras d'Alessandro; elle était aussi pâle qu'une statue.

— Deux mots seulement. — La comtesse! reprit à part le doge.

Il l'avait oubliée comme on oublie quand on est prince, quand l'État vous réclame avant vos amours, quand, avant d'être esclave d'une femme, on est le maître d'un royaume menacé. Elle l'en fit souvenir bien vite par cet air d'autorité qu'une maîtresse n'abdique jamais; elle était si belle qu'Alessandro en eut peur.

— Deux mots, soit; mais sois bref, beau masque, dans tes confidences, je t'en préviens. — Aimeriez-vous mieux me faire les vôtres? — Non... pas dans ce moment... car, je te l'ai dit, je suis pressé.

Et le doge observait Ziana, qui se tenait tremblante à l'écart, comme une esclave qui craint de gêner son maître.

— Altesse, reprit la dame masquée en ramenant sur elle les plis d'un *bahuta*, il n'est pas encore beaucoup plus de minuit; vous avez tout le temps de courir les canaux de la ville comme vous le faisiez hier, à peu près à la même heure. — Que voulez-vous dire? — Que l'ombre est épaisse et discrète, le gondolier sûr, l'éperon de la barque ne laisse pas de traces sur l'eau, dût-on aller à Fusine... — Madame!... — Les maisons juives du Ghetto, n'est-il pas vrai, seigneur, sont des tombes d'où les secrets ne sortent pas?... En vérité, madame, j'ignore ce que vous voulez dire!... répondit le doge qui tressaillit et se remit presque aussitôt.

— Gagné! s'écrièrent le marquis, Trevisani et Mocenigo, avec une exaltation d'espoir.

— Sans doute, reprit la comtesse, sans se troubler. N'est-ce donc pas vous, monseigneur, que j'ai rencontré, l'autre nuit, dans la maison du juif Ottale? — C'est elle! Je ne m'étais pas trompé!... murmura le doge. — Ce n'est pas vous, n'est-ce pas, Altesse, dont le masque a couvert le secret, mais qui avez perdu ce poignard-ci?

Et la comtesse montrait en même temps, au doge confondu, un poignard de forme persane, enrichi de turquoises et de perles d'Orient, qu'elle-même lui avait donné, et dont la lame s'était brisée dans les efforts d'Alessandro pour soulever la serrure du coffret du juif.

— Etes-vous sûre... madame... que ce fût moi? reprit-il, en cherchant alors à donner à sa voix l'assurance qui faisait déjà défaut à son cœur. — Ce n'est pas vous, n'est-ce pas, poursuivit l'inflexible Safia, que la fille du juif... votre maîtresse... a fait échapper par le canal? — Est-ce là tout ce que vous avez vu? — Ce n'est pas tout. J'ai vu une fenêtre ouverte; j'ai vu une barque, couverte d'une tente, qui s'éloignait à force de rames vers Fusine!... — Plus bas!... — J'ai vu encore une chambre fermée!... Cette chambre était celle de Ziana. — Silence! — Et j'étais alors, monseigneur, accompagnée d'un jeune homme, en cette expédition nocturne; ce jeune homme, c'était le fiancé de votre juive, de votre maîtresse... Taddeo, qui s'est engagé ce matin de désespoir. — Madame! assez... Que voulez-vous donc de moi? — Qu'à l'instant même cette fille, qui a osé venir me braver jusqu'ici, soit bannie, chassée du Casino de Venise. — Vous êtes folle! — Elle est là... je la vois... elle vous attend, couverte de son zendaletto... Obéissez!... Alessandro, ajouta-t-elle, le masque est de trop entre vous et moi, finissons-en. Oui, je suis votre esclave ou votre maîtresse, monseigneur, je suis Safia, regardez-moi. Nous pouvons bien, vois-tu, à ce Casino, nous parler en face. Ecoute un peu! Chasse cette fille du Casino et de Venise; envoie-la où tu voudras, à Padoue, à Vicence, que m'importe! mais qu'elle parte, je t'en conjure; aie pitié de toi et de moi! — Safia, reprit Alessandro avec amertume, vous ne me connaissez pas; vous m'accusez! — Oui, je vous accuse, je vous accuse de me tromper. Cette nuit, vous vous trouviez chez le juif... cette nuit, vous en avez fui à mon approche. Votre vie est semée d'ombres, votre vie déjouerait l'œil d'un inquisiteur ou d'un espion, je vous l'ai dit. Mais, Alessandro, je me vengerai; allez, Alessandro, allez parler à votre maîtresse; moi, j'attends ici, à cette place, ce que vous devez lui dire. Qu'elle sorte, et je reste; qu'elle reste, et tout sera fini entre nous.

Safia semblait alors si impérieuse et si jalouse, tous ses nerfs tendus vers la vengeance donnaient à sa figure une telle expression d'autorité, qu'Alessandro ne répondit pas; son innocence le rassurait encore plus que l'incertitude des renseignements obtenus par la comtesse... En ce moment, d'ailleurs, un autre rendez-vous le réclamait, celui de Ziana, qu'entouraient alors Mocenigo, Casanova et Grimani. Casanova, sous le masque de la Plumardière, et malgré les liens dorés qui l'attachaient à la femme du procurateur, éprouvait au fond de l'âme un entraînement singulier pour la fille du juif, et le jeu formé l'occupait à peine, malgré les pertes incessantes qu'il y faisait.

— Vous semblez bien triste, ma belle enfant? dit-il à la fiancée de Taddeo.

Ziana ne répondit pas, elle guettait à l'écart l'instant où le doge, délivré de son domino importun, pourrait lui parler. Une terreur soudaine s'empara de la pauvre enfant, dès qu'elle reconnut la comtesse.

— Chassée, chassée par elle de sa maison! reprit-elle tout bas en se parlant avec amertume, qu'ai-je donc fait?

Elle regarda le jeu machinalement, elle songeait sans doute aux événements pressés qui changeaient si vite son existence, au départ de son fiancé, et à cet ami singulier qui venait la nuit visiter son père.

Tout à coup une voix remplie d'une ineffable douceur murmura à son oreille de suaves et tristes paroles... Ziana tressaillit; en se retournant elle reconnut le doge...

Pendant ce temps, les joueurs de la table du pharaon, méditant tous un dernier coup, un coup décisif, le masque à tricorne, le masque aux enjeux romanesques, se leva brusquement de la table, et, s'approchant de Safia:

— Comtesse, lui dit-il, le doge, que vous aimez, le doge ne vous aime pas. — Qui êtes-vous, monsieur? — Un joueur qui sait les priviléges attachés au masque. Je viens ici vous donner un conseil sûr: il y va pour vous de la tête, si cette nuit même vous ne quittez pas Son Altesse! — Expliquez-vous. — Je serai bref, mais clair. Vous étiez cette nuit où il était; vous étiez au Ghetto, chez Ottale. — A quel homme est-ce que je parle ici? — A un homme qui connaît tout le monde, et que nul ici ne connaît! à un homme qui plaint le doge, et qui sait que le fol amour qui l'aveugle lui sera fatal... — Expliquez-vous. — Expliquez-vous donc d'abord à vous-même sa barque qui a fui, son silence consterné quand vous êtes entrée cette nuit avec Taddeo chez le juif. La porte de Ziana était fermée, et il en avait retiré la clef. Chaque soir il venait chez la fille du gardien des monnaies; chaque soir il vous délaissait pour une autre... — C'est vrai! — Mais ce qui n'est pas moins vrai, madame, ce sont les périls auxquels il s'exposait ainsi de gaieté de cœur; c'est l'insouciance dangereuse de votre amant... il venait... continua le masque en baissant la voix... dans une maison... chez des gens...

Et se penchant à l'oreille de Safia, il la rendit à l'instant même confidente d'un secret horrible, effrayant; d'un secret qui amena une subite pâleur sur les traits de la comtesse. Elle ne respirait plus: elle écoutait; et chaque mot qu'elle entendait sortir de la bouche du masque lui semblait aussi redoutable, aussi morne qu'une dénonciation sortant de la bouche de marbre du lion du palais ducal.

— Merci, lui dit-elle; merci, vous servez ma vengeance... Qui que vous soyez... espion ou ami... c'est bien... Regagnez votre place; j'en sais assez!

Le masque retourna à la table du pharaon. Ainsi que nous l'avons dit, le coup qui s'y préparait était peut-être le dernier... Tous les regards des joueurs étaient attentifs, les paris énormes, les sommes triplées.

— Vous ne voulez pas nous porter bonheur? reprit Casanova en s'adressant à la fille du juif. M'est avis, cependant, que la main d'une jeune et belle fille peut arracher bien des faveurs à la fortune. Voyez! le doge, notre prince, vous a parlé; le doge a ramené sur votre joli front un rayon de bonheur et d'espérance! Ziana, vous êtes ici l'arc-en-ciel! Voyons, ce gentilhomme inconnu vous prêtera bien une bourse de sequins... Il est généreux et libéral; car il gagne. Donc, acceptez hardiment l'offre de ce riche lutteur du Casino, et jouez aussi!... — Monseigneur le masque, vous vous méprenez, reprit en hésitant la fille du juif, je ne suis pas assez heureuse pour vous porter bonheur ce soir! — Jouez donc à votre pensée secrète, Ziana, reprit l'intrépide roué; jouez, ma belle, à la fortune de celui que vous aimez; jouez, et maniez ces ducats!

Ziana, se voyant alors le point de mire de la foule, éprouva au fond de l'âme une noble et sainte fierté; tous ces seigneurs risquaient leurs ducats pour leur maîtresse et leur luxe: elle joua, la naïve enfant, elle jeta sur le tapis quelques pièces d'or de l'étranger; mais ce fut pour un *absent*, pour connaître son sort, pour savoir s'il lui reviendrait un jour: la jeune fille joua pour Taddeo.

Et ce fut vraiment une douce contemplation pour les anges, qui regardaient, eux aussi, si dans cet enfer de Venise il ne se trouverait pas une belle et douce fille, que de contempler la Rose du Ghetto, parée de sa fraîcheur et de sa grâce, tenant une bourse de jeu, au milieu de ces masques dépravés... Ziana était belle, ingénue, tremblante; on eût dit alors une captive enivrée par d'affreux maîtres, d'une Grecque soumise à des corsaires.

Le marquis de Saluces tailla le jeu, dans un silence glacé; on n'entendait alors dans la salle que le froissement de la soie des robes et des dominos... Le doge avait disparu, il voulait parler à Ottale, et s'était dirigé vers sa logette... La comtesse observait le jeu, dans une froide immobilité...

— *Vado!* cria le marquis pour la dernière fois en taillant.

L'or ruisselait sur le tapis comme un fleuve, chaque respiration de joueur était arrêtée, les masques se pressaient les uns contre les autres avec la plus vive inquiétude. Tout d'un coup, il y eut un moment d'attente solennelle, les mains chargées de bagues, les visages à découvert comme les visages voilés éprouvèrent un frissonnement convulsif, puis le marquis de Saluces leva le siége en s'écriant:

— Messieurs, la banque a sauté!

Ce fut alors un concert unanime de cris, de paroles et de murmures. Les joueurs qui perdaient laissèrent entendre des exclamations furieuses, ceux qui gagnaient se hâtaient déjà de ramasser l'or avant les croupiers avec leurs râteaux, lorsque la comtesse s'écria en voyant revenir le doge:

— Arrêtez, messieurs! la république de Venise a été lâchement abusée, ce soir! L'or qui a servi d'enjeu à ce tapis, l'or amoncelé sur ces tables, c'est de la fausse monnaie! — De la fausse monnaie! répétèrent tous les spectateurs. — Que tout le monde reprenne ici sa place, reprit alors Grimani; à bas les masques! L'inquisition commande ici. Que des factionnaires soient placés à toutes les portes! Défense à tous d'entrer ou de sortir! Qu'on appelle le changeur Ottale pour vérifier les monnaies! Si un tel crime a été commis, en effet, le coupable doit être trouvé, et sa tête appartient à la justice! Voici le changeur; Son Altesse le doge va l'interroger!

Un silence profond s'était établi; Ottale, amené par un des huissiers de la seigneurie, parut alors. Il prit plusieurs pièces dans ses mains et les ploya sur la table même du pharaon.

— Eh bien ?... s'écrièrent les joueurs. — Eh bien ! nobles maîtres, toutes ces pièces sont fausses ! — Fausses ! reprit la multitude. — Qui a donné ces pièces ? demanda l'inquisiteur Grimani. Vous le savez, madame, poursuivit-il en s'avançant vers la comtesse. — Cette fille, dit-elle en désignant Ziana. — Moi ! reprit la fille du juif. — Vous-même. Qui vous a donné cet or ?

Ziana chercha vainement dans la foule des dominos, tous, hélas ! étaient semblables. Le joueur aux coffrets s'était évadé, et l'on ne put découvrir sa trace.

— Au nom de l'inquisition d'État, reprit alors Grimani, emparez-vous de cette fille. Et vous, saisissez l'or qui se trouve sur ces tapis !

L'inquisiteur s'adressait à un peloton de soldats qui entraient la baïonnette au bout du fusil. Cette poignée d'hommes lutta quelque temps contre les joueurs, qui voulaient reprendre leur argent. Plusieurs masques tiraient l'épée... Le tumulte était à son comble. Les tables étaient renversées et l'argent du Casino roulait à terre. Quelques minutes après, la foule se précipitait en criant sur l'escalier, et sortait après avoir refoulé la garde.

— Ma parole d'honneur, s'écria le marquis en lorgnant les groupes tranquillement, voilà un charmant chapitre pour mon journal de voyages ! — Justice, justice, Altesse ! criaient alors plusieurs nobles entourant le doge. — Justice sera faite, messieurs ! répondit Alessandro.

CHAPITRE XXIV.

LE DERNIER DOGE.

En entrant à son palais, appuyée au bras du marquis, Safia eut peur d'elle-même...

— Oui, je suis vengée, reprit-elle, mais c'est sur l'indice d'un inconnu ; qui était-il ? je ne sais. Il donnait une arme trop facile à ma vengeance ; j'ai dû l'employer, Alessandro me trompait. Me tromper ! lui qui cependant jusqu'à cette heure ne m'avait pas donné le moindre sujet d'alarmes, lui que je croyais, que j'aimais ! Cette juive est-elle coupable ? on me l'a dit, et le témoignage d'Ottale est effrayant. Nul doute, je le vois ! Le doge allait chaque soir chez le gardien des monnaies, il était d'intelligence avec cette fille. Quelle pâleur soudaine s'est répandue sur son visage, quand Grimani a mis la main sur Ziana ! Elle et son père gémissent maintenant dans les cachots !

— Et vous avouerez, comtesse, que vous avez dénoncé les coupables fort à propos. Sans vous, Safia, j'étais ruiné ! Mais, en vérité, le masque inconnu qui nous a gagnés tous est affilié à la bande de Satan ! Il a profité du trouble du Casino pour s'enfuir, et je ne doute pas qu'à cette heure... Savez-vous, comtesse, que c'est un coupe-gorge véritable, que ce Casino ; vous jouez là contre des figures de carton.

— Ziana ! Ziana !... reprenait la comtesse d'un air rêveur, et comme abîmée elle-même dans la profondeur de ses pensées, Ziana, marquis, vous l'avez vue ; c'était hier encore, pour moi qui la protégeais, une douce et simple créature, le front odorant de tous les chastes parfums des vierges de Venise, le regard plein d'innocence et de pureté, une enfant, marquis, dont chaque mère eût voulu faire sa fille ! Aujourd'hui, c'est je ne sais quel ange du mal dans un enfer semé d'ombres, c'est la fraude, l'astuce, le vol avec des cils noirs ! Fiez-vous donc après cela aux sourires qu'envient les anges, au masque de la candeur, au voile de la beauté, qu'arrachent quelques sequins d'or ! Une fiancée à la veille de ses noces, une fille de juif élevée comme une recluse ! Jetez une fois la sonde au fond de ce cœur, vous en retirez la boue ; approchez de ce lis, il devient noir de souillures. Il fallait un tripot pour voir échouer cette vertu ! Et le doge, le doge, au milieu de cette caverne ! Alessandro le grave, Alessandro le superbe, qui n'avait qu'à laisser le soleil se lever et se coucher pour voir rayonner toujours sur lui mon amour, Alessandro devenu l'esclave d'une vile recéleuse ! Oui, cela est vrai, cela existe... les hommes sont faits ainsi ! Soyez aimante, et je l'ai toujours été ; soyez aveugle, je le suis encore ; jeune et belle, et il me disait hier que je l'étais ! et vous trouverez, en dépit de votre vertu, de vos heures sereines, de votre cœur donné en laisse à un ingrat, vous trouverez la haine et la jalousie amenant un soir la trahison à votre seuil ! Riez de mes plaintes, marquis, riez de Safia ; moi, j'ai le droit de me plaindre ; riez de ma vengeance, mais elle est sainte !

— Non, madame, je ne ris pas, répondit le marquis, car ceci est grave et votre vengeance est juste. La protection du doge s'étendait sur Ottale, et voici que tout à coup sa maison est devenue un crime, sa fille une coupable, et lui son complice ! Mais, encore un coup, qui vous a révélé ces choses, qui vous a mis en main cette honte et cet opprobre ? La tête blanche d'Ottale livrée au bourreau comme la jeune tête de Ziana ! Je ne ris plus, comtesse, tout marquis de France que je suis, je ne ris plus, je tremble pour les accusés et pour le doge.

— Pour le doge, dites-vous ?

— Écoutez, comtesse, la sérénissime république a fait bannir ce jour même une grande partie des juifs de son territoire... Ottale, le sévère et probe Ottale, a été excepté, n'est-ce pas ? Par qui ? par le doge. Or, vous ne pouvez l'ignorer, les patriciens de Venise supportent impatiemment Alessandro. Ils crient ce soir vengeance contre lui ; demain ils l'accuseront. Il était l'ami de l'homme dont la fille a joué cette monnaie au Casino ; d'où provient cet or ? Je ne sais ; mais le gardien des monnaies de Venise doit le dire et le savoir. À l'air de triomphe empreint sur le front de Grimani, j'ai cru voir que l'inquisiteur avait la clef du mystère ; en vérifiant les coffres et les monnaies, il a tressailli... Et maintenant, pourquoi le doge ne serait-il pas, comme Ottale, mis en cause ? Pourquoi l'aversion des nobles ne poursuivrait-elle pas l'ami du juif ? Si vous m'en croyez, comtesse, vous n'êtes plus ici en sûreté ; Venise n'est point une ville comme Paris, sa justice est sombre et trop souvent elle marche au hasard. Vous receviez Ziana, vous êtes la maîtresse du doge, on vous demandera compte des secrets de votre protégée. Donc, fuyez, fuyez, je ne vois autour de vous que délation et que piéges. Fuyez, car dès demain vous aussi pouvez passer, comtesse, sur le pont des Soupirs ; vous aussi pouvez habiter les mêmes cachots que Ziana !

— Vous me faites frémir, marquis. Mais fuir ! Avec qui ? avec le doge ? Autant vaudrait, voyez-vous, séparer la feuille de l'arbre que d'arracher Alessandro à Venise ! Oui, je ne le sens que trop... ajouta la comtesse, il ne m'aime qu'après elle, il la lui faut. Le jour, au conseil, et vivant de la vie des sénateurs de l'autre règne, servant la ville comme on sert un dieu jaloux ; le soir, aventurier qui se heurte à tous les seuils, qui marche dans la brume et cherche le plaisir, comme un autre le repos. Génie étrange, fatal, dont, je vous le répète, je n'ai jamais saisi la pensée ! Jusque-là franchement, marquis, j'avais cru que sa maîtresse était la gloire ; j'aimais à me le représenter quelquefois comme un moine sévère, écoutant Dieu sous l'indéfinissable harmonie de ses orgues ; vieux avant le temps, mais toujours beau ! Il a, voyez-vous, de ces brusqueries qui plaisent aux femmes, des joues pâles, un front qu'illumine parfois l'éclair ; il a de ces battements de cœur pleins de franchise, de noblesse et d'énergie ! Aujourd'hui, tranquille comme le ciel, demain agité comme une vague de Murano. Ses larmes sont d'un grand prix, car avec moi il pleure rarement ; mais quand il pleure, voyez-vous, je pleure aussi ! Pourquoi ces pleurs ? Je ne sais : il parle de la patrie, de Venise, de choses qui me touchent à peine... Seulement, marquis, c'est un homme qui se sèche et se consume lentement. Pour quel objet ? J'étais loin de le prévoir ; mais, par le ciel, je le sais ! Aux grands seigneurs comme lui, il faut les amours voilés, plébéiens, si j'ose dire ! Avant cette juive, je ne lui avais jamais entendu dire un mot à la femme d'un sage-grand.

— Comtesse, reprit le marquis, j'ai connu à Paris une certaine Anna-Flora, courtisane des États du pape, qui se vantait d'avoir un empire immense sur les forts, par cela seul qu'elle était la fille d'un aubergiste de Parme !... L'attrait de l'infériorité, pour les natures élevées, est tout-puissant, et les hommes supérieurs n'ont qu'une ambition, celle de vivre paisibles. — Une juive ! murmura la comtesse, une fille comblée de mes bienfaits ! Le jour de ses fiançailles, il la regardait avec des yeux !... C'est fini, marquis, je perds toute espèce de courage... Il devrait être ici, il n'y est pas ; mais où est-il donc ? près d'elle, sans doute...

— Comtesse, poursuivit le marquis, je vous ai indiqué la

seule voie de salut qui vous restât! Vous ne m'accuserez pas un seul instant d'avoir voulu vous enlever l'amour du doge... Un homme n'a fait que poser le pied dans Venise, et déjà ce redoutable passager vous intimidait... Cagliostro pouvait vous perdre... Qui vous dit que le doge, prévenu par ses conseils, effrayé de ses menaces...? — Marquis, reprit la comtesse, Cagliostro n'est plus à Venise; il aura sans doute trouvé moyen de s'embarquer. Le doge n'a pu le voir, le doge ne l'a point interrogé. Grâce à Dieu, cet homme ne pèse plus sur ma vie ni sur la sienne! — Une lettre pour madame la comtesse! dit Ismaël en entrant et en présentant à Safia, sur un plateau de verroterie, un billet qu'un Esclavon lui avait remis.

La comtesse ouvrit la missive, ses sourcils s'étaient contractés; elle croyait peut-être à un avis d'Alessandro. Tout à coup une sueur froide couvrit ses mains et son front; il semblait qu'elle eût vu alors tomber en silence la dernière étoile de son ciel; elle joignit les bras avec angoisse, et tendit elle-même au marquis le billet suivant, écrit à la hâte:

« Le doge est perdu, belle Safia; venez, j'ai appris l'esclandre du jeu, la perfidie de votre amant et votre honte. Alessandro vous trompait. Je vous donnerai à cet égard des détails aussi exacts que précis. Ma gondole vous attend à la pointe du pont des Soupirs, je n'ai pas voulu la faire arrêter sous votre palais. Une voiture nous recevra à Fusine, de là nous allons à Milan. Ce n'est plus votre maître, c'est votre esclave qui vous attend dans sa barque. »

La lettre n'était pas signée, mais la comtesse connaissait l'écriture. Le marquis pouvait y mettre un nom.

En recevant ce billet, Safia avait compris qu'il s'agissait pour elle d'un dernier piége; le filet tendu par Cagliostro, son audace et sa rouerie infernale l'épouvantèrent. Elle avait sondé mieux que personne la ténébreuse astuce de son ancien maître; elle craignit de se voir perdue sans ressource...

— Il va dire que je ne valais pas, à Paris, la fille de ce juif; il va m'écraser, me rendre la fable de Venise! Le misérable! le fourbe! Et d'un mot, marquis, je pourrais le faire saisir, le plonger dans une prison! — C'est cela, reprit Saluces, surtout avec une police aussi agréablement faite que la vôtre! Je ne m'y fie point, comtesse, depuis ce qui m'est advenu ici! Au contraire, il faut répondre au comte Cagliostro que vous irez; dites-lui de vous attendre, et je me charge du reste! — Que prétendez-vous faire? — C'est mon secret. — Mais encore? — Reposez-vous sur moi, et tracez seulement cette simple parole d'attente sur le papier: *Aspetto* (attends). — Soit, dit la comtesse, mais après? — Après, continua le marquis, vous enverrez ceci (et il plia le billet) au comte de Cagliostro, par votre affidé ordinaire, Ismaël. Il a des yeux de Grec, et il sondera la gondole du comte en un quart d'heure... Vous voyez ces armes, reprit le marquis en montrant à la comtesse un stylet et deux pistolets chargés; avec cela une femme en gondole ne peut avoir peur!

Ismaël ne tarda pas à revenir; il avait minutieusement examiné la gondole du comte... Les deux *barcaroli* lui étaient connus; le passager était en habit de gala sous un *bahuta* noir, une énorme perruque et un tricorne. La nuit était sereine et l'onde des lagunes scintillante comme un miroir.

Un quart d'heure après ceci, une femme, vêtue d'une ample dalmatique brune, sortait du palais d'Azola, son masque sur le visage; elle était accompagnée d'Ismaël, qui lui tendit la main pour la faire monter en gondole.

CHAPITRE XXV

DE VENISE A FUSINE.

Jamais une nuit plus belle n'avait étendu son dais semé d'étoiles sur une fuite amoureuse; Venise disparut bientôt aux yeux du comte, comme un large vaisseau de pierre.

La gondole marqua son sillage d'argent sur les eaux phosphorescentes de l'Adriatique, les *barcaroli* chantaient, la brise mourait au Lido, et les boutiques illuminées de la place Saint-Marc brisaient le reflet de leurs lumières dans l'onde... C'était un spectacle féerique, inouï, que cette ville retenue ainsi à la terre, avec mille feux; c'était un bouquet d'améthystes, de diamants et d'émeraudes... Cagliostro lui-même la regardait avec un soupir; il ressemblait à un homme qui dit adieu à sa ville; il était vaincu par l'incomparable magie de ce spectacle unique, de cette fête radieuse donnée sur l'eau à la mer.

Car le bruit des musiques retentissait encore dans l'antique cité des doges, les tavernes demeuraient ouvertes, et l'arrestation opérée au Casino n'avait enfanté que de vagues rumeurs.

— Quelle nuit, Safia! quelle nuit pour un départ! Tout nous invite, voyez, et les lames propices et le palais sombre; ce palais dans lequel le doge songe à cette heure aux moyens de sauver la femme qu'il aime; car il l'aimait, Safia, il l'aimait, et je l'ai trouvé moi-même sous le toit du juif, mon banquier.

Et Cagliostro, comme en s'applaudissant alors de cette phrase ironique, étendait la main sur un coffret assez lourd dans lequel le joueur heureux transportait ses richesses... Car, en échange de l'or falsifié, il avait reçu l'or vierge de fraude, il en avait gonflé ses poches, et l'avait déversé, après sa fuite, dans une caisse achetée au quai des Esclavons.

— Vous êtes agitée, tremblante?... Vous ne me répondez pas, comtesse? Croiriez-vous d'aventure avoir affaire à un homme qui ne sait pas le prix du trésor qu'il enlève? Rassurez-vous, charmante Safia, le comte de Cagliostro est un tout autre adorateur que votre doge et votre marquis... Souffririez-vous? voici un excellent flacon de sels: il me vient de madame d'Urfé, l'une de mes adeptes de Paris.

— Paris! continua Cagliostro, Paris! nous allons donc le revoir tous deux, mais cette fois sans ma femme! Elle n'entendait rien aux esprits, et je l'ai lâchée! Tandis que vous, vous la perle de cette cité, vous l'aimant de tous les désirs, vous allez, j'en suis sûr, faire merveille à la cour de France! Tant de beauté, de grâce et d'esprit!

La comtesse inclina la tête; elle respira le flacon de sels donné par Cagliostro, et regardait de temps à autre à la dérobée les deux gondoliers poussant la barque vers Fusine.

— Des regrets pour votre ville, des larmes d'adieu peut-être! Mais, Safia, qu'est-ce donc, en vérité, que le morne palais de la comtesse d'Azola, vis-à-vis du palais enchanté que je vous prépare? Vous viviez à Venise d'une vie pâle, inquiète; vous aviez peur de moi et peur du doge tout ensemble. A Paris, ce sera la foule des seigneurs dorés qui tremblera devant vous; à Paris, ce sera le roi lui-même. Un roi, comtesse, un roi de France, cela ne vaut-il pas bien le doge de Venise? Une fois à Paris, vous aurez à vous seule une partie du vaste hôtel que j'habite; vous y vivrez, comtesse, sous le nom qu'il vous plaira d'adopter. Vie heureuse, facile, enivrante que celle-là! Paris est à cette heure sous le régime et le bon plaisir de la Du Barry: vous l'éclipserez; Paris est encombré de philosophes: vous musellerez ces tigres! La peinture et la poésie vous apporteront leurs tributs; et quand on vous parlera alors de Venise, vous vous écrierez:

« Venise! qu'est-ce que cela? — Oui, ajouterez-vous, je me souviens d'une province baignée par les ondes, d'une ville qui peut être un miracle de la nature, qui a soixante-douze îles jointes ensemble par huit cents ponts. C'est une cité plus singulière que belle, un amas de marbre et de porphyre abritant des nobles qui s'ennuient. Il me souvient que j'ai quitté cette ville par une nuit magnifique et resplendissante de feux; mais il me souvient aussi que ce soir-là mon amant m'avait trompée, et qu'au jeu de Venise on avait arrêté une jeune fille pour crime de fausse monnaie. »

En parlant ainsi, Cagliostro cherchait à écouter sous la soie du domino les moindres battements de ce cœur qui devait saigner alors de mille blessures. La décision imprévue de cette femme, son silence obstiné, les soupirs ardents qui s'exhalaient de sa poitrine, tout plongeait le comte dans un tumulte de pensées indéfinissables; sa raison chancelait devant Safia comme devant un fantôme...

— J'ai bien fait de profiter de son premier mouvement, pensait-il; demain peut-être il eût été trop tard!

Et comme il la voyait résolue à se taire, il reprit avec une fausse humilité:

— Vous pensez peut-être, madame, que je ne suis qu'un geôlier, un misérable qui osera faire de vous trafic et marchandise. Chassez loin de vous une telle idée; grâce au ciel, je suis riche, et cette fortune, ajouta-t-il en lui montrant sa cassette, cette fortune, je la dépose à vos pieds! Encore une fois, je ne suis que le plus humble de vos adorateurs; loin de moi la pensée de redevenir jamais votre maître! Je vous ai retrouvée ici vraiment belle et vraiment noble, je suis votre écuyer, votre serviteur : commandez-moi, j'obéis!

Il fixait alors ses regards enflammés sur la comtesse; c'était le serpent qui fascine l'oiseau, le vautour emportant sa proie dans sa serre... Pour elle, son silence la défendait assez mal; car il lui prit la main une fois, et Safia ne retira pas cette main...

Cagliostro, en dépit de ce bonheur inattendu, trouvait en lui-même assez de raisons pour se l'expliquer. Il avait entendu vibrer au jeu cette voix hautaine et jalouse, il avait vu la comtesse s'approcher les lèvres tremblantes de cette table du pharaon. Lui-même ne lui avait-il pas dicté ce qu'elle devait dire, et l'emprisonnement de Ziana n'était-il pas son ouvrage? Lorsque Grimani avait étendu sa barrette sur la jeune fille en signe d'arrestation, le doge avait poussé un cri sourd, et ce cri avait trouvé de l'écho dans le cœur de Safia... L'inconstance d'Alessandro n'était plus un doute pour la comtesse, une trahison pareille la tuait...

Cagliostro prit un infernal plaisir à lui en développer le tissu, il essaya alors de tous les moyens d'un vil délateur pour persuader celle qui l'écoutait; la comtesse continua à ne pas répondre à son ancien maître.

— Deux heures du matin! fit-il en tirant sa montre, les ténèbres sont profondes, et sous ce déguisement il est difficile qu'on me reconnaisse à la douane de terre placée à Fusine!

Et, se dépouillant de son *bahuta* et de sa perruque, qu'il enfouit sous les coussins, il se montra bientôt aux regards du domino qui l'accompagnait habillé à la dernière mode de Versailles, comme le marquis de Saluces eût pu seul l'être à Venise. Une coiffure artistement poudrée remplaçait la rivière de cheveux qu'il portait au Casino, et un frac imprégné d'essences, sur lequel flottait une moisson de rubans, en faisait un véritable seigneur de l'Œil-de-Bœuf.

— Pour vous plaire, madame, je n'ai cru pouvoir mieux faire que de prendre les habits et la tournure du marquis de Saluces, votre sigisbé. Si cela vous amuse, je grasseyerai comme lui, je me barbouillerai le nez de tabac d'Espagne, et danserai des courantes de France! Ce brave marquis! poursuivit Cagliostro riant à cœur-joie, quelle ne sera pas sa désolation en apprenant demain que vous avez quitté Venise! C'est un garçon qui tourne à l'Amadis et très-capable de se noyer, ma parole d'honneur! — Hum! hum! fit la comtesse en toussant et en réclamant de ses doigts ouverts la boîte à pastilles de Cagliostro. — Vous toussez beaucoup... l'air de cette nuit... permettez que je ferme cette fenêtre... Je disais donc, reprit le comte en poussant le carreau de la gondole, que le marquis en mourra, c'est sûr. Pour ma part, je ne saurais trop l'encourager à en finir. Un homme de peu de valeur, un niais, un fat, un...

Le comte allait continuer, mais en ce moment Fusine se dessina à sa droite... Le commis de la douane signala avec son porte-voix une gondole de nuit....

L'officier de surveillance sortit et demanda au comte où il se rendait.

— A Milan. — Et avec qui? — Avec ma femme, mon cher. — Sans passe-ports? — Voici le mien.

Cagliostro remit alors à l'officier un passe-port en règle, soigneusement ployé dans un carnet. Ce passe-port n'était autre que celui de l'infortuné marquis de Saluces, volé si agilement par Casanova, et que le comte avait acheté, le soir même de ce larcin, à son officieux ami.

A la seule lecture de ce papier, l'officier fronça le sourcil et relut le passe-port à deux fois.

— Qu'on arrête cet homme et la femme qui l'accompagne, dit-il à l'un de ses sbires d'office.

Cagliostro voulut se récrier, il tira l'épée; mais on se mit en devoir de le désarmer et de lui ôter tout moyen de nuire... Quant à la dame, elle se laissa faire sans aucune difficulté, en poussant un immense éclat de rire.

— Le marquis de Saluces, le marquis! s'écria Cagliostro pâle d'épouvante en voyant tomber la dalmatique et le masque qui couvraient alors son mystificateur. — Moi-même, mon cher; je ne suis pas fâché d'avoir été enlevé et confisqué en femme une fois dans ma vie! Veuillez avoir l'obligeance de me rendre seulement mon passe-port! — Mais qui donc m'a dénoncé? demanda le comte à l'officier de la douane. — Un de vos amis, monsieur le comte; écoutez donc, on n'est jamais trahi que par les siens! — Un de mes amis? — Vous connaissez, je pense, le seigneur Casanova de Seingalt? — Assurément. — N'est-ce pas lui qui vous avait donné le passe-port du marquis de Saluces? — Pour six cents sequins, murmura à part Cagliostro; il appelle cela donner! — Eh bien! monsieur le comte, le seigneur Casanova de Seingalt... votre ami... nous avait prévenus en même temps que d'un jour à l'autre vous chercheriez à fuir de Venise avec un faux passe-port. Or, monsieur le comte, nous tenons essentiellement à vous conserver. Il y a pour cet objet un lieu de délices qui n'est ni le Casino ni la place Saint-Marc : ce sont les Plombs! — Les Plombs! les Plombs à moi! Est-ce une mauvaise plaisanterie? — Nous ne plaisantons jamais, monsieur le comte, quand messer Grimani veut bien nous donner des ordres. Remerciez-le demain quand il ira vous rendre visite; c'est lui, cette fois, qui se charge de votre logement!

Cagliostro frappa le sol du pied avec rage, pendant que Saluces se tenait les côtes.

— Vous oubliez, mon cher, votre argent, reprit le marquis; vous savez, cet argent qui devait me servir à faire à Paris si belle figure! — Quoi! M. le comte avait été ce soir heureux au jeu? dit l'officier : voyons cela.

Sur son ordre, trois sbires descendirent dans la gondole; le marquis les guidait lui-même. Ils y trouvèrent un coffret rempli de belles pièces d'or, moitié sequins et ducats; le tout fut mis à part pour être envoyé à messer Grande l'inquisiteur, sur la même barque qui devait ramener Cagliostro aux Plombs de Venise.

En passant sous ce terrible guichet à la lueur des torches, Cagliostro chercha plus d'une fois à tromper l'active surveillance de ses gardiens. Mais le plus sévère était le marquis lui-même, le marquis en cornette de femme, le marquis enchanté de mettre enfin la main sur le comte.. Quand il poussa du pied la porte du cachot qui devait le renfermer, il y eut dans cette chambre haute, située sous les toits mêmes du palais ducal, un ricanement aigu... En même temps, un homme enveloppé d'un *bahuta*, comme s'il eût dû s'asseoir à l'instant même au pharaon, se dressa devant lui avec une ironique politesse, et en lui faisant les honneurs du logement où il était attendu.

— Casanova! s'écria Cagliostro; bien joué!

— Nous sommes tous deux sous la même clef, reprit en effet Casanova, la nuit est longue, et nous causerons, cher comte.

CHAPITRE XXVI.

SOUS LES PLOMBS.

— Oui, nous causerons, reprit Cagliostro furieux, mais contraignant son dépit, nous causerons!

Et le comte s'assit sur une mauvaise chaise de paille... Ils se regardèrent tous deux avec défiance...

Casanova et lui se trouvaient alors en habit de bal sous leur domino; une lampe suspendue à l'anneau de fer du plafond faisait étinceler les paillettes de leur costume... On eût dit vraiment de deux charlatans de province arrêtant le programme de leur prochaine représentation.

L'endroit où ils étaient n'offrait à l'œil qu'une uniformité fatigante de toitures : le plafond, incliné en forme de lucarne au-dessus de leur tête, était couvert partout de lames de plomb... La chaleur de cette prison suffoquait, il n'y avait rien des brises de la mer et du port, et quatre seigneurs de nuit venaient de le quitter, quand Cagliostro entendit les verrous crier sur lui...

— Ceci me paraît ressembler plus à un four qu'à un cachot, dit-il en s'essuyant le visage avec un mouchoir de fine toile de Hollande. — Qui me procure, mon cher, l'avantage de vous y voir? — Ma foi, mon cher, j'allais vous faire la même question. Vengeance de mari et d'inquisiteur, peut-être, tout cela combiné avec la diable de pièce de monnaie que j'ai remise fort innocemment, je vous jure, entre les mains de cette petite fille... Savez-vous bien que ce seigneur Arnolfo, qui me l'a prêtée, est un grand coquin? — A qui le dites-vous? Je n'étais pas ce soir au jeu du Casino, puisque je n'ai pas un denier; mais au seul nom de cet Arnolfo, j'ai bondi en me rappelant un Florentin, grec de son métier, qui portait ce nom à Rome... — Vous pourriez peut-être faire des révélations sur lui?... — A quoi bon, puisqu'il a trouvé moyen de fuir avant le bouquet? C'est égal, il faut que la police de Venise soit bien mal faite! — Pas si mal, ce me semble, puisqu'elle nous tient. Mais qui vous a dénoncé? — Je l'ignore; mais, ce qu'il y a de certain, c'est que je ne compte pas demeurer longtemps ici. Ne vous êtes-vous pas échappé une fois? — Oui, il y a dix ans, sous l'autre doge. Mais on a changé les dispositions du lieu, et je doute... — Monsieur Casanova de Seingalt veut-il bien me permettre une simple demande? — Comment donc! nous sommes ici pour nous interroger et nous répondre! Rien que cela à faire, à boire et à jouer, voilà tout. — A merveille. Eh bien! que penserait-il d'un homme qui dénoncerait son ami! — Son ami intime? — Intime. — Je penserais que cet ami intime a des torts. — Lesquels? — Celui de ne pas servir d'abord ceux qui le servent. — Ne vous ai-je pas servi sous la perruque et l'emplâtre du docteur Fœnix, et la signora Grimani...? — Oui, mais ne vous ai-je pas fait trouver un livre unique et qui valait certes mieux, mon cher, que vos poudres et votre pierre philosophale?... — Je vous ai montré un vide cruel pour nous dans ce livre : la page qu'il nous importait de connaître en avait été arrachée... — Par qui? — Mais par Grimani, sans doute... — Rien ne m'ôtera de l'idée, puisqu'ici nous nous parlons à cœur ouvert, que vous ne l'ayez vendue à quelqu'un... à ce seigneur Arnolfo, peut-être... — Et quand cela serait? — Vous auriez fait là un beau coup. Il va être pris, et l'on saura de lui la vérité. Si j'avais eu cette affaire en main, nous ne serions pas où nous en sommes.—Ecoutez, Casanova, on ne m'a pas vu, moi, entrer chez la signora Grimani. J'y suis venu déguisé pour prendre ce livre; mais vous, la femme de l'inquisiteur vous connait.— Après? — Eh bien, après, elle vous dénoncera. Vous pouvez réparer vos torts à mon égard; écrivez à la signora Grimani, et faites qu'elle nous tire d'ici... C'est vrai, j'en conviens, j'aurais dû partager avec vous le prix du livre... Mais j'étais à Padoue et je craignais de rentrer ici... Cet Arnolfo ne peut me reconnaître et je ne crains point sa confrontation. Mais j'ai à Venise de pires affaires sur les bras, la haine de la comtesse me poursuit, le marquis de Saluces nous veut à tous deux mal de mort... Encore une fois, obtenez de la Grimani... — Je vous trouve charmant... vous croyez qu'on sort ainsi par les femmes des Plombs de Venise? — Pourquoi pas? La signora est une héroïne à vous y venir visiter avec sa duègne; nous prenons leurs habillements et elles restent... Grimani assoupira l'affaire, il n'assemblera pas le conseil des Dix contre sa femme! — Grimani a l'œil sur elle comme sur nous. Nous avions commencé notre vie de Venise par un souper apostolique, nous la finirons par un avant-goût de l'enfer. Car, si vous l'ignorez, on n'est pas au frais sous cette calotte de plomb.

Et Casanova recourut à un éventail qu'il portait sous son *bahuta* pour s'éventer.

— Rien à faire, rien à tenter! reprit-il. Des barreaux comme la colonne du lion, des murs aussi épais que la digue de Murano! Le malheur a voulu que je liasse connaissance avec vous, monsieur le comte... vous jouez pour moi trop gros jeu!

Il s'arrêta comme pour écouter alors le silence de cette cage étouffée... Par une lucarne grillée, le regard pouvait se suspendre alors au dôme du ciel; il était limpide, étoilé, une nuit d'azur. Casanova se promena d'un air insouciant de long en large. Pour Cagliostro, il demeura abattu et le front courbé sur ses deux mains.

— Silence! reprit-il tout d'un coup, en interrompant la promenade de Casanova, au-dessous de nous il y a quelqu'un... Écoutez! deux voix se répondent.

Casanova se mit à genoux, il appuya son oreille contre le parapet; une voix de jeune fille, une voix fraîche, éclatante, chantait alors mélancoliquement la stance suivante:

Notre-Dame au peigne d'or,
Divine reine Marie,
Qui tenez toute fleurie
Jésus votre cher trésor,
Vous qui régnez sur la terre
Comme sur les flots,
Ramenez de cette guerre
Tous nos matelots.

La voix s'éteignit, un soupir profond lui succéda. Une autre voix ne tarda pas à la remplacer; celle-là était vieille, cassée... Elle poursuivait une prière en langue hébraïque...

— Ottale! murmura Cagliostro. — Ziana! reprit Casanova.

Le palais ducal, qui eut toujours le morne privilége de renfermer les prisonniers des Plombs sous sa partie la plus élevée, tenait alors, en effet, le juif et sa fille sous ses verrous; ils venaient de se voir introduits tous deux par le président de la Quarantie criminelle dans une pièce étroite, formant le dessous du cachot de nos deux fourbes.

Ziana, en pénétrant dans cette chambre, y trouva un autre captif, un pigeon de Saint-Marc que le geôlier prenait sans doute plaisir à y élever. L'infortunée jeune fille demanda qu'il lui fût permis de le garder; l'oiseau vint se poser alors familièrement sur son épaule.

La stupeur d'Ottale en se voyant arrêté de la sorte ne pouvait se décrire; il croyait rêver, il regardait Ziana, puis, bientôt vaincu par la conviction de son malheur, il répandait des larmes amères, des larmes d'indignation et de rage.

— Arrêté, arrêté comme un voleur! Soixante ans de vertu, de probité qui m'ont fait mettre au ban de Venise! Accusé d'un crime que je ne puis moi-même expliquer!

Et le vieillard était prêt à se tordre sur le misérable lit de son cachot; ce lit, composé de quelques nattes, il le céda bientôt à sa fille, à Ziana, qui ne tarda pas à s'y endormir d'un sommeil calme et serein. Elle avait trouvé dans la prison une image de *Notre-Dame au Peigne d'or* attachée à la muraille, et elle lui avait adressé son humble prière...

Ottale contempla la jeune fille endormie; elle ressemblait à un beau marbre... De longues veines bleues nacraient son cou et ses tempes, ses lèvres étaient pâles comme la corolle d'un lis qui se ferme; elle portait la robe commune aux filles de Venise, le voile blanc et les patins à frise d'or. Seulement ses deux mains étaient entrelacées sur sa poitrine, et cette poitrine, soulevée de temps à autre par un soupir, servait alors de nid à la colombe du geôlier. Vous eussiez cru voir une jeune fille de Greuze; le vieillard fut tenté de s'agenouiller auprès d'elle et de prier le Dieu qu'elle avait prié.

— Qui donc maintenant étendra sur nous sa protection? qui donc vengera l'innocence? Le doge de Venise. Le doge? mais n'est-il pas lui-même un masque de puissance et d'autorité? Taddeo? mais n'a-t-il pas fui pour aller mourir ailleurs? A quel infernal génie devons-nous tous deux notre perte, ma Ziana?

Il reprenait bientôt avec une froide tranquillité:

— Pour moi, le sacrifice de ma vie est fait. Ma vie entière n'appartenait qu'à cette enfant; sa joie était ma joie, et son sourire mon sourire. Elle a reçu chez moi l'éducation la plus sévère, il est vrai, mais j'avais à veiller sur un cœur si jeune, une beauté si charmante! J'aimais Ziana d'un amour de père, d'un amour jaloux, inquiet. Non, elle ne peut mourir! je veux, je dois acquitter ma dette envers elle!... Repose en paix, ma noble et douce jeune fille, Ottale veille sur toi!

Le vieillard s'assit sur un escabeau, et, pendant que Ziana dormait, il repassa lentement et une à une chaque circonstance de sa vie. Cet examen de conscience ramena sur son front une molle sérénité, il ne retrouvait en son âme aucune trahison, aucune haine. L'existence d'Ottale ressemblait à l'un de ces champs paisibles sur lesquels jusque-là n'ont point soufflé les orages; il ne rencontrait dans sa mémoire aucune action mauvaise qui dût amener la rougeur sur le front. Ainsi l'âme des justes donne vers le soir des parfums rares et célestes comme la terre elle-même; ainsi l'urne du cœur s'épanche vers Dieu sous les regards émus des anges eux-mêmes. Ottale représentait à lui seul une des vertus rayées du livre de Venise : l'exacte et stricte probité.

— Étoile du pauvre, immuable et sainte loi! c'est toi, reprenait-il, qui m'as guidé jusqu'ici! La corruption des patriciens m'a fait meilleur, le contact de leur avilissement journalier m'a rendu noble. Dieu seul m'a vu et Dieu seul me juge; je m'en repose sur sa divine providence! Après tout, cette triste et naïve enfant a un protecteur assuré; ce protecteur, c'est le doge! Voici l'heure où il s'acheminait masqué chaque nuit jusqu'à ma demeure; il me visitait, lui, le prince, le vrai seigneur de la nuit! Étrange ville, et prince infortuné que le prince de Venise! Oh! je ne le sens que trop, mon cœur saigne ici de toutes les blessures qui doivent faire saigner le sien.

Et se livrant alors à une sombre et douloureuse contemplation de son état, le juif ne tarda pas à courber la tête sous la pesante chaleur de cette prison; il s'endormit au pied du lit de Ziana, de ce sommeil qui ne fut jamais donné à aucun coupable... Raphaël, qui a peint au Vatican saint Pierre dans son cachot, aurait pris plaisir à suivre les reflets tremblants de la lampe nocturne sur ce front aride et pâle... Ottale dormait lorsque Casanova veillait encore.

Casanova le fourbe, Casanova le roué, Casanova songeait alors, en effet, à tout autre chose qu'au sommeil, il songeait à la ravissante beauté de Ziana...

Le sang se portait chez lui avec violence à son cerveau; il se représentait la fille du juif séparée de son cachot par quelques planches, chagrine, délaissée, perdue par sa faute, car c'était lui qui l'avait fait jouer. Casanova ne pouvait dompter ses mouvements vis-à-vis de cette image: il la voyait morne et pensive à la petite lucarne de la chambre des Plombs, aspirant à peine une brise venue du Lido, et frémissant à la seule idée d'un archer qui poserait la main sur son épaule... Il se disait que cela était perfide et infâme d'avoir fait condamner une innocente jeune fille, d'avoir amené la *Rose du Ghetto* sous ce toit de malheur et d'agonie...

Puis tout à coup, et comme s'il se fût trouvé devant elle, le délire le prenait; il parlait à Ziana une langue suave, amoureuse, une langue comme Casanova dut seul en parler aux femmes; la porte de la prison cédait devant lui, les bruits de mort et les cris lugubres avaient cessé... Il se trouvait avec la fille du juif sous la treille embaumée de quelque jardin de Venise; son verre écumait d'un nectar agile, ses cheveux flottaient au vent : ce n'était plus à la timide Ziana, c'était à une reine facile et engageante qu'il parlait.

Rêves ardents, frénétiques! rêves insensés, cruels! Casanova dans cette prison souffrait lui-même toutes les tortures de l'amour, lui, Casanova, qui s'était joué si long-temps de l'amour! Dieu se venge, parfois, en mettant aux cœurs blasés un véritable incendie; le captif ne se défendait pas même contre les ravages incessants de sa passion, il souffrait.

— C'est vrai, murmura-t-il, voici la fenêtre d'où je m'échappai, la nuit, avec une rare audace, il y a six ans; mais alors je ne pleurais que ma liberté, aujourd'hui je serais malheureux en la reconquérant de nouveau! Cette juive est belle! cette juive, je l'aime! cette juive, c'est avec elle que je dois fuir!

Et franchissant les obstacles, il voyait bientôt s'ouvrir devant lui les murs de cette prison; il emmenait Ziana à Malte, à Smyrne, à Constantinople! Ravisseur inouï, pour qui tromper et vaincre n'étaient que l'affaire d'une heure, vautour accoutumé à briser les mailles de sa cage, il ne lui fallait qu'un jour, une nuit peut-être! Et déjà il en mesurait la distance avec effroi.

Cagliostro formait à côté de lui le plus étrange des contrastes... A celui-ci, l'épaisseur d'une prison semblait je ne sais quelle violation insolite de ses droits et de sa puissance; il ne pouvait pardonner à Venise d'avoir vengé la France et de le cadenasser sous ses Plombs. Sa contenance seule devait prouver assez à Casanova qu'il ne le regardait plus comme un ami; il n'avait ouvert la bouche que pour lui demander, depuis quelques secondes, un *Traité de la Consolation*, par Boëce, ce qui avait fait rire jusqu'aux larmes ce damné Vénitien.

— A quoi bon, mon cher? avait-il repris; vous qui vous vantez d'évoquer les morts, que n'évoquez-vous ici Sénèque, Charron, et une foule d'autres philosophes! Il ferait beau de voir leur figure demain à midi, par trente-sept degrés de chaleur, dans cet appartement où le grand conseil nous loge! Croyez-moi, songez plutôt à inventer pour nous un limon agréable et rafraîchissant... un sorbet digne du café de l'Aquila, par exemple...

Le maître de Safia, le comte, le docteur Fœnix allait répliquer, quand la porte s'ouvrit et donna passage à l'inquisiteur, à messer Grande, à Grimani.

En vérité, l'inquisiteur était paré comme s'il sortait d'un bal, et il en sortait en effet, car il tenait à la main le bouquet offert par Casanova à la signora Grimani, sa femme.

— Par ma foi, messieurs, je suis désolé d'interrompre une si douce intimité; vous vous consoliez sans doute mutuellement? deux gens d'esprit, cela leur est si facile! Mais le conseil exige que vous soyez séparés à l'instant même. Monsieur Casanova de Seingalt, on connaît votre merveilleuse agilité, vous nous êtes échappé déjà une fois des Plombs de Venise, nous avons donc jugé à propos de vous loger dans les Puits!

Et comme il vit que Casanova se récriait :

— Permettez, monsieur, c'est pour une nuit seulement. Dans la journée votre affaire sera finie. Quant à vous, reprend Grimani en se tournant vers Cagliostro, votre affaire est capitale, mon cher. Les pièces d'or trouvées dans la cassette que vous emportiez dans la barque de Fusine sont pareilles à celles ramassées sur les tables de jeu au Casino; vous aurez à répondre à cela devant les Trois.

La séparation des deux amis une fois opérée, le geôlier fit entrer un homme de taille moyenne, portant le costume ordinaire des archivistes de Venise, et dont l'étonnement égalait alors la frayeur.

— Connaissez-vous monsieur? demanda Grimani à Cagliostro. — Nullement; mais à cette robe qui sent l'encre, à ces doigts crochus, à cette figure plus sèche qu'un parchemin d'antiquaire, ça doit être un garde-notes. En vérité, messire Grimani, je suis étonné que vous commettiez des gens de condition avec de pareils personnages.

Le nouveau prisonner ne crut pas devoir répondre à cette sortie dédaigneuse du comte, il s'assit tranquillement à l'extrémité de la chambre, comme un homme accoutumé depuis longtemps à respecter les arrêts de la justice; la porte se referma, et Grimani, saluant son prisonnier d'un sourire ironique, se retira, en ayant soin de faire placer devant eux trois sentinelles aux portes de leur cachot, luxe de précaution inusité en cet endroit.

Il y eut entre les deux captifs un moment de silence glacé, solennel, comme il doit en exister entre deux inconnus qui se défient l'un de l'autre. Le garde-notes tira un paquet de sa poche; ce papier était plié et cacheté avec soin.

Promenant alors sur l'adresse de ce papier les rayons d'une petite bougie qu'il alluma à la lampe du cachot, il lut cette souscription : « Pour être remis, après ma mort, à la comtesse d'Azola. »

— Que veut dire ceci? pensa le garde-notes en examinant le cachet. Aucune armoirie sur cette cire; ce n'est pas d'un noble. C'est un dépôt, voilà tout. Que diable allais-je faire dans ce guet-apens nocturne du Ghetto! Grâce à cette visite chez le juif, me voilà détenu, et je dois être interrogé sur ce qui s'est passé la nuit dans sa maison. Je ne suis pas curieux, mais je voudrais savoir... Après tout, ces juifs ont toujours trempé dans les conspirations. Ils ont empoisonné plusieurs fois les puits de Venise, ils entretenaient encore l'an dernier des intelligences avec Milan, et peut-être que ce papier... — Vous semblez rêveur, monsieur le garde-notes, demanda Cagliostro d'un ton cauteleux; auriez-vous d'aventure été victime comme moi de ce seigneur Arnolfo, qui a hasardé de si étranges monnaies au jeu de Venise? Je ne vous cacherai pas que j'aime peu les gens de votre robe; mais je me sens réconcilié avec votre physionomie. Vous n'êtes point coupable, j'en suis certain.

Le garde-notes examina le comte attentivement, et cet examen fut à la faveur de Cagliostro, qui, nous l'avons dit, savait revêtir tous les masques.

— Monsieur, reprit-il, j'avoue que je me trouve dans une étrange perplexité. La nuit qui a précédé celle du jeu, j'ai été mandé chez le juif Ottale, mandé par lui-même. Il m'a remis un dépôt dont voici l'adresse. Je ne connais pas la comtesse; mais le nom de cette femme est célèbre dans Venise.

— De quelle femme voulez-vous parler? — Lisez vous-même... de la comtesse d'Azola. — Safia! murmura le comte en bondissant sur la natte de son cachot, Safia! Que

Peut-elle avoir de commun avec ce juif? — Je sais, poursuivit le garde-notes, quels périls entraîne la violation d'un dépôt. A Dieu ne plaise que j'aie jamais voulu forcer le secret de celui-ci; mais le juif est arrêté, cette missive peut me compromettre. Qu'en pensez-vous? — Je pense qu'il est urgent d'en prendre connaissance. Non pour vous, monsieur, qui me paraissez en dehors de toute accusation et dont le ministère ne saurait être soupçonné, mais pour la comtesse... Exposer une femme! établir sa complicité peut-être avec le juif! Prenez-y garde, monsieur, il y a mille moyens de perdre qui l'on veut perdre, à Venise! — Mais briser un cachet! — Le cachet, ce me semble, n'a pas d'armoiries. Il est en cire rouge, et si vous voulez me permettre de l'examiner... — Mais qui êtes-vous donc? demanda le garde-notes. — Un ami de la comtesse Safia, un des joueurs dénoncés par elle... Mais elle accusait des masques, et elle se fût bien gardée en me voyant au jeu à visage découvert... Combien le juif Ottale vous a-t-il donné de pistoles, monsieur, pour garder un tel écrit? — Un sac de ducats que je n'ai pas même comptés, poursuivit le garde-notes en affectant la rougeur de la vertu. — Vous êtes désintéressé. Mais, encore une fois, vous jouez gros jeu; l'inquisition voudra connaître le papier dont vous êtes chargé, et il n'y aurait pas de mal à nous assurer ici s'il ne renferme pas quelque piége. Un comte de Hasberg fut empoisonné par un papier qu'il ouvrait; une dame noble, Maria Cattaneo, eut le même sort. Je ne vous parle pas de madame de Châteauroux; elle passe en France pour avoir péri de la même manière. Récapitulez les circonstances, je vous prie. Les juifs sont à la veille d'être bannis du territoire vénitien, et la nuit qui précède l'édit du doge, un juif vous remet ces papiers pour la comtesse. Croyez-moi, dans un cas pareil, il n'y a point violation de dépôt, c'est une précaution toute simple. Que si vous craignez l'ouverture de ces papiers, donnez-les-moi; dussent-ils m'empoisonner, je les ouvre!...

Et Cagliostro, avant que le garde-notes eût pu s'opposer à cette action rapide, fit sauter le cachet de la missive...

— C'est en langue judaïque, reprit-il en déguisant mal son émotion. — J'ignore cette langue; mais la comtesse d'Azola la sait-elle donc? — Peut-être, poursuivit Cagliostro en parcourant de nouveau et avec une surprise toujours croissante l'écrit qu'il avait sous les yeux... Quoi qu'il en puisse être, ajouta-t-il avec un sourire diabolique, maintenant, monsieur, vous et moi nous sommes libres, ce papier nous sauve; une tête tombera, mais ce ne sera ni la vôtre ni la mienne! — Que voulez-vous dire? — Je vous l'apprendrai demain.

CHAPITRE XXVII

LA CHAMBRE DU DOGE.

Cependant Alessandro, poursuivi plutôt qu'entouré de tous les patriciens et de tous les nobles du jeu de Venise, avait regagné le palais ducal, à la sortie du Casino, et il avait, on l'a vu, engagé sa parole royale qu'il ne tarderait pas à punir l'auteur d'un pareil crime.

Mais où le trouver, ce juif maudit, nommé David Gruss? dans quel antre, dans quelle tanière souterraine avait-il pu se réfugier? Alessandro doutait même qu'il eût paru au jeu de Venise, l'homme auquel il avait parlé n'ayant pas la moindre trace d'accent hébraïque, et nul parieur ne connaissant David Gruss au Casino.

D'un autre côté, l'emprisonnement du gardien des monnaies et de sa fille plongeait Alessandro dans un mortel accablement... La jalousie seule de Safia avait tout fait; cette jalousie avait amené une effroyable délation. Grâce à cette femme, la tête du juif, comme celle de Ziana, frisait la hache du bourreau.

Cinq heures du matin sonnaient à l'horloge de sa chambre, une chambre nue, délabrée... Deux portes s'ouvraient sur elle: l'une occupait le fond, l'autre était placée vis-à-vis de la fenêtre. Toutes deux n'avaient pour tenture qu'une tapisserie de brocatelle usée et déchirée en vingt endroits; car Alessandro, sous le corno ducal et la pourpre, vivait de la vie d'un austère sénateur; rien chez lui n'annonçait le luxe et la splendeur patricienne... Un lit recouvert d'un baldaquin violet, quelques chaises de cuir et un crucifix attaché au mur, formaient les seuls ornements de cette pièce...

Une fois entré dans la chambre, le doge jeta son masque et son *bahuta* sur un fauteuil; il poussa la fenêtre: il commençait à faire petit jour.

— Cinq heures du matin! comme tout est calme et froid dans cette chambre! Qui passe là dans la rue? Quelques masques rentrant chez eux... Ils s'entretiennent, sans doute, des événements de cette nuit! nuit splendide, fatale! nuit qui n'est plus maintenant pour moi qu'une tache sombre! C'est aussi l'heure où les vents de la mer se jouent aux voiles de ma flotte, l'heure où les matelots de la république peuvent contempler déjà autour de leurs vaisseaux d'autres vagues que celles de l'Adriatique!... Nuit glorieuse pour ceux-là, amère et sinistre pour moi! Tout cela, échoué à cause d'une femme! Cette femme osera-t-elle encore paraître devant le doge? Elle a fait condamner le seul homme que je révérais, la seule enfant dont le sourire me retenait à la vie!... Connaissait-elle ce David Gruss? l'a-t-elle suscité elle-même pour ma perte? Que dois-je penser? que dois-je craindre? Ah! mon âme ne pense, ne craint, qu'en ayant devant elle le pâle et doux visage de Ziana!... Je viens de voir mes gardes entrer dans la prison, elle et Ottale seront bientôt ici... Il faut que je voie, que j'interroge le juif, il faut que je lui dévoile les mystères de cette nuit... Dieu puissant, Dieu de bonté, ajouta le doge en se prosternant devant le Christ de sa chambre, je t'adjure ici de m'aider, tu connais Alessandro!

Mais je ne me trompe pas, cette fois, ce sont des cris, du tumulte... Que veut dire ceci? continua-t-il en se dirigeant vers le balcon; une pierre qui ricoche à l'angle de cette muraille! des flots de peuple autour du palais ducal.. Ah! quoi qu'il arrive, ils verront quel homme je suis!

Alessandro détacha de la muraille une vieille épée castillane, qui dormait en ce lieu près de quelques fleurs fanées, suspendues par un ruban; à la coquille même de cette lame, se trouvait gravée la fameuse devise espagnole:

> No me saques sin razon,
> No me embaines sin honor.

— Oui, je ne te tirerai pas sans raison de ton fourreau, reprit-il, épée sainte qui me fus donnée par un duc d'Albe, à son passage par Venise! Ottale, Ziana, je vous protégerai, ou je me ferai tuer pour vous!

Et, comme un lion frémissant de rage, d'impatience, de douleur, il se dirigea, l'épée en main, vers la porte de sa chambre, où l'on frappait à coups redoublés.

— Ziana! reprit-il en voyant la fille du juif pâle et hors d'elle-même...

Ses genoux tremblaient alors en effet sous elle, et le doge se vit forcé de la soutenir.

La jeune fille était accompagnée d'un officier de la maison du prince, qui précédait lui-même un vieillard, les vêtements en désordre, les mains étendues, le front sanglant.

— Ottale! mon Dieu! Ottale, blessé! mais que vous ont-ils donc fait? — Altesse, reprit le juif avec calme, au moment où, par vos ordres, cet envoyé nous venait tirer de prison, les juifs demeurés à Venise, ceux du Ghetto et des îles environnantes tentaient, fort imprudemment, sans doute, un coup de main en ma faveur. Au lieu de nous faire conduire à vous par le passage secret du palais, on a exigé que nous traversions la cour; c'était la volonté expresse de messer Grande, du seigneur Grimani... — Et qu'est-il arrivé? — Eh bien, Altesse, il y a eu alors collision entre les juifs et le peuple, et blessé à la tête d'un éclat de pierre... Mais, poursuivit Ottale, ce n'est pas de moi, c'est de cette chère enfant qu'il faut s'occuper... Les minutes sont comptées, vous vouliez m'interroger, je suis prêt. — T'interroger, Ottale! répondit le doge avec amertume, je veux te sauver auparavant. Rassure-toi, je jure qu'il ne te sera rien fait, rien, tant que tu seras près de moi... avec cette enfant. — Altesse, reprit le juif, je n'ai pas besoin, je le pense, de me défendre devant vous; mais ce n'est pas assez de me rendre la vie, il faut me rendre l'honneur. — C'est à quoi je songe, Ottale; tu dis vrai, il faut que la vérité descende au fond de ce gouffre, il faut que le vrai coupable soit démasqué. — Excepté vous, monseigneur, personne, à

Venise, balbutia Ottale, n'entrait la nuit dans mon atelier, n'est-ce pas ? — Personne, si ce n'est l'homme que tu as reçu devant moi l'autre nuit même... — De quel homme me parlez-vous ? demanda le juif tout tremblant. — De David Gruss !

— Vous avez raison, cet homme est venu chez moi.— Te rappelles-tu l'avoir vu sortir ? — Je ne me souviens que de l'insistance habituelle de son regard, d'un sommeil lourd, absorbant... puis après, je ne me souviens plus... — Sonde bien les moindres replis de ta mémoire... — Ma mémoire, Altesse, me représente une scène de deuil à mon réveil ; Ziana pleurait, Ziana disait que Taddeo avait heurté vainement au petit jour à la porte de sa chambre... Si cet homme et Taddeo s'étaient introduits dans mon atelier, s'ils y avaient frappé des monnaies fausses à l'effigie de Saint-Marc !... Mais, Altesse, outre que Taddeo est presque mon fils, outre que je l'estime pour sa probité et sa droiture, à quel propos aurait-il prêté les mains à David Gruss pour consommer cette œuvre d'enfer ? A l'heure qu'il est, il traverse les mers, il va combattre et mourir pour Venise. D'ailleurs, ces monnaies sont vieilles, elles furent altérées sous le podestat Marco Rinio de Padoue, par le Vénitien Dominique Camelo. Ce sequin que voici en est la preuve.

Ottale montra au doge un des sequins du jeu qu'il avait ramassé sur les tapis du Casino ; il portait en effet l'empreinte de la plus habile imitation. La contrefaçon en était si adroite, qu'Ottale seul, en sa qualité de gardien des monnaies, pouvait discerner la fraude.

— Mon étonnement est d'autant plus fondé, reprit-il, qu'aussitôt après l'exécution du podestat de Padoue, Marco Rinio, dénoncé par un Grec de Torcello à l'inquisition de Venise, ces monnaies furent enterrées dans cette ville en un lieu secret que j'ai toujours ignoré, et dont le procurateur Grimani, aujourd'hui messer Grande, pourrait peut-être seul connaître l'existence... — Quoi ! tu ignorais que chez toi, sous ce pilier ?... — Que voulez-vous dire ? — Qu'il est temps, Ottale, de t'apprendre à toi-même le crime de David Gruss. Sache donc que l'autre nuit, abusant de ton sommeil, te faisant à ton insu l'instrument, le fantôme de sa volonté, cet homme n'a pas craint de me rendre son complice en partageant avec moi la monnaie enfouie dans la salle où il t'avait forcé de t'endormir. Tout me donne à croire que David Gruss est un ennemi caché, ton ennemi ou le mien, je l'ignore. Mais il a voulu nous perdre, et il n'y a que trop réussi. — Ce que vous m'apprenez, Altesse, fait chanceler ma raison. Que peut être en effet cet homme, et quel intérêt... ? — Je l'ignore, mais, encore une fois, laisse-moi le soin de te justifier. Ce qu'il y a de certain, c'est que David Gruss s'est rendu maître de ce secret, c'est qu'il a dirigé, pendant ton sommeil, ta pensée sur cette cachette, c'est que je veux te sauver ! — Je resterai, Altesse. Vous parlez de me sauver ; mais quand vous le pourriez, vos patriciens le permettraient-ils ? Les patriciens de Venise, voilà bien nos maîtres en fait de probité et de justice ! parce que l'or amoncelé sur leurs tapis de jeu est de l'or falsifié, les juifs de Venise devront en porter la peine ! Les juifs de Venise ont-ils des maîtresses onéreuses, des palais, des tables qui emportent les revenus d'une province ? Les voit-on mettre à l'encan les toits de leurs pères, jouer, passer les nuits en débauches ? Non, l'or est plutôt entre leurs mains un fleuve dont les nobles seuls tarissent la source ; les juifs, ce sont les esclaves de Venise ; mais leurs maîtres en fait de crimes, ce sont les patriciens.

— Ottale, nous n'avons qu'un instant pour arracher Ziana, pour te soustraire toi-même au péril qui vous menace. Il faut quitter cette atmosphère de sang. Ce serviteur dévoué, ajouta le doge en montrant l'officier qui s'était tenu à l'écart, te dira bientôt ce que tu dois faire. Tu es ici chez moi : mais les minutes sont comptées. J'ai fait doubler la garde du palais ; le vestibule et les grilles de l'escalier de marbre sont fermés. Maintenant, écoute. Il m'est impossible de te faire sortir des prisons avant demain ; mais il existe à Venise, dans l'île de Saint-Ange, un muet d'Abyssinie auquel j'ai fait obtenir sa grâce il y a un an. Cet homme demeure chez les religieux de la Croix de la Judèque ; il a des intelligences avec les vaisseaux smyrniotes, il m'est dévoué, il te conduira à bord d'un navire grec avec Ziana. Voici un papier que va lui remettre cet officier. Le reste me regarde. Aie donc confiance, tu es devant ton prince et devant Dieu !

— Altesse, s'écria Ziana avec une voix étouffée par les sanglots, si vous ne pouvez nous sauver tous deux, sauvez du moins ce vieillard ! Ottale m'a élevée. Ottale est mon père ; d'ailleurs, c'est ici moi seule qu'on accuse. — Je vous sauverai tous deux ! reprit le doge avec une inexprimable angoisse, et en cherchant à donner à ses paroles l'assurance qui lui manquait ; le coupable, si caché qu'il soit, je saurai le découvrir !

— Altesse, vous dont la bonté est si haute, continua la jeune fille en attachant ses regards sur le prince consterné, vous savez tous les secrets de Venise ; avant de vous quitter, vous pouvez donc me dévoiler un mystère qui fait le tourment de ma vie. — Qui t'a dit, Ziana, que je connusse ton secret ? — Vous le connaissez ! — Moi ? — Vous-même ! Ce cavalier masqué qui, par les nuits les plus sombres, venait visiter mon père ; cet homme qui me parlait toujours de protection et de défense, et que j'aimais comme l'ange gardien de notre maison... — Eh bien ? — Monseigneur, ce masque, ce cavalier, c'est vous ? — Votre tête s'égare, enfant, reprit le doge avec calme ! — Ne cherchez plus à me tromper, prince. Pour rendre ce mystère impénétrable à mes yeux, il aurait fallu mieux qu'un masque, il aurait fallu ôter de mon esprit cette intelligente inquiétude qui interroge tous les mouvements et tous les visages ; il aurait fallu, dans cette horrible nuit du Casino, et quand l'inquisiteur Grimani étendit la main sur moi, que je ne sentisse pas les battements de votre poitrine, quand j'osai, pâle et tremblante, saisir le pan de votre robe ducale, et que vous me fîtes si généreusement relever ! En un mot, il eût fallu que votre voix, votre âme, vos yeux, tout vous obéît si bien, que je ne pusse soupçonner la vérité !

— Et quand cela serait ? reprit le doge visiblement alarmé. — Oh ! alors, j'aurais le droit de vous demander compte à vous, mon protecteur, de cette étrange tutelle ! Qu'y a-t il entre nous deux, pour que la fille du juif reçoive un tel hôte ? Qu'y a-t-il entre mon père et le doge, pour qu'Ottale, le vertueux changeur, lui ouvre sa porte tous les soirs ? Oh ! qui me dira pourquoi, après vous avoir perdu un seul jour, je voulais mourir, et pourquoi maintenant je vous aime et je veux vivre ? — Ecoute, Ziana, répondit le doge avec une douloureuse sérénité, si jamais lèvres humaines inviolablement fermées à toute parole furent près de rompre le silence, ce sont les miennes en cet instant. Mais si, toi aussi, tu te sens dans l'âme quelque pitié pour moi, garde-toi de m'interroger. Un secret de mort est là, entre nous deux. Tremble de le deviner, Ziana, et si quelque soupçon de la vérité te venait un jour à l'esprit, écarte-le et prie Dieu, enfant, de redoubler la nuit qui enveloppe notre chaste et mystérieuse amitié ! — Oh ! continuez ! votre voix a tant de charme pour la pauvre Ziana ! — Tu ne sais pas combien je t'aime. Sous le masque, ma seule sauvegarde, j'ai couru plus d'un danger, esquivé plus d'une embûche. Souvent par la pluie et la neige je me levais ; je prenais mon manteau pour t'aller voir, ne fût-ce qu'un instant, et rapporter chez moi les fleurs que tes cheveux avaient touchées !... Regarde, elles sont là brisées comme toi !

Alessandro venait d'ouvrir un coffret, il montrait alors à Ziana quelques fleurs flétries, desséchées.

Sans comprendre encore le lien qui l'unissait à cet homme, la jeune fille l'examinait tristement ; la physionomie du doge était à la fois si belle et si émue, qu'une invincible sympathie l'attirait vers Alessandro ; il avait conquis sur Ziana, en quelques secondes, un empire qu'Ottale et Taddeo lui-même n'avaient jamais eu. Le doge, en vérité, apparaissait alors à Ziana comme le héros de l'une de ces processions lugubres qu'elle avait vues passer plus d'une fois dans sa ville ; elle le considérait avec une frayeur religieuse... Jamais l'amour ou la gloire n'aurait pu choisir un plus beau front que le sien pour y poser leur couronne, et ce front de prince souverain était ridé par la douleur, des larmes tombaient alors de ses yeux...

— Evidemment, murmura la jeune fille, il y a deux hommes en lui !... l'un qui m'enhardit, et l'autre qui m'impose ! La vie me quittera peut-être demain, mais le souvenir de cet ami sera, jusqu'à ce moment terrible, présent encore à mon cœur ! Ottale nous contemple ici tous deux dans un muet attendrissement ; pauvre père, honnête vieillard, j'ai souvent découragé jusqu'à sa bonté ! Quand ce cavalier devait venir, je restais souvent des heures entières sans lui parler, sans le voir, suivant tristement de notre petite fenêtre le fil de l'eau où la barque attendue devait passer... Mon Dieu, que veut dire ceci ?...

Et, vaincue par cet examen désespéré, surprenant en elle des mouvements de compassion, d'intérêt, de morne tristesse, Ziana donnait elle-même alors un libre cours à ses larmes, pendant que le juif, comme un homme frappé de la foudre, restait anéanti devant le prince de Venise.

— Ne pleure pas ainsi, Ziana, reprit le doge en essuyant lui-même les pleurs qui mouillaient ses yeux, ne pleure pas, tu vivras heureuse. — Heureuse ! puis-je l'être, ô mon protecteur, ô mon ami ? Ah ! je sens toujours qu'il me manquera un cœur qui soit mon abri... une voix qui me dise : Ziana, tu sauras tout ! — O Christ ! murmura le doge en élevant vers le signe sacré de la rédemption des hommes un regard de résignation et de misère tout ensemble : ô Christ ! vous avez souffert !... Ziana, continua-t-il bientôt, en voulant éviter de se trahir, Ziana, vous devez me quitter !... me quitter jusqu'à demain ; mais demain, je vous le répète, vous aurez reconquis la liberté, vous partirez de Venise, vous en partirez avec Ottale !... — Ainsi, monseigneur, reprit la désolée jeune fille en joignant les mains, ainsi vous ne me permettez même pas d'emporter avec moi un secret dont la connaissance m'importe plus que la liberté ? Je ne pourrai savoir par quel anneau de sa chaîne mystérieuse Dieu vous a uni à l'existence d'une misérable telle que moi, et par quel décret de sa providence fatale il a remis ma vie aux mains de la comtesse d'Azola ? Oh ! ce que j'éprouve maintenant, comment vous le traduirais-je ? Vous voyez ce vieillard, ce vieillard qui pleure comme vous et moi, ce vieillard que j'aime et qui m'a toujours appris, lui aussi, à vous aimer ! Eh bien, entre vous et lui, je compte les battements de mon cœur, et c'est toujours vers vous qu'il bondit, vers vous qu'il aspire. Tout me dit, ô ciel, que l'un est le dépositaire d'un trésor dont l'autre est le maître ; je me souviens aussi de cette pensée, le jour de mes fiançailles devant l'autel : Comment suis-je chrétienne ? Le soir, devant Ottale, pour prier je me détourne, devant vous je prie et je vous regarde !... O mon Dieu ! s'écria alors la jeune fille en se précipitant d'elle-même aux pieds du crucifix, puisque celui que j'aime reste muet et ne veut rien m'avouer, parlez vous-même, parlez !

Et Ziana, dans cette rapide invocation, semblait alors avoir mis toutes les forces de son âme ; haletante, brisée, elle attendait que le ciel fît un miracle et que l'image sainte laissât tomber elle-même sa parole sur son front comme une rosée... Le doge la regardait, plus tremblant, plus altéré ; mais, pareil au lutteur, Alessandro avait ceint depuis longtemps ses reins pour cette lutte cruelle : il se contenta de saisir tristement la main du juif et lui montra Ziana agenouillée...

— Oui, reprit-il en se tournant vers elle, oui, enfant, demande à Dieu ce que c'est que le courage, cette vertu remontée au ciel ! Une voix secrète t'apprendra peut-être aussi qu'il est des souffrances au-dessus des forces humaines, des victimes qui se taisent et ne se frappent point la poitrine, des âmes condamnées d'avance à se voir ôter la meilleure portion de leur bien... leur joie... leur trésor le plus cher !...

En parlant ainsi, avec une voix qu'entrecoupaient les sanglots, le doge regardait Ziana avec amour ; cette flamme que Dieu mit dans le regard de Joseph, de Joseph couvrant de ses bras paternels la blonde tête de Jésus, la triste créature dénoncée par Safia la rencontra brûlante, électrique, dans les yeux d'Alessandro.

Le doge de Venise, joyeux et frémissant tout à la fois, serra la jeune fille contre son cœur, et il y eut entre eux un moment de silence, interrompu seulement par leurs soupirs.

— Oh ! mon regard plonge maintenant au fond de votre sacrifice... murmurait Ziana, ses mains dans celles du prince ; oui, je m'éloignerai, je partirai... je ferai ce qu'il vous plaira, mais laissez-moi vous nommer mon... — Jamais, jamais, même ici ! reprit-il en posant la main sur la bouche de Ziana ; il y a dans ce palais des murs qui parlent !... Va, va, je te devine à la joie de ton regard ! pauvre enfant ! demain, tu seras libre, demain tu te souviendras de moi dans tes prières... — Oh ! maintenant-maintenant, reprit-elle en baisant les mains d'Alessandro, maintenant je pourrai attendre !... — Ottale, reprit le doge, Leurs Excellences les inquisiteurs d'État vont venir, il ne faut pas qu'ils te rencontrent avec Ziana : fuyez tous deux ! — Les inquisiteurs ! murmura le juif, oseront-ils interroger eux-mêmes leur prince ? — Ottale, quoi qu'il en puisse être, je te promets de te revoir bientôt. Veille sur elle, ajouta le doge à demi-voix... Si quelque révélation importante me parvient sur David Gruss, je te le ferai savoir.

Et le doge, attachant un dernier et triste regard sur Ziana, souleva l'une des portières et prévint l'officier de sa maison qu'il était temps de reconduire les prisonniers.

Un instant après, les trois inquisiteurs entraient dans sa chambre.

CHAPITRE XXVIII.

UN MARCHÉ.

Les trois inquisiteurs s'avancèrent silencieusement ; ils saluèrent le doge et prirent place, dans sa chambre même, sur trois escabeaux que leur avança un sbire en jaquette rouge qui les suivait. — Parlez, messieurs, parlez, le doge de Venise est prêt à vous entendre. Avez-vous quelque supplique à lui présenter ? — Faut-il rappeler à Son Altesse, dit alors Grimani, que l'inquisition de Venise ne supplie pas, mais qu'elle commande ? — Et qu'elle rend ses jugements sans appel ? poursuivit un second personnage dans lequel le doge reconnut Mocenigo. — Nous devons ici mettre tout en œuvre pour savoir la vérité, ajouta un troisième qui montra à Alessandro des traits non moins familiers à sa mémoire, ceux du patricien Trevisani. — Je sais mieux que personne le pouvoir de l'inquisition d'Etat, reprit le doge avec calme et en promenant sur ces hommes destinés à être ses juges un regard plein de noblesse et de courage. Le tribunal des Trois peut même, à son gré, faire tomber la tête de son prince... je le sais. Maintenant, que voulez-vous ? — Vous demander à vous-même, Altesse, un compte sévère de votre protection envers le juif Ottale et sa fille Ziana. Vous aviez pour eux une bienveillance aussi injuste que coupable. La maison du juif renfermait un dépôt de monnaies fausses ; un livre provenant de la bibliothèque privée de messer Grande, le seigneur Grimani, siégeant devant vous, lui a été soustrait : ce livre enseignait le quartier et même la maison où la république avait cru devoir, il y a deux cents ans, enfouir ces sommes proscrites. Vous vous rendiez souvent la nuit chez le juif Ottale, n'y avez-vous point vu quelqu'un ? connaissez-vous l'auteur du crime ? En ce cas, dénoncez-le. — Un homme du nom de David Gruss est la seule personne que j'aie rencontrée chez le juif. — Jusqu'ici l'inquisition de Venise n'a pu découvrir sa trace. La comtesse d'Azola ne connaît pas même le nom de cet homme, elle qui a bien voulu éclairer la première notre justice... — Eclairer votre justice, dites-vous ? interrompit le doge avec une amère ironie, dites plutôt qu'elle a dénoncé la vertu la plus sainte et la pure ! — Il ne nous appartient pas d'examiner les motifs qui ont pu déterminer la comtesse à articuler une accusation fondée. Nous vous demandons si jamais le juif vous a parlé d'un trésor caché dans sa maison ? — Jamais. Je suis même certain qu'il en ignorait l'existence. — Maintenant, nous devons alors nous-mêmes vous faire part d'une chose que vous ignorez. Un certain comte de Cagliostro a été saisi à Fusine, portant sur lui un nombre considérable de pièces pareilles à celles que l'on a trouvées au Casino. Cet aventurier demande à vous voir. Il a, dit-il, d'importantes révélations à vous faire. Comme nous respectons en vous la majesté suprême du chef de la république, nous consentons à ce que vous l'interrogiez vous-même, nous reposant sur vous, Altesse, du soin de notre honneur et de nos priviléges. Songez seulement que cet entretien est décisif. Les paroles de cet homme qui vient de nous faire appeler dans sa prison sont formelles. « Je connais le coupable, a-t-il dit, mais ce n'est qu'au doge seul que je puis révéler son nom. » — Cagliostro ! balbutia le doge stupéfait. Oh ! je suis maudit. Satan est donc à Venise !... Que peut-il avoir à me dire ? ajouta-t-il, sans que les inquisiteurs pussent l'entendre. — Altesse, reprit Grimani, si le nom d'Ottale ou celui de sa fille sort de la bouche de cet homme, s'il vous les désigne, eux ou tout autre, comme les auteurs de ce public attentat, vous jurez sur cette croix de nous le dire ?... — Je le jure ! dit le doge.

— Introduisez le prisonnier de la chambre numéro 2, placée sous les Plombs, dit Grimani au sbire qui se tenait près de la porte. — Nous vous donnons une heure, Altesse, rien qu'une heure, songez-y !

Les inquisiteurs se retirèrent alors un à un, et le doge resta seul. Après avoir tiré les verrous de la chambre sur le personnage en manteau que le sbire de l'inquisition introduisit, il leva subitement le couvercle de sa lampe, comme pour ne rien perdre des traits de l'homme singulier qui venait lui demander une entrevue.

— Cagliostro ! s'écria le doge en envisageant le comte. Vous êtes donc à Venise, et à peine à Venise on vous y emprisonne, monsieur !

Un sourire glacé, effrayant, glissa sur les lèvres du comte. Alessandro en eut peur, car il y avait longtemps qu'il n'avait revu ce redoutable tyran de Safia ; et ce visage qui avait passé tant de fois par l'ombre de ses rêves, il le retrouva calme, assuré et presque menaçant.

— Vous avez à me parler ? lui demanda-t-il, soyez bref.

— Je suis à vos ordres, Altesse, reprit Cagliostro d'un son de voix qui amena la pâleur sur le front du doge : Alessandro avait reconnu David Gruss. — Ainsi, reprit-il, pas de pitié, toujours implacable et traître ! Tu as voulu te jouer de moi, et tu viens me supplier ! — Un criminel ne supplie jamais son complice. — Oses-tu bien te mettre en parallèle avec moi ? — Pourquoi non ? Il y a ici, j'en conviens, deux hommes que la loi de Venise réclame : l'un qui a joué l'or de Venise, l'autre qui a joué Venise elle-même au jeu. — Misérable ! — Oui, doge, j'en conviens, je suis David Gruss; mais vous, vous êtes aussi le sénateur Alessandro, le patricien devenu l'époux d'une esclave !... — Après ? — Après, monseigneur ? Voici l'acte de vente de la comtesse d'Azola ! Deux têtes tomberont avec la mienne ! Si j'ai le sort du faussaire Dominique Camela, vous aurez le sort du noble seigneur Ranuzzi ! — Prétends-tu m'intimider ? Eh ! que me fait la comtesse, que me fait Safia, la lâche dénonciatrice ? Safia, ta digne élève, elle a comblé la mesure envers moi, elle a appelé la vengeance de la justice sur une tête innocente. Imite-la !... Dénonce-moi avec elle, et que le même supplice réunisse enfin ceux que l'enfer seul pouvait unir ! — A merveille, Altesse ! Mais il est une personne que doit atteindre aussi le glaive qui a tranché les jours de Ranuzzi... En même temps que ces papiers qui constatent la vente de Safia, j'ai aussi cet acte livré par le juif au garde-notes Bernardi, cet acte rédigé en langue juive : lisez le nom de celle qu'il concerne et qu'il va livrer au bourreau ! — Oh ! malheur ! malheur sur moi ! dit le doge après avoir lu... Mais tu es donc le démon ?

— Je suis Cagliostro, ce Cagliostro que vous méprisiez à Paris, qui vous fait trembler à Venise ! Altesse, vous m'avez enlevé une femme sur qui j'avais plein pouvoir, un pouvoir qui n'est plus qu'une ombre, car, à cette heure, vous l'avez brisé ! Je viens de vous démontrer qu'une accusation sortie de vos lèvres, une seule parole dite au tribunal contre moi vous perdrait en faisant tomber deux têtes avec la vôtre ! Choisissez maintenant, ou de vous-même ou de moi ! De quelque côté que vous tourniez vos regards, vous êtes perdu ; le doge, ou l'époux de Safia, est réservé au même supplice. Donc, rendez-moi libre, et moi j'anéantis ces papiers, qui compromettent, avec vous, deux personnes qui vous sont chères... Je m'exile, je quitte Venise; ou si vous voulez que le voleur du Ghetto soit condamné, songez-y, monseigneur, je fais condamner le doge !... — L'impudence d'un tel marché ne t'effraye donc pas, misérable fourbe ! Mais oublies-tu que tu es à ma merci ? — C'est vous qui êtes à la mienne, monseigneur ! Finir à Paris ou à Venise, peu m'importe; et puis je finirai en voyant un triple échafaud ! Quand on a souffert comme moi, c'est une vengeance bien due !

L'expression satanique du comte, sa tranquillité froide, et surtout les armes menaçantes qu'il avait en son pouvoir, tout contribuait à frapper Alessandro du vertige de l'épouvante... Il regarda Cagliostro une dernière fois, il le regarda comme don Juan regarde la statue. Mettant alors sa main sur son cœur pour en comprimer les battements : — Sois tranquille, dit-il, je nommerai un autre coupable que toi ! — Lequel ? — Cela me regarde. — Vous me le jurez ? — Sur ces papiers que tu tiens, sur ce Christ qui te jugera un jour ainsi que moi ! — J'ai votre serment, monseigneur; voici l'acte du comte de Tekeli, voici l'écrit d'Ottale. — Enfin ! murmura le doge en saisissant les papiers, qu'il brûla au feu de la lampe...

Et comme Cagliostro ne sortait pas :

— Dans quelques minutes, je ferai prévenir les inquisiteurs. Caché dans ce cabinet, tu pourras entendre les paroles qui sortiront de mes lèvres... Adieu. Laisse-moi. Cette porte secrète a une issue sur la galerie...

Il poussa le comte devant lui dans le cabinet, puis il demeura quelques secondes sur le seuil même de la chambre, droit, immobile et pâle comme après un rêve de sang.

— Oui, je me le devais, mon Dieu, je vous le devais, ce sombre et pur sacrifice ! Elle n'a plus rien à redouter maintenant, elle, jusqu'à ce jour l'unique objet de mes pensées, de ma vie. Écrivons au tribunal pour lui déclarer qu'il sera satisfait et lui demander une courte, une dernière entrevue... Ziana, Ziana, je t'aurai sauvée, oui ; l'homme de l'île de Saint-Ange doit se tenir prêt, voyons !

Le doge sonna, et l'un de ses officiers, celui qui venait de reconduire Ziana et son père dans la prison, parut aussitôt... Quelques instants avaient suffi à Alessandro pour écrire aux inquisiteurs qui se tenaient dans la salle du grand conseil ; un huissier du palais fut chargé de la lettre, et pendant qu'il remplissait sa mission, le doge interrogea l'officier.

— Eh bien ! quelles nouvelles, Andrea ? — Prince, le muet de l'île de Saint-Ange, à qui vous m'avez chargé de remettre votre billet, est ici... D'après vos ordres, il a préparé un passage au juif et à sa fille sur un navire smyrniote. Il se charge de les y conduire... — Bien, mais le temps presse; Andrea, amène ici de nouveau les prisonniers, et dis au muet qui se tient dans la galerie d'entrer ici même... — Il est là, monseigneur, avec son caftan, son poignard et sa figure noire. Dieu me pardonne, il a l'air d'un vrai corsaire... Tout le temps de cette route il priait, m'a-t-on dit, sur les grains de son chapelet... Sa gondole est à l'angle du pont des Soupirs. — Je sais ce qu'il peut valoir dans l'occasion; fais-le entrer. Toi, pendant ce temps, cours aux Plombs; voici la clef de ma chambre, introduis vite Ottale et Ziana.

L'officier sortit, après avoir indiqué du geste au muet que le doge voulait lui parler. L'Abyssinien s'inclina et salua le doge jusqu'à terre. C'était un homme jeune encore, le teint basané, la taille haute; il était vêtu d'une veste rayée à manches tombantes, d'un turban et d'un caftan de marin, alors baissé sur son front. Il portait à sa ceinture ce couteau affilé sur lequel les Vénitiens ont sculpté le Lion de Saint-Marc, et dans la main droite la médaille de cuivre que les Abyssiniens devaient montrer quand ils entraient au palais ducal.

— C'est toi, Orsato ? dit le doge.. Tu as ma lettre ?

Le muet remit au prince la lettre qu'il avait reçue.

— Tu connais la mission dangereuse que je te donne.

Le muet sourit et montra au prince son poignard.

— Songe que tu me réponds de ce que j'ai de plus cher au monde, Orsato; tu étais condamné à la question ordinaire et extraordinaire, et je t'ai sauvé... Tu as encore le bracelet que je t'ai donné pour m'avoir escorté dans une émeute à Ferrare ?

Le muet montra au prince le bracelet en question à son poignet.

— Donc, tiens-toi prêt; j'entends Andrea ! dit le doge en prêtant l'oreille...

L'officier revenait alors en effet avec le juif et sa fille. Ziana ne pleurait plus; ses beaux yeux gardaient cette fois le sourire de l'espérance.

— Tout est perdu ! dit le doge à l'oreille d'Ottale; un homme, un de mes ennemis, s'est rendu maître de l'acte que tu avais livré imprudemment au garde-notes Bernardi. Bernardi était un espion secret de l'inquisition; tu l'ignorais. Maintenant, écoute : Orsato va vous conduire tous deux en lieu sûr; moi, je vais parler aux inquisiteurs. Ottale, tu m'as suivi assez longtemps dans ma triste et lourde existence pour savoir si je t'aimais... Le bonheur de Ziana, je te le confie, tu es libre ! — Libre ! demanda le juif; et qui donc était coupable ? Je dois le savoir. — L'inquisition de Venise a ses secrets; seulement elle a aussi ses pouvoirs, pouvoirs absolus et tyranniques, tu le sais. Ottale, tu es libre, mais tu n'es plus en sûreté à Venise; fuis donc, suis cet homme, et sois sûr que devant les Trois je saurai te laver de tout soupçon.

En ce moment, l'aiguille avançant vers le terme de l'heure accordée au doge le fit tressaillir; sa physionomie offrait alors un mélange singulier de tristesse, d'élévation et de regret. En pressant la main de Ziana, Alessandro laissa tomber sur elle une larme brûlante; sa force l'abandonna.

— Libre, mais libre sans vous! répétait la jeune fille avec angoisse, en promenant sur le doge un regard désespéré... — Libre sans moi... Ziana, fit-il en déposant sur son front angélique un baiser suprême.

On eût dit que la mort avait déjà glacé sa bouche...

Ottale frémit, et il se précipita chancelant aux genoux du doge.

— Que cette enfant parte la première, s'écria-t-il, je la rejoindrai, monseigneur; mais j'ai le droit, moi aussi, d'assister au tribunal secret, je veux et je dois... — Ottale, reprit le doge, tu dois m'obéir! Regarde ici, l'heure sonne!...

Et le doge montrait au juif la pendule de l'appartement. Un frôlement de robes annonçant la présence des inquisiteurs retentissait dans la galerie. Alessandro enjoignit rapidement à l'Abyssinien d'emmener la jeune fille, que celui-ci emporta éperdue jusqu'à sa gondole.

— Voici une partie du sacrifice consommé, dit le doge en attachant son regard sur la porte par où Ziana venait de fuir; reste l'autre maintenant.

En se retournant, le doge aperçut Ottale.

— Pour la première fois, je vous désobéis, Altesse; je reste, reprit le juif, le vaisseau smyrniote ne met à la voile que dans une heure!

XXIX

LE TRIBUNAL DES TROIS.

Quand les inquisiteurs rentrèrent dans la chambre du doge, ils le trouvèrent calme, solennel; Alessandro venait de jeter sur ses épaules sa robe de brocart, et s'était coiffé du *corno* ducal.

— Pour rendre un plus éclatant hommage au choix du conseil des Dix, il convient, messieurs, que le prince n'oublie aucune des exigences que lui impose l'étiquette de son rang; c'est en habit de doge que je dois répondre ici : je suis prêt. — Avant tout, nous devons faire retirer ce juif; sa présence est contraire aux statuts de l'inquisition d'État. — Cet homme est innocent, messieurs, je vous le proteste, reprit le doge avec feu. — En attendant, il demeure notre prisonnier. — Mais vous respecterez les jours de ce vieillard, quand vous connaîtrez le vrai coupable? — Le juif aura la vie sauve, nous le jurons!... reprirent les Trois, après un moment de pause pendant lequel ils se parlèrent à l'oreille. On va le conduire dans la chambre des délibérations, et sur ce que nous allons ouïr, on le rendra ensuite à la liberté. — Altesse... dit Ottale, en étendant ses mains vers le doge.

Alessandro encouragea d'un regard bienveillant le vieillard, que deux familiers de l'inquisition faisaient sortir, et, se tournant vers ses juges :

— C'est un patricien, reprit-il, qui est coupable, messieurs. — Un patricien! vous le connaissez? demanda Grimani. — Je le connais. — Sur votre tête, doge, je vous somme de le nommer. — Oui, je le nommerai! Oui, je ferai tomber le masque de son visage; oui, en vous jetant son nom, je vous ferai tous pâlir sur vos siéges! — Parlez! — Ecoutez donc, vous qui vous dites ses juges! Venise était ruinée, perdue sans ressources, dévorée par ses vices, livrée à l'usure qui arrachait pièce à pièce les dernières dépouilles de cette ville moribonde, jadis l'orgueil et l'amour de l'Italie. L'humiliation pesait sur nous tous. Nos vieux palais, comme nos grands noms, n'offraient plus que des décombres; nos défenseurs mercenaires se révoltaient faute d'argent; le peuple criait la faim sur nos places. Nulle ressource, nulle énergie, nulle vergogne dans ce peuple abattu, découragé, avili. L'espoir lui-même s'était envolé du milieu de nous. Un ambassadeur, que dis-je, un pirate, arrivait exprès de Tunis pour s'assurer par lui-même de l'état de nos ressources. Un enfant de Venise, l'héritier d'une illustre maison, un homme qui souffrait des affronts de sa ville comme d'un outrage fait à sa mère, rêvait cependant un moyen de soutenir encore quelques instants aux yeux de l'Europe l'échafaudage vermoulu de cette fortune souveraine qui allait tomber en poussière, il voulait arracher son pays à la misère, à l'opprobre. Il fallait de l'or, de l'or pour que notre flotte, qui devait chasser devant elle un troupeau d'esclaves, ruiner les possessions barbaresques, et nous revenir avec une victoire de plus à inscrire sur nos drapeaux, pût sortir du port où la dette de l'Etat la retenait elle-même captive. Cet homme s'adressa d'abord aux nobles de Venise : on reçut ses messagers avec des paroles de dédain; il invoqua le ciel, et le ciel fut sourd. Les comptoirs des juifs étaient épuisés, et ces avares prêteurs, rebutés de fournir aux patriciens de sommes dont ils restaient eux-mêmes solidaires, avaient vu fondre l'argent de Venise entre leurs mains. Sur ces entrefaites, cet homme alla chez le juif Ottale, nuitamment, sous le masque; et là, sans que le juif pût le voir ou l'entendre, il déterra cet or : ce trésor caché, enfoui. — Des monnaies fausses! interrompit Grimani avec un mépris ironique. — Les juifs de Venise s'en sont contentés le jour du départ; la flotte a cinglé, et une fois dégagé de la serre de l'usure, le lion de Saint-Marc a ouvert ses ailes sur l'Adriatique. — Le nom de cet homme, son nom? demandèrent à la fois Trevisani, Grimani et Mocenigo. — Attendez, je n'ai pas tout dit. Certes, ce n'est pas vous qui eussiez consumé vos jours et vos nuits dans ce travail acharné, ce n'est pas vous, que Venise élut pour ses premiers ouvriers, qui eussiez tenté le coup hardi de cet homme pour sauver ce pays dégradé, que sa céleste auréole ne couronnait plus! Vous, les représentants fidèles des vices qui minent l'Italie! vous, les trois symboles incarnés de la Venise déchue où nous sommes; vous, Mocenigo, qui êtes le jeu! vous, Trevisani, qui êtes l'ivresse! vous, Grimani, qui êtes la luxure! — C'en est trop... reprirent les trois inquisiteurs en se levant de leurs siéges, vous insultez le sénat! — Doge, reprit Grimani, nommez le coupable! — Le coupable, c'est moi! — Vous! s'écrièrent-ils avec terreur... — Moi, moi, votre doge! Maintenant, punissez-moi; maintenant, rayez mon nom du livre d'or; maintenant, faites briser mes armes par le bourreau. Vous avez raison, continua-t-il avec une ironie pleine d'amertume, j'ai le droit de mourir, puisque je n'ai pu vous sauver!

La voix du doge vibrait alors comme le glas d'une cloche funèbre, son front s'était relevé avec orgueil, et les trois inquisiteurs tremblaient eux-mêmes devant cet étrange coupable.

— Vous savez tout, reprit-il, je me suis accusé, je le devais; mais sauvez le juif, il est innocent... Grimani, reprit le doge avec douceur, vous devez rendre la liberté à ce vieillard; il attend.

Grimani se leva, et échangeant alors un signe d'intelligence avec ses collègues, il se dirigea vers la fenêtre de l'appartement qui donnait sur la cour ducale.

— Nous vous l'avons juré, Altesse, le sang du juif ne sera point versé, répondit-il.

Et se tournant alors vers un sbire, il lui parla à voix basse.

— Dans quelques minutes, reprit Grimani, vous allez voir le juif traverser lui-même ce portique. On va le tirer de prison.

Grimani achevait lui-même ces paroles, lorsque le doge vit sortir en effet le juif, précédé d'un homme voilé de noir. Ottale portait un voile pareil à celui de l'homme; il ne l'écarta qu'un instant pour jeter un dernier regard vers la fenêtre du doge.

— Arrêtez! s'écria Alessandro. Non, cela ne sera pas!— Permettez, Altesse, le juif doit payer pour le prince. Il faut une victime à Venise; on va promener Ottale dans toute la ville; il sera ensuite conduit au nouveau Lazaret, gouverné, vous le savez, par un prieur qui y a pleine justice. En cet endroit, il sera employé sa vie durant aux travaux souterrains du Lazaret. Sa vieillesse et sa réputation de probité le mettront à l'abri de la fureur du peuple! — Blasphémateurs sacriléges! juges menteurs, impies! épuisez sur moi vos tortures... mais n'enfermez pas ce vieillard dans la nuit éternelle de ce cachot... Encore une fois!... s'écria le doge en s'arrachant à la fenêtre et s'élançant vers la porte de la salle.

Mais Mocenigo et Trevisani le continrent, pendant que Grimani, les bras croisés sur le seuil, regardait ce débat d'un œil impassible.

— Doge, reprit-il alors en s'avançant lentement vers Alessandro, maintenant vous appartenez à la justice des Trois : quelles sont vos dernières volontés ? — Je n'en ai qu'une, reprit le doge atterré. — Laquelle ? — Que le peuple... mon peuple... puisse approcher de mon échafaud, et que mes regards mourants s'arrêtent une dernière fois sur Venise... Voilà tout.

Grimani ouvrit la porte; il appela deux familiers des Trois, qui se tenaient dans la galerie. Les inquisiteurs se concertèrent entre eux quelques instants, puis ils leur transmirent leurs ordres. Après que les sbires furent sortis :

— Voici ce que le tribunal a décidé, Altesse, reprit Grimani en s'avançant vers le doge. Le châtiment du prince sera tenu secret comme son crime. Pendant que le peuple de Venise pourra repaître ses yeux de la vue du juif Ottale désigné comme seul coupable, les hérauts du palais proclameront par la ville la mort du doge. Venise prendra le deuil, des prières seront dites pour le repos de votre âme dans toutes les églises de la république. Le patriarche prononcera votre oraison funèbre; vos funérailles seront faites avec toute la pompe accoutumée à la basilique de Saint-Marc. Votre cercueil, enfin, ira du palais ducal à l'église Saints-Jean et Paul. Le grand conseil se rassemblera pour vous nommer un successeur.

— J'ai entendu, reprit le doge avec calme. Maintenant, quel genre de mort m'assignez-vous ? Est-ce l'eau, le fer ou le poison ?... — Prince, reprit Grimani, vous ne sortirez plus de cette chambre... Toutes les issues en vont être murées. — Oh ! je vous comprends, la faim est un bourreau qui ne parlera pas. — Si quelqu'un vous aime encore assez dans Venise pour venir vous visiter ici, il peut entrer; mais il ne sortira pas ! — Doge, ajouta Mocenigo à voix basse, en s'approchant d'Alessandro avec un hypocrite respect, nous sauvons l'honneur de votre nom. — Doge, poursuivit Grimani sur le même ton, nous n'avons pas oublié que le coupable fut notre ami. — Trevisani, Mocenigo, répondit le doge avec une raillerie noble et calme, à défaut d'autres vertus, vous avez au moins celle de la reconnaissance. Combien je vous remercie ! Pourtant, si, vous aussi, vous pouviez fouiller dans vos souvenirs, vous reporter à un passé qui date de tout un jour, vous vous rappelleriez peut-être que plus d'une fois un protecteur mystérieux payait vos dettes, rachetait vos biens engagés, fournissait comme un père indulgent et bon aux dépenses de votre luxe ; cet homme, c'était moi. — Vous ! s'écrièrent avec étonnement les trois patriciens. — En doutez-vous encore ? reprit le doge en ramassant quelques papiers sur une table. Tenez, Grimani, voici votre terre de Boveredo, rachetée des mains du juif Samuel ; tiens, Trevisani, et toi, Mocenigo, voilà le secret de l'indulgence de vos créanciers ! — Cela est vrai, répétèrent les juges du doge en se regardant avec stupeur. — Eh bien, le voilà déchiré par un coin, le voile qui couvrait ma vie à tous les yeux; maintenant, me comprenez-vous ? Moi, le doge, j'habitais cette chambre misérable, je couchais sur ce lit, plus dur que celui d'un soldat ; quand vous veilliez pour le plaisir, moi, je veillais pour le travail, et, en se levant sur Venise, le soleil nous trouvait souvent face à face, épuisés, moi par un dur labeur, vous par les voluptés et le jeu. Ah ! ma vie, dont tous ici enviaient l'enveloppe dorée, fut bien pénible, bien amère ! Comme ce divin Christ, dont l'image est fixée à ce mur, je me suis senti bien souvent cloué sur la croix, les pieds et les mains dans le sang, l'âme dans la tristesse ; je priais le Père des hommes d'éloigner de moi le calice de douleur ! Il m'exauce enfin, je suis délivré !

Le doge s'était tu ; il tenait alors ses regards levés sur ce symbole céleste d'affliction et de souffrance; une larme tremblait encore à ses cils, mais son sacrifice était fait. Cependant des ouvriers commençaient à murer déjà la fenêtre à l'extérieur, des rumeurs vagues et sourdes envahissaient peu à peu la salle de l'Ecu, voisine de la chambre du doge, et dans laquelle le gouvernement notifie d'ordinaire la mort de son prince par un drapeau noir suspendu à la fenêtre; on entendait les cloches sonner au dehors.

— Je tremble, Mocenigo, dit Trevisani à son collègue. — J'ai peur, Trevisani ; il me semble que les plaies du Christ ont saigné sur cette croix. — Sortons, messieurs, sortons ! reprit Grimani, cédant lui-même à son émotion, nous avons accompli un devoir !

Les trois inquisiteurs se retirèrent dans une extrême agitation. La voix d'un héraut se faisait entendre au dehors, les cloches sonnaient lentement, et l'étroite fenêtre de la chambre d'Alessandro était à moitié murée. Des coups de marteau se faisaient entendre vers la porte d'entrée, le jour avait décru sensiblement. Un huissier parut, salua le prince, et déposa une lampe sur la table.

XXX

BAGUE DUCALE.

— La nuit ! murmura le doge, en voyant fumer la mèche de la lampe au milieu de cette chambre solitaire et morne... La nuit ! nuit terrible, éternelle, c'est leur arrêt ! Mourir dans cette tombe, quand le soleil resplendit là-bas sous un beau ciel si pur ! Mourir ici, et savoir que là, sous mes pieds, Venise pleure sur le cercueil vide de son doge !... J'étais jeune encore, reprit-il en s'asseyant auprès de la table où brûlait la lampe, quand je vis passer la statue de l'homme dont j'allais être, sans le savoir, le successeur. On avait, comme cela se pratique à Venise, porté son corps sans cérémonie dans la sépulture de ses ancêtres; les cloches de Saint-Marc, auxquelles répondaient celles de la ville, annonçaient la mort de son prince. C'était un noble vieillard, un vieux reste du sang appauvri des Dandolo... Le visage de cire de la statue lui ressemblait; elle était placée, je la vois encore, sur une estrade élevée, revêtue des habits ducaux; il avait, comme moi, la robe d'étoffe d'or, le manteau d'hermine, et le *corno* sur la tête... Seulement, ses éperons étaient tournés à contre-sens; je le vis ainsi dans la salle de l'Auditeur-Neuf, gardé par vingt nobles en robe rouge... Les capitaines de vaisseaux vinrent alors le chercher, avec toutes les confréries et les quarante électeurs en habit de deuil. La statue de cire, il m'en souvient, marchait sous un dais, précédée de l'écusson de la république, recouvert d'une gaze noire... Les parents du doge suivaient la statue, ses funérailles eurent lieu à Saint-Jean et Paul... La veille de ce jour fatal, j'avais amené avec moi Safia à Venise, Safia qui m'a perdu ! On m'élut une semaine après cette mort, mais un mois durant, je revoyais encore devant moi la statue de cire !... Dérision amère ! Mais le doge était bien mort, et moi je vis, je suis encore plein de force ! Est-ce un rêve d'enfer ? mon cœur a-t-il cessé de battre dans ma poitrine ! ne suis-je plus le doge, ne suis-je plus Alessandro ?

Il s'était approché, comme par instinct, de la fenêtre... La voix du héraut résonnait alors dans la cour même du palais :

— Le doge est mort, priez pour son âme, criait la voix, le doge est mort !

Alessandro prêta l'oreille une seconde fois, au milieu des ténèbres... les tambours et les trompettes d'argent qui servaient à la cérémonie du *Bucentaure* se mêlaient cette fois au bruit des cloches.

— Vous en avez menti ! non, le doge n'est pas mort, s'écria-t-il en ouvrant la fenêtre et en frappant des mains, avec un rugissement étouffé, la maçonnerie qui ne laissait plus qu'un coin du ciel à découvert. Vous en avez menti ! non, le doge n'est pas mort ! Livrez-lui passage, et il tombera mutilé par cette fenêtre, au milieu de votre deuil hypocrite !... Inutiles efforts ! reprit-il en arrachant de la fenêtre ses mains meurtries, ma voix et mes bras se heurtent vainement à ces murs ! Oh ! penser que je n'ai pas soufleté ces infâmes sur leur tribunal ! Mais que fais-je ? je m'emporte ! Quel homme suis-je donc ? ma vie entière n'a-t-elle pas été une lutte contre la douleur ? ne sais-je plus supporter les décrets de Dieu, et cette volonté de fer fléchira-t-elle aujourd'hui devant la mort ?...

— Une larme dans mes yeux ! continua-t-il en passant la main sur ses paupières; ah ! pleurer, pleurer comme une femme ! allons, cela est indigne de moi !

Il fit quelques pas et s'arrêta devant la fenêtre. Un lambeau de lumière bleue traînait encore sur le seuil de la prison, et les yeux du doge se reposèrent un instant sur lui avec une inquiète avidité. Le silence était devenu profond' un silence de mort, qu'interrompait seul le bruit des pas du captif... Alessandro éleva les yeux vers cet angle d'où tombait un jour avare, un jour qui allait bientôt disparaître.

— Adieu, s'écria-t-il, adieu, Venise, toi pour qui je vais mourir! adieu, ma ville tant aimée, mon orgueil, ma pensée chère, mon beau rêve évanoui! toi qui pleures aujourd'hui sur mon cercueil, et qui demain oublieras jusqu'à mon nom! Ingrate Venise, je t'aime! laisse-moi regarder encore un coin de ton bel azur, ou plutôt disparais, car dans la nuit profonde où je vais me plonger, si je voyais briller seulement une de tes douces étoiles, Venise, je n'aurais plus de force pour mourir! Ma dernière pensée à toi, ma ville... ajouta le doge s'éloignant, à toi surtout, jeune fille que j'ai sauvée de la mort, et à qui, gardant tout pour moi, je n'ai pas voulu donner ta part de honte et d'infamie!... Ziana, sois heureuse, et venge-moi de l'oubli de Venise, ta sœur dans mon amour!... Mais je ne me trompe pas, un bruit léger, un bruit de pas a retenti dans la galerie... La porte n'en est pas encore murée, elle laisse un faible passage... Une voix de femme! Quelle femme peut venir ici... dans son tombeau?

Et le doge se pencha; il entrevoyait à travers ces ombres confuses un voile blanc, une robe...

— Quelle pensée! mon Dieu! Ziana; oui, Ziana seule... Ah! n'aurais-je pu la sauver?

— Vous, madame! s'écria le doge en reconnaissant tout d'un coup celle qui entrait, vous ici? — Moi! répondit la comtesse en ôtant son voile. — Safia! Ah! Dieu est juste! Tu ne sais pas où tu viens! — Peu m'importe; j'ai un secret à te dire, et voilà pourquoi je suis venue! — Regarde cette fenêtre, répondit le doge en écartant le rideau, elle est murée; cette porte va l'être, tu ne peux sortir d'ici! — Doge, il y a quelqu'un qui peut toucher impunément à la hache du bourreau; je ne suis point coupable, je sortirai d'ici, moi!... — Insensée! qui n'as pas vu le piége! Je vais aussi t'apprendre un secret; mais c'est une pensée douce, consolante que je t'ai gardée, Safia, comme on garde l'hostie aux mourants! — Que vas-tu m'apprendre?... demanda-t-elle avec terreur et en regardant le visage d'Alessandro, plus pâle encore aux feux de la lampe qu'il tenait alors lui-même. — Safia, tu fus mère! reprit-il en fixant la comtesse avec un regard qui cherchait à sonder son cœur. — Ah! ne fais pas vibrer dans mon cœur la plus cruelle douleur de ma vie! répondit-elle. — Il y a quinze ans... à Rome... tu me vis entrer, un soir, dans ta chambre, où je t'annonçai que notre unique enfant venait de mourir dans son berceau?... — Tais-toi, te dis-je, tais-toi! Tu oublies les larmes que je répandis! Toi, tu ne pleurais pas; moi-même, j'étais trop jeune alors pour comprendre tout mon malheur! — Eh bien! Safia, je t'avais trompée!... — Trompée? — Ta fille vit! — Elle vit! demanda la comtesse avec exclamation, puis, reculant tout d'un coup avec terreur: Elle vit!... Oh! ne va pas me tromper encore! — Si près de Dieu on ne ment pas! — Ma fille vivrait! reprit Safia en se rapprochant du doge. Où l'as-tu cachée, Alessandro, dis? continua-t-elle en joignant les mains avec angoisse. Ah! ne me fais pas acheter ce secret par un siècle de tortures! Non, tu as pu mépriser mon amour, me tromper, me donner tous les droits de te haïr, de te perdre; mais je t'ai toujours reconnu, Alessandro, pour un homme plein de noblesse et de grandeur: ce n'est pas toi qui te jouerais de l'amour maternel; tu me diras où tu as caché ma fille, n'est-ce pas? car, je te le répète, je puis sortir de ce tombeau, moi! S'il faut quitter Venise, traverser le monde entier, je suis prête!

— Tu as le temps de m'entendre?

— Parle, je t'en supplie, je ne te maudirai plus! Si tu savais comme je l'aimerai, cet enfant... qui est le tien aussi! Je serai si fière, si tendre pour elle! Sans doute, tu as eu tes raisons pour me faire à plaisir une si grande douleur. Tu as eu peur, n'est-ce pas, de voir cet être si pur, si aimé, exposé chaque jour aux corruptions de Venise? Tu m'as dérobé ce trésor, tu l'as enfoui secrètement dans quelque recoin écarté, loin des palais et des scandales de cette ville, loin des exemples de sa mère, sous quelque toit populaire, bien modeste, bien calme, tel, enfin, que tu l'aurais voulu choisir pour toi-même, si ta patrie n'eût exigé le sacrifice de ton repos! Voilà ce que tu as fait, n'est-ce pas? Mais si, au lieu de me tromper ainsi, tu m'avais prévenue de ton dessein, Alessandro, ah! je t'aurais approuvé; j'aurais senti comme toi que la pudeur d'une mère est le plus bel ornement de sa fille...

— Dis-tu vrai? demanda le doge ému. — Oui, j'eusse embrassé en pleurant le berceau de ma fille, j'eusse couvert mes yeux de mes deux mains, pour ne pas connaître le lieu où tu l'aurais emportée... — Ne me trompes-tu pas, Safia? — Regarde-moi. — Des larmes! — Oui, je pleure, car tu m'as méconnue; car, t'armant d'un passé qui ne m'appartenait plus, tu n'as pas tenu compte, ingrat, de mon repentir, de ma fidélité, de mon amour pour toi... pour toi qui me trompais si cruellement! — Safia! — Oui, je pleure ta dureté, ton impitoyable silence, ton lâche courage à me fouler sous tes pieds, à faire saigner ma pauvre âme par toutes les plaies dont tu l'as traversée!... Tu n'as pas compris que l'amour d'une mère est un feu qui épure tout ce qu'il touche!... tu n'as vu en moi qu'une esclave achetée ou plutôt enlevée par toi, emportée comme un précieux hochet pour amuser les regards de ton peuple! Alessandro, tu ne m'aimais pas! tu m'avais seulement à Paris jugée la plus belle, et tu m'avais entraînée à travers la France et l'Italie!... Tu m'avais donné des palais, un titre; tu avais fait de moi une chose pompeuse et dorée comme ton *Bucentaure*! Mais, à ce moment suprême où, je ne sais pour quel crime, la justice des hommes t'attend, sans doute, tu vas me dire, n'est-ce pas, où tu as caché ma fille? Si tu me refuses, je partirai ce soir, j'interrogerai tous les lieux de la terre, je leur demanderai ma Safia, ma Safia que l'on m'a volée! — Ta fille ne porte plus ce nom. — Ce nom, tu me l'avais déjà ravi, échangé contre un titre, le jour où nous partîmes de Rome après cet horrible débat... — Où Cagliostro, n'est-ce pas, me jeta à l'oreille, à Sainte-Marie-Majeure, ce mot qui me fit pâlir et trembler, tu t'en souviens? C'est pour ce mot que je t'ai voulu laver de ce nom de Safia, c'est pour ce mot que je t'ai enlevé ton enfant, c'est pour ce mot que nous mourons tous deux, aujourd'hui. — Quel regard! balbutia la comtesse en voyant le trait de flamme acéré qui s'échappait alors de la prunelle du doge. — Sais-tu ce que m'a dit ton magicien, Safia? de quelle preuve il accompagna, le soir même de cette entrevue qui date de plusieurs années, sa terrible parole? Il me montra le contrat de vente d'une fille esclave achetée par lui tout enfant, et il murmura le nom de Safia, le nom que tu portais! — Oh! cela est vrai! dit-elle en se cachant le visage de ses deux mains.

— Rappelle-toi maintenant l'arrestation de Ranuzzi dans ton propre palais; il fut exécuté près de Saint-Job, la nuit même, avec une femme étrangère et son enfant! Ton sort, celui de ta fille, étaient écrits dans cet exemple. Comprends-tu, maintenant, que ce rival, ce Cagliostro, qui menaçait à Rome, se soit vengé à Venise? Il n'y a qu'un instant, il était là, tenant d'une main l'acte du comte de Tekeli, ton ancien maître, et une autre preuve plus terrible, celle qui constatait la naissance de notre fille, son vrai nom, ses titres, pour qu'elle pût les revendiquer un jour, s'il venait pour elle et pour nous des temps plus prospères... — Il était là?... demanda la comtesse les yeux égarés, le front livide. — Là, devant moi, Safia: il s'était dressé devant moi comme un serpent. Cagliostro, sache-le, c'était David Gruss, David Gruss qui avait juré ma perte et la tienne; c'était le Cagliostro que réclame vainement la justice des hommes et qui osait venir ici tenter celle de Dieu! Il m'a proposé de prendre son crime sur moi, ou bien il a juré de montrer aux inquisiteurs d'État ces preuves écrasantes, ces preuves qui faisaient tomber trois têtes... Pouvais-je hésiter? J'ai songé à ma fille, à ma fille innocente et réprouvée tout ensemble! Je me suis accusé seul, seul j'ai accepté le poids du crime et du déshonneur. Mais aussi ma fille est sauvée, oui, grâce à ma prévoyance...

— Oh! merci, merci! murmura la comtesse étouffée à demi par sa joie, merci! — Elle est loin de Venise à présent... Un guide sûr... — De Venise, as-tu dit? demanda Safia pâle et troublée. — Oui, je l'ai fait échapper du palais sur une gondole. Elle doit gagner un navire grec qui la porte à Andrinople. — Son nom?... je t'en supplie!... son nom? demanda la comtesse en se tordant les bras d'impatience. — Tu comprends, à cette heure, Safia, que, sous le coup de la loi qui menaçait ton enfant et toi-même, je ne pouvais pas, je ne devais pas te le dire... — Achève! — Cette rivale prétendue, cette Ziana... — Ziana!... — C'est ta fille et la mienne. — Ah! reprit la comtesse avec un soupir étouffé et en appuyant sa main contre la table où brûlait la lampe. Des sanglots s'échappaient de sa poitrine, et son cœur était brisé.

— Tu connais maintenant mon secret, reprit Alessandro, puisse celui que tu vas m'apprendre... — Ah ! laisse-moi sortir ! s'écria la comtesse, comme si elle se fût réveillée subitement d'un rêve affreux, laisse-moi sortir, Alessandro !

Et se précipitant sur le rideau de la porte elle l'écarta vivement... Puis elle recula d'horreur en poussant un cri terrible à la vue du mur qui avait remplacé l'issue...

— Murée sur nous ! murée ! s'écria-t-elle en tombant affaissée sur ses genoux. — Je te l'avais dit, reprit le doge avec calme. — Mais, fit-elle alors, en se levant avec toute l'énergie du désespoir, tu ne sais pas, toi, ce que j'ai à t'apprendre, Alessandro ! — J'écoute ! — Ma funeste jalousie nous a tous perdus ! continua-t-elle égarée. — Mais, je te dis que j'ai sauvé ta fille ! — Et moi je l'ai tuée !... — Malheureuse ! fit le doge en la repoussant... Mais non, tu es folle ; répète ce que tu as dit ! — Oui, tuée ! Depuis cette horrible nuit du Casino, j'épiais, j'étais jalouse ! Le muet Orsato est monté ici, je l'en ai vu partir avec une femme voilée... J'ai parlé à Grimani, et la barque, au lieu de sortir du port, a pris le chemin du canal Orfano !...

— Ah ! malédiction sur toi ! s'écria le doge en s'éloignant de la comtesse.

Elle s'était roulée à ses genoux, vaincue par l'épuisement de cet aveu ; son œil avait l'air de suivre encore la victime, luttant contre les flots du canal, qui entraient dans la gondole entr'ouverte...

— C'est elle... oui, je la vois, murmura-t-elle en proie au délire, elle se débat, elle t'appelle ! Elle me maudit comme tu viens de me maudire. Oh ! mon Dieu, mon Dieu, je suis folle ! c'est un bruit de plaintes et de gémissements au sein de ces ondes mortelles... et au-dessus de l'eau la tête d'un ange... la tête de Ziana !

En parlant ainsi, avec un accent saccadé par la terreur, la comtesse ne trouvait plus dans sa propre voix que ce râle sourd qui précède toujours la mort... Alessandro la regardait, immobile comme un homme qui en a fini avec les joies ou les douleurs de la terre... Son front était mouillé d'une sueur froide, et ce lourd manteau de brocart lui semblait une chape de plomb, ainsi qu'aux damnés du Dante.

— Frappe ! reprit la comtesse ; ne m'impose pas, Alessandro, la douleur de vivre davantage ! Frappe, te dis-je. Ziana, ma fille, je vais te rejoindre !

— Ne blasphémez pas, madame, répondit-il alors d'un ton de sévère autorité, ne blasphémez pas ; Safia, mon enfant est montée au ciel ! Morte ! morte ! Mon Dieu, tu as comblé la mesure !

Et cette fois, les fibres de son âme se rompirent comme les cordes d'un clavier trop profondément tendu ; il pleura, il cédait à une invincible douleur. Cet homme qui oubliait lui-même l'horreur d'un pareil supplice, cet homme qui venait de s'avouer coupable, lui si généreux et si noble, devant ces échos graves et menaçants, cet homme enfin qui mourait pour avoir sauvé sa fille, il pleura de n'avoir pu sauver cette enfant, son cher, son unique trésor ! Il eut pour la mort, — cette mort affreuse qui s'avançait, — un mélange de joie, d'attendrissement et d'impatience. Safia embrassait vainement ses mains et ses pieds ; il ne la vit pas, il ne vit que Ziana... Une volupté immense, éthérée, indéfinissable, s'emparait alors de tous les sens d'Alessandro ; elle l'enveloppait, elle le pressait. Il était vaincu ; il voyait au milieu d'une myriade d'anges, comme Murillo put seul les peindre, une âme blanche de souillure qui palpitait de l'aile sur ses lèvres et son front : cette âme radieuse enflammée d'un divin souffle, c'était Ziana, Ziana versant sur lui la rosée de ses parfums ! Ce n'étaient plus les murs d'une prison qui le retenaient captif, c'étaient les nuages, les nuages dorés comme par un beau soleil d'avril... Au lieu du *corno* ducal, il avait ceint la bandelette blanche des filles du ciel. Au lieu de ses juges, il voyait venir à lui, comme dans une large apothéose, les Doria, les Falieri, les Zeno, les Carmagnola. Quelque temps il contint cette joie et ce rêve dans sa poitrine, quelque temps il écouta ces voix amies, dominées toutes par le frémissement de cette fée souveraine ; mais peu à peu le prestige cessa, peu à peu le doge se retrouva seul devant une femme échevelée, éperdue... Safia avait renversé en arrière son front aussi pâle que son voile ; elle suppliait cet homme comme on supplie un bourreau...

— Va-t'en, s'écria-t-il, va-t'en ! en se retournant tout à coup brusquement vers elle... — Pourtant, mon Alessandro, lui répondit-elle, abîmée dans sa douleur, je suis venue ici pour ne plus te quitter ! Ce tombeau m'appartient comme à toi, car ces hommes m'ont obéi, ils l'ont muré sur moi !

Et elle saisit la lampe, et lui montra de nouveau le rempart infranchissable...

— Grâce ! s'écria t-elle, grâce ! — As-tu fait grâce à Ziana ! réponds-moi ! — Ah ! mon cœur éclate !... Ma fille ! ma fille !

La malheureuse avait froid ; elle s'approcha des rideaux du lit, en couvrit ses épaules... Un rire aigu, convulsif, crispait ses lèvres.

— Morte ! Ziana, ma fille ! Venise, ma ville, adieu ! murmura le doge en s'appuyant sur le lit.

Et tirant son anneau ducal du doigt, il le porta à ses lèvres. .

— Alessandro, dit la comtesse en rampant alors jusqu'à lui sur ses genoux, un mot seulement, un mot, fût-ce encore une malédiction ! — Tu me demandais l'autre jour ce que contenait le chaton de ma bague ducale... Regarde, Safia ! — Et il lui jeta sa bague. En ce moment, on entendait tinter sourdement au dehors les cloches du palais. — Il est vide ! fit-elle après avoir ouvert le chaton... Qu'as-tu fait ?

Alessandro venait de pousser un cri faible ; il s'était soulevé, pâle, effrayant. Safia en eut peur, elle recula.

— Cagliostro, merci ! dit le doge en râlant, ce poison est le plus précieux de tes secrets.

— Du poison ! et rien, rien pour moi ; mourir ici lentement et par la faim ! répéta la comtesse en regardant la bague.

La voix du héraut criait alors par la cour ducale :

— Le doge est mort ! priez pour son âme ! le doge est mort !

— Vous avez raison, murmura Alessandro en penchant la tête sur son lit, le doge est mort !...

ÉPILOGUE

Trois mois après cela, par une nuit divine, où l'onde et le ciel luttaient d'éclat, de brise, de fraîcheur, un jeune homme, le coude appuyé sur une péote à trois rameurs, le teint hâlé, les cheveux noirs, abondants, regardait fuir derrière lui, sur le tapis bleu de la mer, le sillage d'une belle escadre dont mille flammes pavoisaient les flancs dans le lointain, pendant que les matelots chantaient l'hymne national composé en l'honneur de Marc-Antoine Colonna, pour la bataille de Lépante.

L'architecture de Venise, ses toits et ses dômes d'Orient, mollement baignés par les vapeurs limpides de la lune, apparaissaient alors aux regards du jeune homme comme une ville magique longtemps rêvée; mais il faut croire qu'il y était accoutumé, car, en débarquant au Lazaret, son premier soin fut de donner des ordres à plusieurs esclaves qui se trouvaient à la pointe de cette île, nommée autrefois Sainte-Marie-de-Nazareth.

Depuis la peste cruelle qui avait affligé Venise en 1576, une station rigoureuse était exigée dans cette île pour les vaisseaux venant de Tunis, fussent ceux de la république. Le jeune homme, qui était revêtu d'un cafetan de matelot, sauta lestement à terre, devant le pavillon au delà duquel il n'était pas permis de passer, et qui faisait face au gibet célèbre élevé par le prieur dans ce château-fort, pour châtier ceux qui n'auraient point obéi à l'ordre public.

— Qu'on hisse ce drapeau à la place de celui-ci, cria-t-il d'une voix ferme, et en indiquant du doigt une flamme brodée d'or, sur laquelle on voyait le nom d'Alessandro avec l'écusson et les armes de sa famille.

— Qui êtes-vous donc pour commander ici? demanda une voix qui semblait moins sortir d'une poitrine humaine que d'une tombe. — Un Vénitien comme vous! Taddeo, l'ancien sculpteur de l'Arsenal, à l'heure qu'il est, nommé officier par le général de mer! — Taddeo! répéta la voix avec une vibration morne et lente.

L'officier vit alors un homme d'une soixantaine d'années, les fers aux pieds et aux mains, qu'un Moresque, non moins âgé que lui, promenait sur l'esplanade du Lazaret.

— Taddeo! murmura le vieillard en passant la main sur son front, oui, dans mes jours heureux... autrefois... j'ai connu quelqu'un de ce nom...

La lune envoyait alors sa clarté à ce visage de captif; Taddeo recula, il venait de reconnaître Ottale...

— Mon père!... mon bon père! vous ici, mon Dieu, vous chargé de fer! Que veut dire ceci? Et Ziana, Ziana, ma bien-aimée?

Le vieillard regarda le Moresque qui le conduisait d'habitude, et il murmura entre ses dents:

— Cet homme est fou.

— Je ne suis pas fou, reprit Taddeo, reconnaissez-moi, mon père; je précède à Venise une flotte victorieuse! Mais vous, vous ici! Oh! je vous ferai délivrer; j'en ai le droit: c'est un des privilèges du premier marin qui touche le sol après un triomphe!

En ce moment, le canon de l'escadre tonna, et les forts de Venise lui répondirent.

— Entendez-vous, *padre*? s'écria Taddeo en serrant le vieillard contre son sein; c'est nous, nous les enfants de Venise, qui revenons chargés des dépouilles et des étendards barbaresques! Voyez ces pavillons, ces trophées; voyez le nom du doge brodé sur ces flammes de guerre! — Le doge est mort, murmura le vieillard, le doge est mort, priez pour son âme; le doge est mort!

Et il sourit du sourire des fous; il montrait au Moresque le pavillon apporté par Taddeo.

— Malheur sur nous! s'écria le jeune homme en passant la main sur son front. Et Ziana! Ziana! Mais où est-elle donc? Parlez! Nous ne pouvons entrer dans la ville que demain, mais, dussé-je nager jusqu'au Ghetto, je veux lui aller porter, le premier, la nouvelle d'une victoire!

Le vieillard tenait en main un ruban à fils d'argent à moitié sali, déchiré; il chanta un couplet de la chanson des Paludes, en battant la mesure avec le ruban:

> L'Orco prendra tout,
> Les petites blondes, les brunes;
> Il habite au bout,
> Au bout des lagunes!

— Malédiction! il n'y a plus rien à espérer de lui... reprit le jeune homme; mais vous, vous son guide?...

Le Moresque se pencha à l'oreille de Taddeo, et lui parla alors quelque temps à voix basse... Pendant qu'il parlait, le visage du jeune marin exprimait à la fois la stupeur et l'inquiétude; tout d'un coup sa tête retomba sur sa poitrine, et il versa bientôt des larmes abondantes.

— Condamné par les Trois! impossible de le délivrer! reprit-il, cela est impossible... Mais Ziana?... — Excellence, on ne sait ce que la malheureuse enfant est devenue... Les Plombs et les Puits sont deux tombes qui gardent leurs morts!

Le jeune homme se tut; mais, une semaine écoulée, voici ce qui avait lieu dans l'enceinte du palais ducal.

. . . .

Une large traînée d'ombres drapait une partie du *Cortile*, que l'officier traversait alors enveloppé d'un large manteau, quand il rencontra sous les portiques, alors fermés et gardés au dehors par les sentinelles du palais, une forme humaine, étendue au bas de l'escalier qui mène à la galerie ducale... Ce fantôme étrange poussa un cri faible, en voyant l'uniforme et le visage de Taddeo...

— Là... de ce côté... montez, murmura-t-il, en se suspendant à la ceinture de l'officier.

Celui-ci put voir alors, dans l'homme qui lui parlait, un vieillard les cheveux collés sur son front par la sueur, comme après un long travail, les ongles sanglants, le front meurtri... Il tenait en main un de ces leviers de fer que les porteurs d'*aqua fresca* emploient à Venise pour porter leurs seaux près des puits de cuivre de Saint-Marc.

— Là... reprit-il, là, vous dis-je! je l'ai vu, silence!...

Et il mettait son doigt sur sa bouche d'un air effrayant, mystérieux, sinistre.

— Ils sont là... tous deux!... reprit-il, je les ai vus. Elle et lui! Elle a son voile blanc, et lui son manteau;

j'ai replacé la pierre, allez, on ne se doutera de rien!

Malgré les recherches actives de Taddeo, il n'avait pu découvrir aucune trace de la malheureuse Ziana; il avait couru les quais, les canaux, le tout en vain. Une invincible tristesse le minait, un besoin impérieux le poussait à découvrir...

— Ottale! s'écria-t-il en reconnaissant le juif.

En effet, c'était bien lui.

— Mon Dieu, pensa Taddeo, aurait-il donc rencontré ce que je cherche? Dieu tout-puissant, guidez-moi vers Ziana!

Cette pensée se formula si rapidement dans son esprit, qu'il suivit aveuglément Ottale... Les ténèbres étaient épaisses sous les arceaux, et tous deux glissaient comme deux ombres sur les dalles... Arrivé à l'endroit où se trouvait jadis la chambre d'Alessandro, Ottale tressaillit devant un placage de maçonnerie encore frais... Le juif tira alors le levier de fer de dessous son manteau, et l'introduisant dans l'une des fissures, il fit d'abord céder une pierre, puis deux... En ce moment, il suspendit son travail, et respira...

L'âme de Taddeo, repliée alors sur elle-même, était en proie à la plus dévorante anxiété; il s'imaginait (rêve d'amoureux) que Ziana elle-même sortirait de ces décombres...

— Est-ce un crime, murmura-t-il, que ce que je vais faire? Je ne sais, mais je tremble ici comme doit trembler le sacrilége devant les vases de l'autel! Allons, Ottale, poursuis!

Les deux pierres ayant cédé, le passage se trouva libre pour une personne seulement; Ottale entra le premier, puis il tira à lui le jeune homme...

L'officier de la marine vénitienne vit alors un spectacle aussi étrange qu'affreux, deux corps défigurés par l'air méphitique de cette chambre, et qui se tenaient encore embrassés comme en un suprême adieu... L'homme était livide et vert, sa figure avait la contraction que donne une mort violente; pour la femme, elle serrait encore entre ses doigts une bague d'une grosseur peu commune; sur cette bague étaient gravées les armes du doge...

Taddeo muet, Taddeo désespéré, contemplait encore ce sépulcre et ces deux morts, lorsqu'à deux pas de lui, il entendit un cri étouffé... C'était le juif qui se précipitait sur la main déjà desséchée d'Alessandro...

— Au Lazaret! répliqua-t-il après avoir déplacé les pierres et jeté le levier de fer dans la cour, au Lazaret! Je m'en suis enfin sauvé, mais j'y dois mourir, Taddeo!

Il avait recouvert un intervalle de raison, mais il ne tarda pas à la perdre de nouveau, une fois qu'on lui eût remis les fers aux pieds et aux mains, malgré les supplications de Taddeo... Deux infirmiers s'étaient aperçus de son évasion, et ils se ressaisirent de lui dans la cour du palais ducal... Ottale mourut le jour même où Cagliostro mourait enfermé au fort de Saint-Ange.

On peut voir encore à Venise, dans le Ghetto, près de la principale grille, une maison noire, au portail toujours fermé, et dans laquelle un marchand de verroteries a établi un dépôt. Au premier étage, il y a une petite fenêtre qui conserve encore les mailles de plomb et le châssis des vieux jours. L'araignée suspend sa toile à ses angles, la fenêtre ne s'ouvre plus le jour, elle a été condamnée; c'était la fenêtre de Ziana. Cette maison, que Joyant peindra quelque jour, est triste comme un *lamento*. Le soir, au lieu de Ziana qui s'y penchait attentive aux moindres bruits du canal, la république de Venise permet à une courtisane éhontée de s'y montrer avec un œillet à l'oreille, un éventail de papier en main... Cette femme attire en ce lieu les marins et les étrangers.

Ainsi devait finir ce gouvernement singulier, par la mémoire de la corruption elle-même.

FIN DE SAFIA.

VERSAILLES. — IMPRIMERIE CERF, RUE DU PLESSIS, 59.

RÉVÉLATIONS
SUR LES
PROGRÈS DE L'ART DENTAIRE
PAR
JACOWSKI, Dentiste, 5, rue de l'Échelle.

On demandait à Newton comment il avait fait pour trouver le système de l'attraction; il répondit : « C'est en y pensant toujours. »

SOMMAIRE. Des déviations générales et partielles des dents. — Théorie et pratique. — Inconvénients d'un certain cas. — De l'extraction des dents. — Des causes qui déterminent les douleurs de dents. — De la déviation congéniale des dents. — Leur redressement. — Nouveau système. — Anecdote. — Des dents artificielles, système Jacowski. — Le davier perfectionné. — *Le compresseur auditif*, appareil consacré par l'Académie des sciences et des arts, pour la suppression de la douleur dans l'avulsion dentaire. — Théorie de l'insensibilité locale.

Tout le monde a gardé le souvenir d'un passage du livre qui fit la célébrité de Cervantes, où il est dit qu'il n'y a pas de diamant si beau qui soit aussi précieux qu'une dent.

L'impression que cette pensée produisit sur nous, au lieu de s'effacer, s'aviva de plus en plus avec le temps, et nous détourna de la direction qui nous avions suivie jusque-là. Nous comprîmes, en effet, qu'elle place importante occupait la beauté des dents dans la physionomie humaine, disons mieux, dans les contentements de la vie. Nous vîmes des hommes et des femmes, riches, beaux de traits, élégants de taille, aimables, avenants, pleins d'esprit, et qui, malgré la possession de ces rares avantages, portaient sur leur visage les signes de la tristesse et de la peine!

Cette mélancolie inavouée avait pour cause le mauvais état de la bouche, que les dents fussent mal placées, confuses ou mêlées, soit surtout que, par leur disposition, la partie inférieure ou supérieure du visage sortît des lignes et des aplombs symétriques des belles lois de la structure humaine.

Un sentiment sympathique s'éveille à la vue de ces afflictions silencieuses si fréquentes, si multipliées. De là l'idée de nous attacher à l'étude de cette branche de chirurgie qu'on désigne sous le nom de prothèse, qui a pour objet le traitement spécial des dents et des gencives.

Une vocation qui ne manquait pas d'une certaine force d'entraînement avait précédemment concentré le travail de notre esprit et de nos mains dans des œuvres de sculpture. Ce fut une heureuse circonstance, car, à peine notre résolution arrêtée, nous comprîmes que le succès de notre entreprise dépendrait principalement de ces mêmes travaux d'art auxquels nous nous étions livré avec ardeur.

Pour avancer avec sécurité dans la nouvelle voie que nous adoptions, pour progresser, il fallait nécessairement nous rendre compte du point exact où se trouvait l'art dentaire à notre époque, et la valeur vraie des découvertes ou des inventions qui se rattachent à sa pratique. Il nous fallut donc analyser les procédés mécaniques. Plusieurs années furent consacrées à ce labeur persévérant, et après avoir tout vu, tout expérimenté, nous nous sommes promis que la prothèse, ou l'art dentaire, ferait un pas en avant, un pas immense! Aujourd'hui, nous avons la conviction d'avoir atteint le but que nous poursuivions avec une énergique ténacité.

Les déviations générales et partielles des dents, notamment des dents incisives inférieures en dehors, constituent une difformité considérable, contre laquelle, ainsi que l'a remarqué le docteur Candé, l'un des collaborateurs de la *Gazette des Hôpitaux*, tous les efforts de la chirurgie dentaire ont échoué.

« Les traités spéciaux les plus complets, ajoute-t-il, et les plus justement recommandés, parlent à peine de ce vice de conformation qu'on désigne vulgairement sous le nom de *menton de galoche*, et encore moins des moyens mécaniques à lui opposer. » En effet, chaque praticien, à cet égard, se livre à des expérimentations plus ou moins dangereuses. La méthode, ou plutôt la tradition qui prévaut communément — et en pure perte — dans le redressement des dents, est celle qui a recours au bâillon.

Dans les cas les plus simples, on emploie de dix-huit à vingt grammes d'or ou de platine pour faire cet appareil, que le patient est condamné à subir pendant des mois et même des années, souvent sans résultat heureux. En aucun cas, du reste, on ne pouvait réformer le menton avancé ou menton de galoche.

Est-il nécessaire d'insister pour faire ressortir les incommodités nombreuses de ces bâillons, véritables instruments de supplices? ils rappellent le caractère de la vieille barbarie, et par leur volume et par leurs effets. Leur grosseur obstrue la bouche; par leur poids, ils déterminent des ulcères et des aphthes; par leur frottement contre les dents, ils font dévier les unes, alors même qu'on demande à leur action de remettre les autres en place.

Et cependant tel est l'unique agent auquel les praticiens actuels s'adressent pour combattre les déviations dentaires, qui parmi les accidents graves, les désordres de la bouche, occupent non-seulement la première place, mais sont aussi les plus fréquents.

Les déviations, il importe de le dire, ne nuisent pas seulement à la beauté du visage, à l'euphonie de la voix, à l'élégance de la diction, mais elles sont une cause de souffrances cachées, de phénomènes physiologiques dont le diagnostic échappe malheureusement souvent à ceux qui n'ont que la routine de la médecine.

M. Martin Lauzer, ancien chef de clinique de la Faculté de médecine à l'Hôtel-Dieu de Paris, cite, dans son *Journal des Connaissances médico-chirurgicales*, un fait extrêmement curieux qui vient à l'appui de notre assertion.

« Un jeune homme fut pris, vers treize ans, de douleurs de tête vagues, passagères d'abord, et qui devinrent presque continuelles, après plusieurs mois. C'était plutôt un malaise qu'une souffrance, mais cet état pénible amenait le dégoût du travail et souvent aussi de tout amusement. Ces maux de tête revenaient irrégulièrement à toute heure du jour.

« Plusieurs médecins furent consultés; beaucoup de traitement furent entrepris; l'état du malade restait le même et durait depuis près de deux ans.

« Enfin, un médecin, chargé de suivre régulièrement la maladie, donna la consultation suivante :

« *Diagnostic*. Tumeur fibreuse de la dure-mère.

« *Traitement*. 1° Un double cautère à la nuque, que l'on remplacerait par un séton;

« 2° Un purgatif tous les quatre jours;

« 3° Un vomitif tous les quatre jours, qui alternerait avec le purgatif;

« Une saignée ou une application de sangsues tous les quinze jours.

« C'était, aux exutoires près, le traitement indiqué par Valsalva dans les cas d'anévrisme de l'aorte, et que l'on a quelquefois employé dans les cas d'hypertrophie du cœur.

« Le malade fut envoyé avec cette consultation près de Bertin, de Rennes, dont la réputation était alors en grand retentissement dans tout l'ouest de la France.

« Bertin avait interrogé et examiné le malade avec le plus grand soin sans trouver la cause de cette céphalagie; quand il lui fit ouvrir la bouche, voici ce qu'il observa : les dents étaient mal rangées, leurs bords chevauchaient l'un sur l'autre; de chaque côté et à chaque mâchoire une dent était cariée; c'étaient les quatre premières grosses molaires.

« Je ne serais pas étonné, dit Bertin, que les maux de tête de ce jeune homme vinssent d'une dentition difficile et de l'irritation produite par l'entremise du nerf dentaire jusque sur l'encéphale. L'emplacement est trop petit pour les dents, et leur serrement en a fait éclater quatre, qui, ayant paru ensemble, se sont trouvées dans la même situation. J'engage donc à faire extraire ces quatre mauvaises dents, avant de faire aucun autre traitement.

« Quand à la consultation ci-jointe, je n'ai que deux mots à dire : la maladie que l'on suppose n'existe pas; en second lieu, si elle existait, comme elle est incurable, le traitement serait encore inutile. »

« Le doute qu'avait semblé manifester Bertin n'encouragea pas le malade à faire extraire ses mauvaises dents; il continua à souffrir plusieurs années. La carie augmenta; il survint des névralgies dentaires. On fit extraire une des dents, puis les autres tombèrent par morceaux, et ce ne fut que vers l'âge de vingt-trois à vingt-quatre ans que les dernières racines furent extraites et que les maux de tête disparurent complétement, après avoir duré près de dix années.»

Il résulte un enseignement utile de ce fait, que nous avons rapporté dans ce but avec quelques développements, c'est que la sollicitude des parents devrait se faire un devoir rigoureux de conduire leurs enfants chez un dentiste spécialiste et habile, à l'époque où le travail de la seconde dentition commence à se manifester.

Il importe non moins d'appeler l'attention des familles sur les inconvénients qui résultent de la précipitation que plus d'un praticien met à extraire les dents à la première douleur dont se plaint un enfant ou à la moindre apparence d'une altération. Souvent, nous le prouverons tout à l'heure, la cause réelle de la souffrance n'est pas l'effet d'une maladie purement locale; très-souvent aussi, l'altération dont la dent est atteinte d'une nature plus bénigne qu'on ne croit. A cet égard, nous pouvons affirmer que, sur dix cas, le mal pris à temps, bien traité, peut être guéri sans extraction; mais, pour trouver la cause, il faut se donner la peine de la chercher, et c'est ce qui n'arrive pas toujours.

Nous n'hésitons pas, dans l'intérêt particulier des enfants, par exemple, à signaler l'inconvénient qui nous paraît résulter de l'habitude qu'ont certains chefs d'institution d'attacher à leur établissement un dentiste à l'année. Assurément, notre observation ne s'adresse pas aux hommes consciencieux à qui cette sorte de surveillance par abonnement est confiée; mais, à côté des praticiens sérieux, combien ne s'en rencontre-t-il pas dont les uns sont imbus du préjugé que toute dent gâtée ne saurait être sauvée, et les autres, pour s'épargner l'étude attentive et la peine de suivre la maladie dont la dent est affectée, ont recours à l'extraction pour finir au plus vite avec leurs obligations.

Il y a des causes nombreuses qui déterminent les douleurs de dents. La carie à des degrés divers, le ramollissement, l'inflammation des gencives et le kyste figurent parmi les plus actives. — Ce sont là des parties essentielles de ce que nous appellerons la *pathologie dentaire*, dont tout dentiste éclairé doit nécessairement se procurer. C'est en possédant cette science à fond qu'il combat, avec succès, les dents chancelantes, dont les exemples sont si fréquents, et notamment le kyste (ou fistule), cette affection rebelle, jusqu'ici, aux traitements routiniers de l'art médical.

Enfin, nous dirons qu'il importe surtout de recourir promptement à la consultation, — afin d'y porter remède, — lorsque les dents de l'enfant sont trop serrées, car, en se gênant mutuellement, elles finissent toujours par s'endommager.

Nous avons été très-souvent consulté sur ce point, et il n'est pas une seule de nos tentatives de redressement qui n'ait complétement réussi, quelle que fût, d'ailleurs, la complication du désordre qu'il s'agissait de combattre. Notre mode d'opération est d'une simplicité, d'une promptitude telles, qu'il obtient en quelques heures des résultats qui demandaient autant de jours, et nous avons exécuté en quelques jours ce qui ne pouvait s'accomplir qu'à la suite de plusieurs mois.

L'efficacité de ce système ne se fait pas éprouver exclusivement dans les accidents dentaires de la jeunesse; nous avons fait céder les cas les plus rebelles, tantôt chez des sujets en pleine virilité, tantôt chez des personnes âgées.

Non-seulement nous avons modifié l'aspect des dents, mais la conformation maxillaire, au point d'opérer une métamorphose complète de la physionomie. Des hommes d'une grande honorabilité de caractère et d'une compétence médicale indiscutable ont attesté, après en avoir vu l'application, que l'appareil dont nous étions l'auteur marquait un immense progrès dans le traitement orthopédique des déviations congéniales des dents.

« Nous avons vu, dit le docteur Candé, fonctionner cet appareil, 1° sur une jeune fille nommée Louise Gebel, âgée de quatorze ans; elle avait la mâchoire inférieure superposée à la supérieure. L'application de l'appareil a duré quatre jours, au bout desquels ce vice de conformation avait entièrement disparu;

« 2° Sur sa jeune sœur, âgée de douze ans; celle-ci avait de plus la dent incisive supérieure déviée en dedans, et en quinze jours, le résultat ne laissait rien à désirer;

« 3° Sur la nommée Pauline Garchs, âgée de quinze ans; elle avait une grande et une petite incisive de la mâchoire supérieure fortement déviée en dedans, et, en outre, une canine inférieure dans le même état. Cette double déviation, qui aurait été une difficulté insurmontable à *l'aide des appareils connus jusqu'ici*, a été vaincue en trente jours (1). »

Après ces sérieuses appréciations de nos travaux, qu'on nous permette d'exposer au sourire sceptique de quelques personnes, et à la réflexion du plus grand nombre, un épisode dont la comédie de genre pourrait peut-être tirer parti.

Un jour, un Anglais se présente dans notre cabinet. Sa mâchoire offrait un aspect très-accusé de difformité; les deux maxillaires ne coïncidaient pas; la partie inférieure était d'autant plus proéminente que la rétroition de la partie supérieure était marquée; ses dents avaient des orientations croisées, elles se déjetaient en avant et en arrière.

— J'ai entendu parler de vous en Angleterre, nous dit-il, et je viens vous demander d'user de tout votre savoir pour réparer les torts de la nature à mon égard. Non-seulement j'ai hâte d'en finir avec une difformité, mais j'ai peu de temps à moi, mon séjour à Paris étant très-limité. — Combien vous faut-il de temps pour rendre symétriques mes dents et ma mâchoire?

A notre réponse, nous vîmes briller sur son visage l'expression de la surprise et celle d'un grand contentement.

— Dix jours me suffisent, s'il le faut absolument, lui avais-je dit.

Aussitôt nous nous mîmes à l'œuvre de ce redressement formidable et, pour ainsi dire, de cette transfiguration.

A l'expiration du délai qui avait été convenu, une métamorphose complète s'était opérée en lui. Il nous quitta, et nous ne le revîmes plus.

Au bout de trois mois, une lettre nous arriva d'Amérique, une lettre de notre inconnu, pleine des sentiments de la plus vive gratitude, dans laquelle il annonçait qu'il nous devait son salut!!! Hélas! nous avions été le complice d'une évasion. Il s'était précipitamment éloigné d'Angleterre, sous l'appréhension d'un démêlé avec la justice, et il était venu momentanément se réfugier à Paris, pour de là se rendre aux États-Unis. Or, c'est ici que tout l'intérêt romanesque de ce récit se concentre pour nous: quelques jours après qu'il eut quitté notre cabinet pour la dernière fois, il advint qu'il s'était rencontré, dans son propre hôtel, avec un agent de la police anglaise qui, porteur de son signalement officiel, n'avait pu s'assurer de son identité.

Pour revenir au sérieux, des témoignages nombreux, de la nature de ceux que nous devons au docteur Candé, sont entre nos mains; de plus, diverses publications spéciales se sont occupées des procédés dont l'initiative nous appartient, et même de notre personne, en des termes qui sont pour nous, tout à la fois, une cause d'émulation et un flatterie.

Nous recherchons, aujourd'hui, une notoriété de plus en plus étendue, par la raison qu'après les joies intimes qu'un esprit studieux rencontre en faisant une découverte utile, celle de propager cette découverte, de la répandre, est incontestablement la plus vive. Elle crée des efforts qui méritent du moins l'appui, le concours et les sympathies du monde.

On demandait à Newton comment il avait fait pour trouver le système d'attraction; il répondit: « C'est en y pensant toujours. » Nous dirons que, depuis de longues années, toutes les forces de notre intelligence, toute la dextérité de nos doigts se sont concentrées exclusivement dans des études qui se rattachent à l'art de la prothèse dentaire. De cette sorte, il nous a été donné d'apporter des perfectionnements dans plus d'une branche de cet art, dans les plus usuelles notamment: la pose des dents artificielles et le mode d'extraction, où tout était à faire. Nous allons en parler.

Les accidents de la vie ou l'action des années nous mettent dans la nécessité de remplacer les dents qui nous manquent par des dents artificielles.

Cette obligation est dictée tout à la fois par les préceptes d'une intelligente hygiène et par les soins de la beauté du visage.

La nature de l'homme est essentiellement complexe: il est né pour l'état de civilisation, et, par conséquent, toutes ses habitudes doivent ressortir de cette loi originelle et concorder ensemble.

La parure du corps appartient à la civilisation, de même que celle de l'esprit. Si la symétrie, l'élégance du costume ont leur raison d'être pour l'homme, c'est-à-dire la décoration du corps dans ses dehors, à plus forte raison l'homme doit-il s'attacher à maintenir toutes les parties de cet ensemble dans l'intégrité de leur éclat et de leur configuration normale.

Les dents artificielles remplissent donc un rôle non moins moins marqué dans la vie matérielle d'économie plastique de l'homme que dans le charme de ses relations sociales. Et, à cause de cela, il importe que les procédés à l'aide desquels l'art se substitue à la nature, se raffinent et deviennent de plus en plus ingénieux.

Le système de nos anciens praticiens, il faut en convenir, laissent singulièrement à désirer. Ils emploient le crochet et la plaque en or ou en platine, système inhumain, qui consiste à laisser enfoncer dans la bouche toute une quin

(1) Plusieurs autres faits, qui ne peuvent trouver place dans une simple note, aussi remarquables par la promptitude du succès que par la simplicité et l'innocuité de l'application, ont été mis sous les yeux de MM. Ehrmann, Sédillot et Hergott, professeurs de la Faculté, chargés de faire un rapport favorable sur ce nouveau système de redressement des dents.

Dr Candé.

caillerie qui gonfle et déchire les gencives, empêche de manger et trouble le sommeil.

De là des inconvients nombreux et très-graves. Les aliments, s'introduisant entre la gencive et la plaque qui la recouvre, engendre un détritus à demeure, dont les exhalaisons et la corruption deviennent, tout à la fois, un danger pour la santé et une cause d'invincible répulsion pour les autres.

L'invention des dents débarrassées de toute ligature et de crochet a fait disparaître ces funestes inconvénients, mais encore faut-il savoir à quelles mains se confier pour la pose de ces dents, puisque la plupart des praticiens ont remplacé un danger par un péril plus grand encore.

Nous voulons parler des *dents minérales* et des *dents américaines*.

Les *dents minérales* ont été, depuis longtemps déjà, condamnées par l'opinion publique et par les bons dentistes.

Mais qu'a-t-on fait lorsqu'on a vu que les dents minérales étaient tombées en défaveur ? On a fait surgir les dents américaines. C'était une nouvelle étiquette, étiquette trompeuse qui se posait sur la même chose.

Entre les dents américaines et les dents minérales, il n'existe aucune différence; elles sont formées des mêmes ingrédients : ce sont des dents en porcelaine. Or les mêmes dangers qu'offrait l'emploi des dents minérales existent par conséquent dans celui des dents américaines.

Ainsi, on ne fait usage que de deux sortes de dents artificielles : les unes sont minérales, les autres sont des dents d'hippopotame. Pour se donner le mérite de la découverte, on a cru devoir baptiser de cent noms différents les dents artificielles dont on se servait; mais toutes ces dents, que le public le sache bien, sont ou minérales ou d'hippopotame, soit qu'on les appelle masticatoires, galvanoplastiques, osanores, minérales ou américaines.

Nous n'avons jamais pu comprendre pourquoi on a fait un mystère de cette vérité ; pourquoi sans cesse donner le change au public à l'aide de désignations inexactes? Nous nous rappelons à ce sujet ces prétendus dents végétales qui ont fait aussi leur apparition sur plus d'un prospectus. Ces dents ont disparu... peut-être sous un mot spirituel qui courut dans le temps, et qui rendait justice par un quolibet à leur insignifiance. Les dents végétales, fut-il dit, sont des dents qu'on mange quand on ne peut s'en servir pour manger.

La dent américaine ou minérale, soit de faïence ou de porcelaine, se détache souvent ou se casse ; heureux lorsque la dent en entier se détache simplement de son appareil, car la porcelaine, étant un émail poli, passe sans difficulté dans la gorge.

Mais lorsque la dent se casse, elle s'accroche, par ses arêtes plus ou moins aiguës soit à la gorge, qu'elle excorie, soit dans les voies digestives, où sa présence est redoutable. Il suffit de consulter les journaux de médecine pour se convaincre que ces accidents sont presque journaliers.

Nous lisons dans une de ces feuilles, qu'à un grand dîner, une dame se mit tout à coup à pousser des cris inarticulés; on s'empressa autour d'elle; elle faisait des efforts extrêmes pour rendre un objet qui l'étouffait : elle n'y put parvenir et mourut au bout de quelques minutes, au milieu d'atroces souffrances ; une dent de porcelaine de son râtelier s'était brisée et lui était restée attachée entre les parois de l'œsophage.

Ce n'est pas tout encore : le crochet de la dent artificielle qui enveloppe la dent voisine, pour y prendre un point d'appui, étant de platine ou d'or, et par conséquent d'une matière plus dure, ronge la dent, la brise ou la scie en deux : par une action imperceptible et lente, là où le crochet s'accroche, il produit l'effet d'une lime. Aujourd'hui, le dentiste vous place une pièce de deux dents; c'est bien : hélas ! vous le croyez..... Dans quelques années vous aurez quatre dents de moins, et ainsi de suite, jusqu'au moment où vous aurez la mâchoire tout entière perdue.

Nous avons dû reculer devant l'adoption de toutes ces routines, et nous sommes parvenu à n'employer ni ligature ni métal quelconque.

Dans le véritable art dentaire, il y a un principe et un axiome dominant : c'est que toute dent bien ajustée doit tenir d'elle-même. On n'accroche, en effet, que ce qu'on ne peut pas faire tenir par une adhérence intelligente.

Nous n'avons donc pas cherché de secrets nouveaux pour obtenir la pose des dents plus solide, mais nous avons cherché simplement à acquérir plus d'adresse que les autres dans la façon de les poser, et nous sommes ainsi arrivé à **un résultat heureux, mais dont le principal mérite est dû** **en grande partie au travail et à la dextérité des doigts.**

Pour éviter la brisure des dents, nous avons résolûment adopté les dents d'hippopotame, qui ne sont autres que les *dents osanores* ou *masticatoires* ou à *succion*; et souvent aussi avec grand succès des dents naturelles incrustées dans l'hippopotame.

La dent d'hippopotame que nous employons ne se casse jamais; car, dans nos râteliers les plus complets, toutes les dents sont adhérentes à un seul bloc de cette matière, à laquelle l'art de la sculpture donne la forme désirée. Le platine, qui sert dans les autres appareils, chez nous est un morceau d'hippopotame faisant partie de la dent même. Or, l'hippopotame est un corps aussi dur que la dent humaine, ainsi qu'il est démontré par les chimistes; il en résulte donc que les dents ou râteliers d'hippopotame sont aussi solides que les dents naturelles.

Aujourd'hui, les dents minérales ou américaines ne sont plus employées que par les praticiens qui ne sont pas en état de sculpter un bloc d'hippopotame. Ceux-ci, dans leur impuissance, ont naturellement essayé de jeter du discrédit sur l'emploi de cette matière, en disant qu'elle jaunit très-vite.

Cela n'est vrai que pour les dents qui sont en faux hippopotame. D'ailleurs, à l'aide du galvanisme particulier, qui en vivifie l'éclat, le râtelier sorti de nos mains se maintient sans altération aussi longtemps que l'on veut et sans que l'œil le plus exercé puisse jamais distinguer que ces dents ne sont pas naturelles, car elles le sont.

Nous n'en avons pas encore fini avec l'indication des usages qui, dans la pratique de l'art, se ressentent encore des grossières ressources et de la barbarie primitive.

Nous avons à parler de la clef employée dans l'extraction des dents.

Jusqu'à présent, cet instrument est le seul dont on se sert dans toutes les opérations difficiles, où l'on croit impossible de donner au davier assez de force pour s'emparer d'une dent au fond de la bouche et l'enlever sans point d'appui.

La clef a un point d'appui qui est l'alvéole : plus la dent est difficile à extirper, plus la clef presse sur ce point d'appui, si bien que, presque toujours, elle brise plus ou moins l'alvéole; il est facile, du reste, de s'en convaincre en examinant de quelle façon fonctionnent la clef et le crochet.

Une dame ayant eu une dent arrachée à l'aide de la clef à crochet, l'os maxillaire a été tellement broyé que, après une fluxion de la gencive, la figure entière s'est gonflée, et que l'on a été forcé d'extraire, pendant plusieurs mois consécutifs, et morceau par morceau, toute une partie de l'alvéole qui avait été endommagée.

Les fluxions naissent infailliblement à la suite de ces opérations que l'on peut appeler inhumaines; les os de l'alvéole brisés restent souvent très-longtemps sous la gencive et deviennent une cause constante de fluxions dès que le visage subit le contact du froid ou même d'un air un peu vif.

Lorsque l'on enlève une dent avec la clef, le mouvement de rotation, qui n'a lieu que dans un sens, écarte très-fortement l'alvéole ; c'est alors que nécessairement elle se brise, si ce n est la dent elle-même ; l'alternative est presque infaillible, et si les effets n'en sont pas immédiats, on n'y échappe pas pour cela.

De là naissent des maux de gencives ou d'alvéoles dont on cherche vainement la cause; on consulte un dentiste, et celui qui s'est rendu compte de l'origine de vos souffrances se garde de vous la faire connaître, car lui-même, faut-il le dire? il se sert du même instrument, et, comme un autre, brise l'alvéole ou la dent.

Du moment que ces périlleuses et redoutables conséquences de l'usage de la clef nous furent démontrées, nous nous fîmes une règle de ne jamais recourir, dans nos opérations, qu'au davier.

Il ne restait plus qu'à façonner, modifier, perfectionner les daviers, de manière à leur donner la puissance d'arracher les dents les plus tenaces et les plus profondément enfoncées dans la bouche. La difficulté était grande : tenter de la surmonter, c'était entreprendre une tâche ardue. D'abord, il fallut confectionner une sorte de davier pour les quatres grosses molaires du bas, et deux daviers pour les grosses molaires du haut ; puis un davier pour les quatres petites molaires du bas et un pour les quatre petites molaires du haut: deux daviers pour les canines et les incisives du haut et un pour les inférieures.

On comprend facilement que le même instrument ne puisse servir pour les canines et pour les incisives du bas, ainsi que pour la mâchoire supérieure. **Le davier qu'il convient d'employer dans ce dernier cas doit avoir une courbe** toute particulière, à cause de la proximité du nez, qui empêcherait la main et le manche de l'outil de fonctionner librement.

C'est dans l'extraction des formidables dents dites de sagesse que le davier Jacowski devient surtout un utile et bienfaisant auxiliaire. Dans ces sortes d'opérations, la difficulté ne consiste pas seulement dans la position des dents, qui se trouvent au fond de la mâchoire, mais surtout dans leur adhérence avec l'alvéole. L'opération, devenant plus rapide et plus sûre, grâce à l'emploi d'un instrument pour ainsi dire spécial et d'une merveilleuse adaptation, perd son caractère terrifiant, dont l'imagination s'impressionne.

Dans la fabrication de nos instruments, nous avons dû nous préoccuper d'éviter qu'ils pussent jamais se saisir de l'alvéole, et nous avons obtenu cette précision désirable, qui exclut tous les accidents si souvent observés à la suite de l'extraction des fortes dents. Les variations atmosphériques, les influences de la température, ni le froid en hiver, ni les pluies en été, ne sont à redouter après une opération pratiquée à l'aide de nos daviers.

Nous sommes parvenus à donner à ces instruments le fini et la précision d'un véritable objet d'art, en les faisant fabriquer dans les ateliers de M. Evrard, l'un des plus célèbres mécaniciens de Londres, sur les modèles que nous dessinions, et dont plusieurs fois nous avions modifié la configuration jusqu'à leur perfectionnement. Nous avons poussé notre sollicitude au point que, pour remédier au froid de l'acier, dont le contact produit toujours un frisson involontaire chez les personnes qu'on opère, nous avons fait argenter tous nos instruments.

Le davier qui, dans des mains inexpérimentées et routinières, avait été jusqu'à présent regardé comme un instrument secondaire pour l'extraction des dents, est devenu, grâce à notre initiative, le seul instrument efficace.

Enfin, qu'il nous soit permis de le dire, nos travaux viennent de recevoir une consécration hautement flatteuse pour notre amour-propre, et de nature à confirmer notre opinion sur leur importance et leur valeur. La Société universelle de Londres, pour l'encouragement des arts et de l'industrie, nous a décerné, en date du 12 juillet dernier, une médaille d'or à l'occasion de notre nouveau système de redressement des dents et des mâchoires proéminentes.

Le plombage, au point de vue de la préservation des dents et pour arrêter la carie de celles qui sont menacées de destruction, est d'une incontestable efficacité.

Mais encore faut-il savoir ce qu'il y a de bon, de mauvais ou de dangereux dans les divers systèmes qui prévalent.

Jusqu'à ce jour, on a employé, pour prévenir la continuation de la carie, les feuilles de plomb, ou un mastic composé d'argent, de cadmium, de zinc mêlé de mercure. [illegible]e méthode a pour très-grave inconvénient, de même [illegible] le plombage dans lequel entre le plomb ou le mercure, de faire noircir les dents.

On emploie encore les feuilles d'or, et c'est l'un des meilleurs systèmes, car la dent ne se noircit pas au contact de l'or; mais lorsque la dent traitée se trouve placée sur le devant de la bouche, la couleur jaune et brillante du métal saute inévitablement aux yeux de la façon la plus disgratieuse.

En tous cas, l'or, l'argent, le plomb, le cadmium et le mercure, matières employées jusqu'ici, sont toujours visibles, tranchent sur la nuance de la dent, ne sont jamais adhérents à la dent, et pour ainsi dire fondus avec elle par la similitude de la teinte.

Nous avons voulu que là aussi un progrès important pût se produire, et nous nous servons d'une matière à laquelle nous donnons aisément la couleur extérieure de la dent sur laquelle nous l'appliquons. Cette matière ne forme avec elle qu'un seul et même corps de même aspect; c'est un ciment qui s'attache aux parois de la dent, comme le ciment romain s'attachait à la pierre, et dont l'inaltérable solidité ne fait que s'accroître avec le temps.

Ces considérations, par lesquelles nous avons voulu éveiller l'attention du monde sur quelques points d'un haut intérêt dans la pratique de la chirurgie dentaire, se complètent par la théorie de l'insensibilité locale appliquée à l'extraction des dents, découverte précieuse et récente dont nous allons parler, et à laquelle nous avons été amené par une de ces inspirations qui se combinent du hasard et d'une étude persévérante.

Il s'agit de supprimer radicalement la douleur si redoutée de l'avulsion dentaire, sans recourir à l'éther, au chloroforme, et autres essences asphyxiantes, dont les dangers sont connus, et qui, ne devant produire qu'un sommeil passager, ont eu parfois la mort pour résultat.

Notre système, dont déjà s'est occupée la presse spéciale, notamment la *Gazette des Hôpitaux*, en date du 22 juillet 1858, agit par la compression sur les nerfs qui donnent la sensibilité à la pulpe dentaire, sur le nerf facial, nerf du mouvement et de la sensibilité, qui vient s'anastomoser dans la région parotidienne avec l'auriculo-temporal, autre nerf de la sensibilité.

Partant de ces principes incontestables, nous sommes arrivé à notre mode d'opérer, à notre nouveau système, à l'appareil par lequel nous l'appliquons. Voici en quoi il consiste: une lame d'acier élastique, courbée en cercle, à la façon des ressorts anglais destinés à la réduction des hernies, est munie, aux deux extrêmes de l'arc qu'elle représente, de deux renflements en ivoire ou en métal, de forme olivaire ou aplatie. Ce compresseur élastique passe en travers, derrière la tête; les deux renflements sont appliqués, introduits dans les conduits auditifs, ou, mieux encore, appliqués derrière les branches de la mâchoire en avant de l'oreille. L'action des doigts peut aussi venir en aide à la pression des ressorts; ou même la perturbation nerveuse produite par la compression de ces branches, l'assourdissement qui résulte et l'obturation du conduit auditif, la diminution de la circulation, sont autant de circonstances qui s'ajoutent et se combinent entre elles pour déterminer l'insensibilité de la pulpe des dents pendant leur extraction.

Nous la rendons aussi complète que possible par une modification toute récente faite à notre premier instrument, celle qui nous permet d'arrêter la circulation dans les artères faciales, sur le bord inférieur du maxillaire. Telle est notre opération, simple et facile, rassurante, sans danger.

Peut-être aurions-nous pu nous dispenser d'expliquer la théorie de notre découverte, car un fait bien avéré suffit et domine tout; mais nous n'avons pas voulu déroger aux traditions scientifiques, et nous venons de prouver qu'il n'y avait, dans notre procédé, rien qui ne fût d'accord avec les notions que fournit la saine physiologie.

Aussi, dès le début, avons-nous franchement proposé la donnée de cette découverte à la science physiologique elle-même et à la science chirurgicale, comme base de recherches nouvelles à faire, d'expériences à tenter pour éteindre la sensibilité nerveuse dans une partie quelconque du corps humain: nous avons fait appel à l'examen attentif de l'Académie de médecine.

Depuis, nous avons eu la satisfaction de voir que des applications variées et fréquentes de notre système se faisaient avec succès dans nos hôpitaux, et, le 13 octobre (1858), l'Académie des sciences et des arts, après avoir entendu le savant rapport de M. Bécherand sur le compresseur auditif, consacrait le mérite de cet appareil en nous faisant l'honneur de nous inscrire au nombre de ses lauréats et en nous accordant une médaille d'honneur en or de 1re classe.

Quel que soit le parti que la science générale puisse tirer du principe de notre découverte, nous lui en laissons la recherche pour rester dans notre spécialité, où déjà nous avons pu en constater l'heureuse efficacité.

Nous avons seulement voulu la divulguer avec ses moyens et ses causes, afin de lui donner la sanction d'une publicité qui tourne au bénéfice de tous.

Plus d'une observation d'un incontestable intérêt dans la théorie et la pratique de l'art dentaire pourrait encore trouver sa place à la suite de celles que nous venons sommairement d'indiquer; mais nous avons craint de donner à cet écrit des dimensions qui eussent pu dépasser le temps du lecteur.

Nous avons pensé d'ailleurs qu'il nous serait toujours facile de tenir le complément de nos observations à la disposition de toutes les personnes qui, verbalement ou par lettre, nous consulteraient. Ce que nous souhaiterions par-dessus tout, c'est d'appeler un examen attentif et minutieux sur les méthodes et les procédés auxquels nous devons de si heureux résultats... A cet effet, notre cabinet est ouvert et accessible à la curiosité de tous.

La notoriété étendue, que nous ambitionnons n'est pas de celles qui s'obtiennent par vaine publicité; c'est celle au contraire qui se manifeste par des progrès réels, par des modifications utiles, et dont la démonstration ou la preuve même anticipée rassure le doute et dissipe les inquiétudes de l'esprit le plus prévenu.

Ces révélations ne seront pas, nous l'espérons, sans attrait pour le public, car tout ce qui touche à une partie quelconque de son bien-être a des titres infaillibles à son attention.

JACOWSKI, 5, *rue de l'Echelle.*

VERSAILLES. — IMPRIMERIE DE CERF, RUE DU PLESSIS, 59.

www.ingramcontent.com/pod-product-compliance
Ingram Content Group UK Ltd.
Pitfield, Milton Keynes, MK11 3LW, UK
UKHW012105240726
13965UKWH00004B/1549